|2|

巫哲

著

天津出版传媒集团
百花文艺出版社

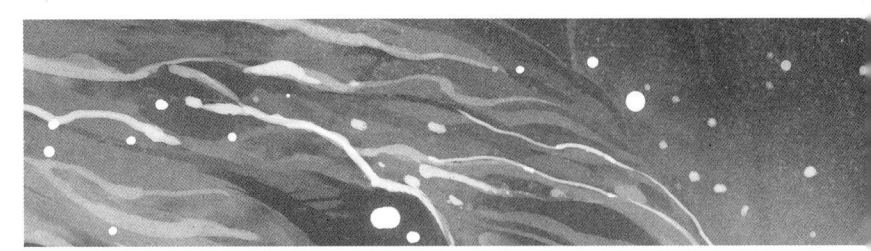

| 一 |

我在天台，我有话想说 001

| 二 |

霍扭扭的生日礼物 045

| 三 |

篮球争霸赛 079

| 四 |

进击的七人组 133

| 五 |

肆意青春 175

| 六 |

期中考试的后果 205

| 七 |

跟你交换小秘密 233

| 八 |

寇家父子的危机 249

番外篇 281

一
我在天台，我有话想说

1

十一点多的时候霍然接到了老爸的电话,说他们已经回家了。

"我送你回去,"寇忱一挥手,"走,游车河。"

"醒醒好吗?"霍然瞬间就感觉自己开始哆嗦了,"打个车……"

"上哪儿打?"寇忱问。

"……我走回去,反正也没多远。"霍然毅然做出决定。

"没多远你怕什么,吹不死你,"寇忱在他屁股上拍了一巴掌,边往前跑边说,"跑过去拿车,跑到地方就暖和了,吹一下也没事儿。"

霍然只好跟着他一路跑,俩人狂奔着回了大姑家楼下。

暖和是挺暖和的,就是有点儿累。

寇忱跨上了摩托车,把头盔给了他:"你戴这个。"

"不用这么悲壮,"霍然把头盔扣回到他脑袋上,"我不是在后头吗,我缩着就行,你在前面挡风呢。"

寇忱也没多跟他客气,把头盔戴好,冲他偏了偏头:"上来。"

霍然跨上车,坐到了他身后,然后努力把自己身体往下缩,脑门儿顶在寇忱背上,再把他外套的帽子盖在了自己头上。

寇忱发动车子之后就等着他在后面折腾。

"好了!"霍然扶住寇忱的腰,喊了一声。

"你手放我兜里!"寇忱把车开出去的时候也喊了一声。

霍然想说我没这么娇气,不就一点儿风吗?你都挡掉一半了。

但车开出去的瞬间，耳边就响起了北风的尖啸，都还没感受到如刀的风，就已经被这尖啸声吓冷了。

这种天气里人类的身体过于流线型，一丝风也挡不住，前面挡风的寇忱仿佛是个筛子，紧接着四面八方裹过来的风就甩在了霍然脸上。

霍然把自己的脸狠狠地靠到寇忱背上，本来不打算揣兜的手也往前搂了过去。

在北风呼啸狂风抽脸当中他手忙脚乱半天也没找到兜在哪儿，反倒是直接把冰凉的手从寇忱外套下边塞到了他肚子上。

"啊——"寇忱吼了一声。

"啊啊啊啊，对不起对不起，我……"霍然也喊了起来，虽然寇忱肚子那儿的温度让他恋恋不舍，他还是赶紧往外抽手。

刚动了一下，手就被寇忱按住了："行了，就这儿吧。"

"不用这么悲壮……"霍然说是这么说，但手跟大脑非常不对盘，完全没有动。

"已经适应了。"寇忱说，"你顺便帮我抓着点儿衣服，下头灌风。"

"好。"霍然应了一声，抓住寇忱外套下摆，搂紧他，万一真进了风感个冒什么的，他就真过意不去了，得上寇忱病床前跪着伺候去。

回到他家的时候，老爸正站在窗口看着，他俩下车的时候，老爸已经从楼上下来了。

"你俩真够可以的，"老爸震惊地打量着他俩，"仗着年轻不怕生病是吧？"

"我没事儿。"寇忱说。

"我就更没事儿了，我在后头。"霍然说。

"我送寇忱回去，"老爸说，"车停我们这儿，天儿暖和了再来拿。"

"不用了叔，"寇忱跨上车就想走，"我不冷……"

霍然一把抓住了他的车头："车停这儿。"

"哎哟……"寇忱一脸不情愿。

"我去拿车，寇忱你在这儿等我，"老爸往车位走过去，"霍然你上去吗？"

"我跟你一块儿去送他。"霍然说。

"行。"寇忱瞬间就转变了态度。

老爸把车开过来之后,他俩愉快地钻进了后座。

"没开吉姆尼啊?"寇忱问。

"怕你们上车费劲。"老爸笑着说。

车开出去之后,老爸把暖风开得很足,过了几分钟,霍然才觉得自己身上的寒气被一点一点地逼了出去。

他偏过头看了一眼一上车就靠在他身上的寇忱,发现寇忱睡着了。

鼻尖上挂着一滴水珠。

"这是鼻涕吗?"他震惊了,赶紧伸手拍了拍老爸的肩膀,"爸把纸巾盒给我,寇忱怎么睡出鼻涕来了?快,一会儿滴身上了。"

"是冰化了吧。"老爸笑着把纸巾盒扔了过来。

霍然往寇忱脸上看了看,眉毛和睫毛都是湿的,脸上也有水,那应该是水。怎么这么惨啊,看来那个破头盔也没什么鸡毛用。

他看到了寇忱口袋里露出半个脑袋的黄色绒毛小鸡钥匙扣,一片不堪入目的场面扑面而来。

他嗔了一声,用纸巾在寇忱鼻尖下按了按。

寇忱居然没有醒。

估计是这几天都没怎么睡,江磊半夜找人狼人杀的时候寇忱都能第一时间响应。

车到了寇忱家小区门口,大门关着,门卫不知所终,霍然这才把他推醒了:"哎!小可怜儿,起床了!"

"早啊。"寇忱惊醒,迷迷糊糊地先问了个好。

真有礼貌。

"进不去了,你在这儿下吧?跑进去?"霍然问。

"……哦,我睡着了,"寇忱看了看四周,这才回过神,"我跑进去就行。"

"跑快点儿。"老爸说。

"谢谢叔,新年快乐。"寇忱打开车门跳了下去。

霍然看着他，想再说句什么，又一下子不知道要说什么，毕竟他俩已经说了一晚上了。

于是只好沉默地看着寇忱，等着他关门。

寇忱准备关门的时候又钻进了车里，在他手背上捏了一下："回去给我发消息啊，还有初三空出来啊，知凡请客呢。"

"嗯。"霍然咬着牙点了点头。

寇忱关上车门之后，他才在手背上一通搓，这个狗变的玩意儿，劲儿这么大！捏得他差点儿喊出声儿来。

不过这会儿想说什么又不知道要说什么的情绪倒是一下舒缓了很多。

过年永远都是在忙碌和睡过头，困倦和兴奋里度过的。

多亏了天寒地冻没地方可去，他们几个人从初三徐知凡请的那顿开始，一有时间凑出三个人以上就出去吃，一直吃到开学。

徐知凡妈妈一直说要请各家吃饭，但都被他们拒绝了，说各家派个代表就行，代表就是他们自己。

拒绝徐妈妈的时候，他们大概都觉得自己酷炸了。

十步杀一人，千里不留行。事了拂衣去，深藏身与名。

相当酷。

不过也有不太爽的地方。

"为什么没有人给我们写表扬信？"魏超仁坐在食堂桌子旁边，面前是山一般堆满了菜的餐盘。

"人家在警察局的时候不是已经谢过了吗？还给买饮料和吃的。"江磊说。

"你这表达听着有点儿别扭，一般新闻里在解救流浪人员的时候才会说，警察们还贴心地买来了水和食物。"魏超仁说。

几个人一下全笑趴了。

"再说了，寇忱和霍然为什么有表扬信？"魏超仁说，"他俩表扬信的照片现在还在校长室放着呢。"

"我给你们写，"徐知凡说，"怎么样？"

"行，"江磊马上点头，"长一点儿啊，深情一些。"

"没问题。"徐知凡说。

"那个胡阿姨家，现在什么情况啊？警察应该找他们去了吧？"胡逸问，"他们是不是得给你家道个歉？"

"乱成一团了，这个年估计也没过好，"徐知凡说，"我也不想多问了，我妈没事儿就行，不出点儿事，我还真不知道我碰上事儿没有我想象的那么能扛。"

"你已经很能扛了，"许川说，"这回要没让我们知道，你就是只身闯狼窝了。"

"谢谢几位，"徐知凡说，"这事儿解决得非常完美，开学第一顿消夜得我请。"

"没错，你家的事儿就到这儿了，别的什么都不用管了，"寇忱边吃边说，"让你妈好好休息一阵儿。"

"嗯。"徐知凡应着，看了霍然一眼。

霍然知道他这一眼的意思，寇忱明显就是对李灵她哥打徐知凡的事儿耿耿于怀，从知道这事儿是徐妈妈被人骗了开始，他就气得不行，而且这事儿他肯定不让徐知凡插手。

吃完饭从食堂出来的时候，霍然挨着寇忱走，把他挤到了旁边，小声问："你打算什么时候去？"

"去哪儿？"寇忱正低头专心地剥着一颗薄荷糖。

"跟我还装？"霍然说。

"李灵她哥是吧？"寇忱勾了勾嘴角，继续剥糖，"等天儿稍微暖点儿，再过一周不是要升点儿温了吗，那会儿去，现在活动不开。"

"你别太没数了啊，"霍然一听这句"活动不开"就有点儿担心，"你打算把他打成什么形状啊？"

"他怎么打的徐知凡，我就怎么打他，"寇忱说，"徐知凡身上哪儿有伤我都记着呢，头、脸、后背、肚子、胳膊，我也就是没好意思扒他裤子，不知道腿上有没有伤。"

"没有，"霍然说，"他洗完脸穿内裤出来的时候我看了。"

寇忱看着他没说话，喷了一声。

"怎么了？"霍然也喷了一声，"我们宿舍我全看过了，你死神我还看全了呢。"

"……也是，正面我让你看来着，你不看，"寇忱一扬眉毛，把薄荷糖扔进了嘴里，又从兜里摸了颗巧克力出来，"给。"

"你去的时候告诉我一声，我也去。"霍然说。

"干吗，怕我吃亏啊？"寇忱笑着把胳膊肘往他肩上一架，凑到他脸旁边，"不用担心，长这么大，我还没因为打架吃过亏。"

"徐知凡跟我认识那么多年了，"霍然说，"我总不可能就不管了吧。"

"哎哟，"寇忱说，"哪么多年啊？多少年啊？"

霍然看了他一眼，没忍住笑了起来。

"笑吧，笑吧，"寇忱说，"笑完记得告诉我多少年。"

"但是我没替徐知凡挡过刀呢，"霍然说完想想又纠正了一下，"没替他挡过指甲刀……"

这回轮到寇忱爆笑了。

笑了好半天之后，他一搂霍然，收了笑容："挡的是什么都无所谓，你挡的时候不知道，你给我挡的就算是块树皮，我也会记到下辈子的。"

"你下辈子别这么二了。"霍然说。

"那不一定，"寇忱说，"万一我变了，你认不出来了怎么办，再说我也不二，再说一句信不信我动手了啊！"

"真不信，无效威胁就算了吧。"霍然笑着说。

李灵她哥因为要盯着胡阿姨，所以过完年没有回去上班，这一点寇忱之前已经跟徐知凡打听清了，地址也是徐知凡给他的。

跟徐知凡他家隔了三栋楼，很近。

寇忱挑了个周末，这样不会因为旷课和离校引起注意。

"你确定他会走这条路吗？"霍然和他一块儿站在墙边。

"确定,上周我来看过,"寇忱说,"两天都是下午出去买烟什么的,就从这个门,一会儿他出来了我们跟一段,离小区远点儿了再动手。"

"嗯。"霍然点头,"要躲开摄像头吗?"

"不用,"寇忱说,"为什么挨打他心里清楚得很。"

站了没一会儿,远远就看到李灵她哥出来了。

说实话,霍然看到他那个样子就气儿不打一处来,那天在医院门口,他指着徐知凡骂的时候,霍然就特别想抽他来着。

一个成年人,都不如徐知凡一个高中生讲理。

李灵她哥没有注意到他们,距离还远,他一边玩着手机一边顺着路往前走了。

霍然和寇忱不远不近地跟在后头。

突然兴奋。

霍然没干过这种事儿,紧张里带着几分兴奋,他走路都有点儿蹦着。

"稳重点儿,"寇忱看了他一眼,"打架呢,你走得跟春游一样干吗?"

"哦。"霍然盯着前面的人,没顾得上跟寇忱斗嘴。

刚稳重地走了没几步,李灵她哥拐进了小街,寇忱就跟装了弹簧一样,非常不稳重地冲了过去,压着声音扔下一句:"就这儿!"

霍然拔腿跟着他就跑。

拐进小街的时候,李灵她哥已经听到了脚步声,回过了头。

但来不及再躲了。

寇忱一到跟人打架的时候就爆发力超群,估计都没等李灵她哥看清脸,寇忱已经一脚踹在了他肚子上。

他背一弓就那么撅着屁股飞出去一米多,摔在了地上。

然后就没再有机会站起来。

寇忱冲过去对着他肩膀就是一脚踩上去,并压着声音喊了一声:"你丫抱好头!"

李灵她哥挣扎着想起来,霍然过去踹了他肩膀一脚,他抱好头躬起身体趴在了地上。

孬种!

霍然对着他屁股又踢了一脚。

这种打法,说解气也挺解气,俩人对着李灵她哥就是一通踹,寇忱虽然记着徐知凡头上有伤,但实操的时候还是避开了李灵她哥的头,他俩就跟踢麻袋似的对着他的后背、大腿,还有屁股、胳膊踢了一轮。

要说憋气也挺憋气,对方连点儿挣扎都没有就迅速认怂放弃了抵抗,打起来都没有了成就感。

可一想到那天徐知凡不得不用同样的方式保护自己,霍然就一阵愤怒,咬着牙又狠狠地补了两脚。

"走。"寇忱看了一眼前面,有人从店里走出来往这边张望,他拉住了霍然。

霍然指着李灵她哥,被寇忱拽着倒退着走了几步,想补充骂几句以表明立场,但一直也没找着词儿。

电影还是看少了。

出了小街路口之后,他俩就开始跑,跑了一条街才停了下来。

"过十年,"寇忱靠在墙边,"我估计真会觉得自己这会儿跟个傻子似的,特别热血地干一件大人觉得没意义的事。"

"我不会。"霍然扯了扯衣服,"我觉得特别有意义。"

寇忱看着他,过了一会儿手一抬,做了个打开盒子的动作。

霍然很配合地往自己脑袋上抓了一下,做了个把东西放进盒子里的动作。

"哇,"寇忱看了一眼盒子,"你打得太帅了。"

"哇,"霍然也凑过去看了一眼,"你……你……"

半天没想出来该说什么词儿,这段时间也不知道是怎么了,只要是跟寇忱在一块儿,他脑子就短路。

"好的,"寇忱点了点头,盖上了盒子,"我知道了。"

"什么?"霍然愣了愣。

"我听到了,"寇忱弹了他脑袋一下,"脑子里夸我都夸出风暴了。"

"……好吧。"霍然笑着点了点头。

打完人他俩也没回家，这周末都跟家里说了不回，所以他们直接回了学校。

宿舍里冷清得很，这种时候食堂就是很好的去处，可以找到吃的，还能看到来找食物的人。

"卡上还有钱？"寇忧问。

"马上就没了，"霍然说，"昨天吃饭的时候好像就三十块了。"

"总算吃光了啊。"寇忧很开心地说。

"是。"霍然说。

"不怕，"寇忧一搂他的肩，"以后我养你。"

霍然正要说话，寇忧一指前面："老袁和主任怎么还在学校？"

"值班吧？"霍然看过去，看到老袁和主任背对着他们正在边走边说话，主任一直在摆手摇头。

霍然看了寇忧一眼，寇忧也正在看他。

俩人对视之后，一块儿悄无声息地快步追到了主任和老袁身后。

"学生会这个想法我能理解，"主任说，"但是这个事儿不好控制，万一有什么不合适的言论出现，你拉都拉不住啊。"

"想说什么就说呗，怕什么，"老袁说，"你不让他们说，他们就不说了吗？无非是背地里说、心里说、网上说，不让我们听到而已。再说了，别的学校也做过，我看效果还是很好的，别把这帮孩子想得那么没数，我觉得不会有什么过分的话出来，真要有，也正常。"

"不过……"主任说到一半看了老袁一眼，突然猛地转过了头。

霍然和寇忧转身就想跑，主任一声暴喝："站着！"

他俩站下了。

"转过来！"主任又吼。

他俩慢慢转过身。

四个人面对面站了一会儿之后，主任皱着眉："偷听到什么了？"

"没听到什么值得灭口的。"霍然说。

主任愣了愣，突然笑了起来，转头看着老袁："要不问问他俩的意见？你们班的学生都挺有个性的。"

"行。"老袁点头。

"到我办公室来。"主任冲他俩招了招手。

2

寇忱被叫到办公室去的次数不少。

从小到大他都被划在后进生那一拨学生里,老师办公室,主任办公室,校长办公室,他都挺熟的,不过初二之后他就不怎么去了。

倒不是没人叫他去了,是他开始对这样的命令置若罔闻。

给面子的时候他会走到办公楼面前才突然转个弯去厕所或者操场,不给面子的时候下达命令的人话还没说完他就走开了。

今天还是他第一次被叫到主任办公室的时候是心情愉快、步伐轻盈的。

主任似乎有求于他。

不,他们。

他和霍然。

虽然应该是随机的,这会儿碰上谁都会是这待遇,他还是挺高兴。

办公楼里没什么人,主任把他们带到了办公室里,让他们坐到了沙发上。

"喝点儿茶吗?"主任问。

"年轻人喝什么茶啊,"老袁说,"他们都喝饮料。"

"哦,饮料也有,"主任指了指冰箱,"可乐什么的,袁老师帮他俩拿一下吧。"

老袁往办公室角落的冰箱走过去。

"哎,我自己拿自己拿,"霍然从沙发上弹了起来,抢在老袁前头扑到了冰箱跟前儿,"老袁你坐着吧。"

"可口可乐谢谢。"寇忱非常自在地靠在沙发里,偏过头看着他,"其实咱们不用这么客气,老袁都叫着呢。"

霍然猛地回过头找补了一下:"袁老师!"

老袁摆了摆手:"我听着都别扭。"

寇忱嘿嘿嘿一阵乐。

霍然拿了两瓶可乐，主任沏了点儿茶跟老袁一块儿喝。

"您这儿是不是有点儿腐败啊？"寇忱喝着可乐，又看了看生产日期，"本来以为运动会剩的呢，看日期很新鲜啊。"

"老师办公室也有冰箱，学校的福利，"主任说，"你想喝也可以来，不过不要告诉别人，供不上啊。"

霍然和寇忱笑了起来，主任不骂人的时候虽然也没笑容，但感觉得到并没有他们想象的那么凶。

"说正事吧，"老袁喝了一口茶，"这两个同学还是比较有代表性的。"

"嗯，"主任点点头，看着寇忱和霍然，"是这样的，学生会给学校提了一个想法，是关于天台告白的。"

"天台干吗？"霍然愣了愣。

"跳楼，"寇忱看着他，"你是不是代表了老土的那部分学生？天台告白都不知道？"

"哦，"霍然反应过来，"我是一下没反应过来。"

"是觉得我们学校不会跟这个东西有关系吗？"老袁问，"所以反应不过来？"

"嗯，"霍然点头，"就觉得不可能同意吧。"

"看到没，"老袁看着主任，"学生对我们根本没信心。"

"如果学校同意做这样的活动，你们觉得会出现什么样的内容？"主任问。

"告白呗，"寇忱说，"肯定有一大拨我喜欢你之类的，毕竟你这玩意儿它就叫天台告白。"

"如果你上去，会说什么？"主任继续问。

"我才不上去。"寇忱说。

"你会上去吗？"主任又问霍然。

"不会，"霍然笑了笑，"但我肯定会去看，我想听听别人说什么。"

"通俗点儿的说法就是看热闹。"寇忱说。

主任看了老袁一眼。

"我吗？我会上去啊，"老袁摊手，"如果允许老师上去的话。"

"不是，我没有要问这个。"主任喝了口茶。

"你们觉得办这个,同学们会欢迎吗?"老袁问,"他们会有所期待吗?"

"肯定欢迎啊,去年还是前年,十一中不是就弄了一次吗,当时多少外校的羡慕啊,虽然他们那次时间特别短,都没让几个人上去,"霍然说,"但是如果要弄成那种规定主题,这不能说,那不可以说的,就没必要了,估计一个愿意上去的都没有。"

"嗯,"老袁点点头,"那样无非就走个'开明'的形式而已,的确没有意义。"

"也别叫家长,"寇忱说,"如果真要弄,就别让家长掺和了,底下一堆家长一杵……反正如果我爸站下边儿,你就是规定了我要上去,我也不会上去。"

"学生会这次的想法就是学生自己,想说什么就说,"主任说,"上回你们班的班会,虽然主题是限定了,但大家都很喜欢这种形式,所以学生会才会提出这个活动申请,学校也会考虑,但我们考虑得肯定要多一些,包括会不会出现攻击性内容……"

"又不是小学生,"寇忱一脸无所谓,"上面写着告白,你上去骂人不是傻子吗?一般人不会这样,真有这样的,安排点儿人在底下起哄给他哄下去就完了,怕什么呢。"

主任看了他一眼,笑了起来。

"有意思吧,"老袁说,"你找别的孩子来,还真不一定能听到这样的话。"

"那行,我们总结一下你们的想法,"主任笑着说,"你们是希望有这样的活动的,但是拒绝家长参加,学校最好在主题和喊话内容上不做限制,对吗?"

"对。"霍然点头。

"感谢二位同学,"主任对他们点了点头,"如果还有什么想法可以给袁老师反馈,因为最后还没有决定要不要做这样的活动,所以请你们先保密。"

走出办公楼的时候,寇忱小声说了一句:"哎,重要的事忘了。"

"什么?"霍然看他。

"封口费没要,"寇忱说,"让保密就保密了?"

"那你去要，"霍然停下了，"我在这儿等你。"

"你是不是太不够意思了，我去要，你在这儿等？"寇忧说。

"行吧，"霍然转身就往办公楼里走，"我跟你一块儿去。"

刚一转身，主任正好从楼上下来了，问了一句："怎么了？还有什么……"

"没有。"寇忧一把抓住了霍然衣服领子，往后拽了回来，"我说去喝可乐。"

"上去拿吧，没事儿，"主任说，"你们老袁还在呢。"

"不了。"寇忧拽着霍然转身就走。

霍然也没挣扎，一路笑着倒退着走。

"你很生猛啊。"寇忧把他拉到路边之后停了下来。

"怎么了？"霍然笑着把衣服整理好，"你说我不陪你，我就陪你去要封口费啊。"

"走吧，"寇忧说，"去食堂玩会儿。"

食堂里有几个学生会的在吃东西，边吃边凑一块儿小声说着话。

路欢和伍晓晨都在，看到他俩，笑着打了个招呼。

寇忧买了点儿零食和饮料，跟霍然一块儿找了个远离他们的空桌坐下。

"路欢就算了，平时也不聊，"寇忧小声说，"伍晓晨个叛徒，天天朋友圈儿里蹦得那么欢，这事儿居然一点儿口风都没透出来。"

"说不定收了封口费呢。"霍然笑着说。

"哎，"寇忧拿了包豆子咔咔咬着，"如果真能弄这个天台吼叫的活动，可以让江磊上去吼，路欢我喜欢你！"

"他肯定不敢，他上去敢吼徐知凡我爱你，他也不敢喊路欢我喜欢你。"霍然说。

"这个怂。"寇忧笑了半天。

"你不也不打算上去吗？"霍然说。

"我是没什么可喊的，"寇忧说，"我没什么憋得不行非得有这么个机会才能发泄，我想说什么平时就说了。"

"嗯，我也是觉得没什么可喊的，"霍然想了想，"但我还真想听听别人的，是不是我太爱凑热闹了？"

"不是，"寇忱说，"我觉得谁都是这样吧，想知道别人在想什么，我要发明个读心机，绝对能成宇宙首富。"

"先把我校园卡里的钱充上吧，首富。"霍然说。

"充个屁，"寇忱拿出了自己的卡，往他面前一扔，"拿去用。"

"空卡？"霍然拿起卡晃了晃。

"说什么呢，"寇忱说，"早充好值了，就等着把你卡吃光了让你流落街头这天呢。"

"神经病啊。"霍然笑了起来。

因为对主任和老袁的承诺，他俩忍着没把天台告白的事儿告诉七人组，只等着学校宣布。

听主任的意思，其实是想做这么一次活动的，毕竟附中一直比别的学校更"前卫开放"。

憋了也就半个月，就有动静了。

第二节课间魏超仁去上了个厕所，回来的时候一脸兴奋。

"我刚看学生会的人搬个大海报去礼堂那边，"魏超仁比画着，"挺大的，我看着得有两米高了，还没画完的。"

"什么海报？"徐知凡问。

"可能是天台告白，"魏超仁趴到桌上压低声音，"风一吹我看到字了，人口。"

"什么人口？"许川愣了愣。

"你傻了吗，川哥，"魏超仁在纸上写着，"天台，下面不就是人口吗？"

"你突然智商这么高了？"江磊难以置信地看着他。

"我一直这么高，"魏超仁说，"你别想把我跟你拉到同一梯队里去。"

"不是，"江磊说，"你现在跟我才是同一梯队。"

"滚！"魏超仁瞪眼。

"天台告白是什么？"胡逸问。

"就是站楼顶上喊出心里话，"许川给他解释，"可以是对某个人说的，也可以单纯就是自己想说的话。"

"啊,"胡逸想了想,"那我上去喊吧,食堂三号窗的阿姨能不能不要老哆嗦,肉都让她给哆嗦没了。"

几个人顿时全都笑得趴到了桌上。

学校同意了学生会的申请,在学校里宣布了天台告白活动三天后举行。

这个消息一出来,全校都沸腾了,毕竟寒假太短太忙乱,大家的兴奋无处安放,这个活动得到了全校的热烈响应。

这也是学生会最近干的最得人心的一件事儿,所以一个个干劲儿也非常足,海报做得漂亮洋气,设计的人大概是蒙德里安大大的粉儿,海报背景是明快的各种几何图形和线条,挂在体育馆外墙上老远都能看得到,不过上面写的不是天台告白。

写的是:我站在天台,我有话想说。

大概是为了能让参与的人有更大的发挥空间,不过霍然觉得这说不定是老袁的小阴谋,避免大家被这俩字暗示,出现过多让家长不适的内容。

"我站在天台,"寇忱指着远处的海报,"我就要飞起来了。"

"那你去飞一个吗?"霍然问。

"不了,"寇忱说,"我这两天正在指导江磊飞呢,他想上去喊,但是又怕让路欢尴尬。"

"那怎么办?"霍然问。

"就不要直接说我喜欢你啊,可以说我很欣赏你,很幸运能碰到你这样的女生,"寇忱说,"希望你能永远有这样美丽的笑容什么的,就差不多这一类的,他俩就都不容易尴尬了。"

"寇忱,"霍然吃惊地看着他,"我有一个愿望。"

"说,"寇忱说,"哥哥帮你实现。"

"就你这一套一套的,"霍然说,"我真想看看你给人表白的场面啊。"

寇忱笑着没说话。

霍然也没说话,在脑子里想象了一下,寇忱对着一个女生……

似乎想象不出来。

还莫名其妙地有些别扭。

这个感觉他不敢跟寇忱说，说了会被打。

他觉得就像自己养了多年的小公狗，突然对着另一只小母狗哈哧哈哧……

"算了。"他说，脑子里停止了想象，心里对被比喻成了小母狗的不知名女生道了个歉。

"这个我帮不了你，"寇忱啧了一声，"我也就说说，你真让我自己去，我肯定不行……不行不行不行……"

"我就说别大冷天儿的玩你那个钥匙扣吧，"霍然说，"你看现在就不行了吧。"

寇忱愣了好半天才瞪着他："霍然你真他妈是我见过的最表里不一的人！"

霍然笑得都咳嗽了。

寇忱一连串不行说出来的时候，他就特别想笑了。

"天台起飞"活动是在下午第二节课开始，其实第一节课就有不少学生溜出教室到体育馆四周抢占有利地形了。

比如许川和徐知凡。

这俩平时挺稳重的同学，居然直接就没来上第一节课，还在群里发了照片，他们已经用捋成条状的外套在体育馆对面存放废旧体育器材的平房顶上占领了边缘最平整干净的一块地方。

"居然没叫我们！"江磊愤愤地看着放在两腿之间的手机。

"他俩吃完饭就去了。"胡逸说。

"那你怎么不说？"魏超仁瞪他。

"我哪知道他们是去占地方，"胡逸说，"平时这种违纪的事不都是你和江磊一块儿干的吗？"

"你为什么要把寇忱划出去？"江磊说，"寇忱才是违纪第一人好吗！"

胡逸回头看了一眼寇忱："他坐这儿呢。"

"我跟你说不通，"江磊往四周看了看，"我天，是不是去了不少人了啊？"

霍然也往教室里看了一圈，发现不是去了不少人，应该是有不少人根本就没来，难怪知凡和许川要先去占地方了。

"走。"寇忱把手上的书往桌上一扔，站起来就往外走。

他这一带头，教室里差不多全部的人都站了起来，浩浩荡荡地往教室门口走。

走了几步，有人往办公室那边看了一眼，吓了一跳："我去，老袁看着呢！"

大家都惊了，一块儿看过去，果然看到老袁拿着个茶杯正站在窗口看着他们，大家顿时站在了原地，不知道该进该退了。

老袁喝了一口茶，冲他们这边做了个"嘘"的手势，然后把办公室的窗帘拉上了。

班上的人立马沉默而兴奋地冲出了教室，跑到一楼的时候，他们发现楼下文（3）全体都坐在教室里，梁木兰正威严地站在讲台上扫视着班里的人。

"太惨了，"江磊小声说，"等他们静坐完了过去连树都没的爬了吧。"

江磊的推断还是很准的，第二节课活动开始的时候，几棵大树都趴满了人，小树旁边都站着学生会的人，怕有人连小树都不放过。

"今天的活动，首先要感谢学校的支持，感谢老师们的开明和对我们的信任！"学生会主席站在天台上，扒着栏杆喊话。

"听得还挺清楚的，"霍然坐在器材室顶上，跟七人组一块儿整齐地晃着腿，"不知道会不会安排几个托，毕竟前几个上去的人相当需要勇气啊。"

"江磊第一个上吧！"魏超仁说，"刚那么着急呢。"

"闭嘴，"江磊飞快地晃着腿，"我现在紧张得就想尿尿。"

几个人正乐着，那边学生会宣布活动开始，四周不知道围了多少层的学生一块儿挥着胳膊一通欢呼。

出乎霍然意料的，天台上接着就出现了不少人，居然有这么多人不怕第一个站上去。

佩服。

而第一个喊话的人出现在天台栏杆旁边时，七人组同时发出了惊呼："我去，何花？"

何花低着头站在栏杆边，手紧紧地抓着栏杆，不知道是紧张还是害怕。大家全都安静下来之后，她也没有说话，一直低着头，仿佛是在读条。

"睡着了吗？"寇忱小声说。

这时何花突然抬起了头，往栏杆上靠了靠，用力喊了一声："寇忱！"

"哎靠！"寇忱吓了一跳，抱着霍然往后躲了躲。

3

"寇忱！"

何花这一嗓子出来，声音居然还挺响亮，基本上全都能听清她喊的是什么，全场立马就响起了一阵欢呼和尖叫。

毕竟寇忱在学校基本没人不认识，一个沉默得查无此人的女生，突然当着这么多的人，喊出了他的名字，后面的内容就相当值得期待了。

"我去！"寇忱搂着霍然的腰，半个身子都藏在了他身后，"她是要谢谢我吗？她不是早就谢过我了吗？我不说了不用谢了吗？再说她都说过不用咱们管她……"

何花喊完之后又开始读条，这回时间短一些。

"我想说——谢谢你！"

她用力喊出这句话的时候，霍然感觉寇忱勒在他肚子上的胳膊松了松。

不过人还是藏在他身后，只是小声嘟囔着："行了不用谢，说完了赶紧下去吧……"

"我不是要谢谢你帮我打了那些人，"何花没再读条，喊开了之后似乎她也放松了不少，"我是想谢谢你……给我的勇气！"

这句话之后没有人起哄，四周响起了掌声。

"寇忱，"霍然在他腿上掐了一下，"坐好，你怎么厌成这样？"

"我没你那么爱出风头。"寇忱终于松开了他，坐直了。

不过看得出还是有点儿尴尬，霍然发现寇忱大概只能适应主动出风头，不适应被动出风头，现在虽然坐好了，但手都不知道往哪儿放。

"也许以后我还会碰到很多困难！可能不会再有人这样帮我！"何花继续喊，"但想到你，想到你们几个，我……我只记得你名字了，但我记得你们的样子！想到你们！我就会有勇气去面对！谢谢你们！"

这次的掌声更热烈了，大家都往这边看了过来。

寇忱勾了勾嘴角，跟着大家鼓了几下掌，然后冲那边的何花竖起了拇指。

有女生尖叫了起来。

霍然看着寇忱，说实话，寇忱在装腔方面绝对有天赋，明明紧张得都要往人身后躲了，这会儿居然还能绷得住，这个动作做得相当帅气。

这就是主动装腔的效果。

江磊有样学样，也冲何花竖起了拇指。

七人组这时的默契自然不会缺席，虽然何花叫不上他们的名字，但毕竟这会儿谢的是他们这帮人，于是他们全都一抬手，冲何花竖起了拇指。

何花的能量大概用完了，冲他们鞠了个躬，低着头转身离开了栏杆。

学生会主席蹦到了栏杆边，何花这个头开得很好，气氛已经起来了，这会儿他又继续喊话鼓励大家。

"我刚以为何花要跟寇忱表白呢，"许川说，"还想着这可就尴尬了。"

"我去，我也……"寇忱压着声音，说到一半又停了。

霍然一听这话，忍不住转头看了寇忱一眼："你也以为她要表白？"

"啊。"寇忱应了一声。

"你挺有自信啊？"霍然喷了一声。

"这话说的，这种事儿我碰得多了，"寇忱现在已经完全恢复了状态，看着他眯缝了一下眼睛，勾着嘴角，"我最有自信的就是这个了。"

"脸呢？"霍然问。

"谁想要谁拿去。"寇忱满不在乎地一笑。

"欢迎下一位同学说出想说的话！"主席在上头煽动完了之后跑开了。

大家都安静下来等着下一个上去的。

"磊磊，"寇忱看着江磊，"一会儿你上不上去？"

"……我啊？我再想想……"江磊有些犹豫。

"尿货，"徐知凡说，"你不是排练几百回了吗，词儿都改了二百多回，背了一千多回，都倒背如流了。"

江磊一咬牙："一会儿我就上去。"

"紧张的话就看着我们喊，"魏超仁说，"我们给你鼓劲儿。"

"行。"江磊捏着手，把关节捏得咔咔响。

"行了，"寇忱拍了他手一下，"是不是想一会儿捏骨折了就不用上去了啊？"

"我不至于！"江磊瞪了他一眼。

"就这个状态，"寇忱一指他，"厉害了磊磊。"

第二个站到天台边的是个女生，霍然不认识。

"怎么又是女生，男生都不行啊，"他小声说，"磊磊不会是今天唯一上去的男生吧？"

"你小点儿声，"寇忱凑到他耳边，"让他听见真不敢上去了。"

"这女生哪个班的？"霍然问他。

"高三的，"寇忱说，"不知道哪个班的，上回女子跳高第一啊。"

"噢。"霍然点了点头。

"我是高三理科某班的某某！"女生挺大方，扒栏杆边就开始喊，没读条，"我的名字不重要！我要说的这个事儿，特别正经！"

"有多正经啊？"下面有人喊着问。

大家都笑了起来。

"我现在特别，特别，特别想回文科班去！"女生喊，"一年级的小朋友们！不要听父母的，别信什么成绩好的选理科，文科就是死记硬背！不是的！你喜欢什么就选什么！你喜欢！成绩就会好！你喜欢！就不需要死记硬背！"

"好——"下面一帮高一的都喊着回答她。

"我现在就特别后悔，选了理科一点儿都不开心！"女生扯着嗓子，"我好想回去啊！别学我！"

"好——知道了！"大家继续喊着回答。

"好了，最后一句，"女生举起手，吸了一口气，"高二文（1）！"

一听这句，七人组一帮人都精神了，等着她下一句。

"霍然！"女生往七人组这边一指，手指慢慢移动了一下，定在了霍然脸上，"姐姐爱你！"

"……我靠！"霍然震惊地看着她。

四周站着的坐着的楼顶上的树上的，所有人同时发出了尖叫声和掌声，还夹杂着口哨声。

"太刺激了！"魏超仁笑得一个劲儿拍大腿，"霍然你牛！"

一直到这个不知名女生离开了栏杆，四周的喊声都还没有平息下去。

霍然感觉有点儿蒙，脸上烧得慌。

情书他收过，私下当面表白他也碰到过，但这种当着差不多全校的面直接喊出"姐姐爱你"的情况还是头一回。

偏偏这句话听起来又并不完全是表白，毕竟之前文科学姐们给寇忱加油时就这么喊的……

"这话相当妙了，"寇忱往他身上一靠，小声笑着说，"你要说是表白吧，人家说是姐姐爱弟弟，你要说不是表白吧，眼下这种情况明显就是表白，这个姐姐是个妙人啊……"

"你闭嘴。"霍然粗暴地打断了他。

寇忱转过头盯着他看了一会儿："你没事儿吧？生气了？"

"……没有。"霍然看了他一眼，揉了揉鼻子，"我第一次让你闭嘴吗？"

"这次口气不对啊，"寇忱说，"我听着像是生气了。"

"真没有，"霍然清了清嗓子，"就是太突然了，你又叽叽叽一通……"

寇忱连一秒都没用，就从兜里拿出了他的黄毛鸡，凑到他脸旁边："叽叽，叽叽然，叽叽然。"

"滚啊，"霍然没忍住笑了起来，"你脑子到底什么构造？"

"叽叽叽叽。"寇忱又叽叽了几声，才把钥匙放回了兜里。

四周兴奋的叫喊声已经平息下去，霍然觉得松了口气，手撑着房檐边晃了晃腿，等着下一位出场。

手背上突然感觉一阵暖，他转过头，寇忱把手按在了他手上，还用指尖轻轻敲了敲他的手，然后跟他一块儿晃着腿。

这回总算是个男生了，而且这个男生霍然认识，高一他们一个班的，现在在文（3）。这家伙以前胆儿就挺大的，想说什么就说什么，相当直接，高一上课的时候直接就给老师提意见，说您这上课念叨得半个班都快睡着了，您不反思一下吗？

"梁老师！"这男生上去扒着栏杆连停顿都没有，就冲着老师们站着的方向喊上了，"梁老师！"

"这是要单挑梁木兰啊！"寇忱惊了。

一帮人顿时都伸着脑袋往老师那边看过去，老袁面带微笑地站在那里，旁边就是板着脸的梁木兰。

脸上没有表情，内心有没有波动不太看得出来。

不过梁木兰在学生心里差不多就是古怪的代名词了，这会儿大家都没出声，静静地等着天台上的勇士出招。

"我们背地里都不叫您梁老师，"勇士喊，"别的老师我们也不喊，但我们都老什么老什么地喊，显得亲热，就您不是，您肯定是知道的！"

梁木兰扯着嘴角冷笑了一下。

一看这个笑容，就能知道勇士这战挺悲壮了。

不过勇士完全无惧，继续喊："您课上得挺好的！但我们更希望拥有一个让我们能轻松学习而不是时刻担心会在毫无意义的细节上被骂的环境！我被您骂过很多次！数不清了！低头记笔记没有看您被骂，上课拖了一下椅子被骂，下课跑得太快被骂……真的太没有意义了！"

"是的！"有人突然喊了一声。

接着就有好些人出了声："是啊，压力好大啊！"

"相比之下，我们非常羡慕袁老师班上的同学，"勇士接着喊，"我觉得

024

老师也是可以相互学习进步的！希望您能给我们一个更轻松的学习氛围！梁老师！加油！谢谢！"

"梁老师加油！"文（3）的人都喊了起来。

"丫引战呢？"寇忱小声说，"这下刺激了，老袁跟梁木兰本来就不对付。"

"是梁木兰跟老袁不对付。"霍然说。

"嗯。"寇忱点头。

"这下尴尬了，"胡逸一脸忧郁，"梁木兰这可怎么下得来台啊。"

场面其实还挺感人的，但梁木兰估计脸上挂不住，板着脸听完之后，还是板着脸，没有给出任何回应。

"感谢这位同学！"老袁在气氛完全陷入尴尬之前及时地往前迈了一步，手圈在嘴边冲天台上的勇士喊，"谢谢你！我们为有你这样敢于开口的学生感到高兴！老师们一定会相互学习，跟你们一起进步的！我们一起加油！"

话音刚落，掌声顿时就响成了一片。

"老袁这简直了，"徐知凡说，"高下立现啊。"

"两边都兜住了，"许川说，"不愧是老袁。"

勇士冲老师们那边挥了挥手，转身下了台。

"我准备上了。"江磊突然收了腿，蹲到了楼顶边上。

"后头有楼梯，"霍然赶紧提醒他，"你别从这儿跳，下面全是人，摔谁身上了都是惨剧。"

"我知道。"江磊一握拳，猛地站了起来。

大概是起猛了，他趔趄了几步才继续往前走了过去。

"我陪他一下吧，"霍然看着不放心，"别一会儿那边上不去了。"

"我去。"徐知凡按了他肩膀一下，站起来跟着江磊一块儿下去了。

"一会儿记得给江磊回应。"许川提醒七人组剩下的人。

"放心。"几个人都点头。

"路欢在哪儿？"寇忱往下面看着。

"那边。"胡逸抬了抬下巴。

路欢和伍晓晨正站在一棵小树底下维持秩序。

之前胡逸说过如果上去,就给三号窗的阿姨提意见别抖勺。

这个想法被下一个上场的女生给实现了。

"我们食堂的饭菜真是太好吃了,伙食绝对是全市最好的,"她喊,"我别的学校的同学都羡慕我!"

这个说法得到了所有人的赞同,大家纷纷鼓掌。

"就是三号窗!三号窗的大姐!"她喊出了胡逸的心里话,"大姐您的勺能不能拿稳点儿啊?我们都在发育的关键时刻,我们高三用脑还多,要加强营养!大姐您多给点儿肉吧——别老抖了行不行啊——我想吃肉啊,女生肉食动物也是很多的啊——"

底下爆发出了狂笑,大家笑成了一片,老师那边也笑着鼓起掌来。

"不过请学校后勤组不要为难三号窗大姐!"天台上的女生又补充了一句,"我只是提个建议,没有别的想法,请不要加戏,不要擅自理解!"

刚平息一些的笑声再次升级。

总务主任挥着胳膊喊了一声:"好!明白了!"

江磊出现在了天台的边缘,跟几个准备上去的男生女生一块儿等着。

徐知凡的手一直在他肩膀上捏着,估计这家伙是紧张得够呛了。

又一个男生慢慢走向栏杆。

这个之后大概再有一个就到江磊了。

这个男生是高三的,霍然认识的为数不多的外班还是不同年级的人之一,原因倒是很简单,因为他是个学神,每个老师提起来都会双眼放光的那种挺帅的学神。

学神就是学神,站到栏杆边儿上的时候最放松的就是他了。

推了推眼镜,手往栏杆上一撑,冲大家先笑了笑。

他们班的女生最先尖叫着就开始鼓掌了。

"这人比我能装啊。"寇忱一边跟着大家鼓掌一边喷了一声。

"他还是有资本的,"霍然说,"高一的时候我们数学老师就说过,学过的题全都会，会做的题从来不错，你呢？"

"我生气了啊。"寇忱皱着眉。

霍然看了他一眼，笑了起来："真的假的啊？"

"真的，"寇忱说，"长他人志气！灭自己人威风！你胳膊肘不是往外拐，你胳膊肘直接就断了吧！"

霍然笑得差点儿呛着，拍着他的腿："我跟别人说你的时候也是这么说的。"

"我学过的题都不会，会的题也老做错，"寇忱拧着眉，"你怎么说？"

"寇忱，除了学习成绩不行，"霍然说，"什么都好。"

寇忱看着他没说话。

"真的，"霍然说，"实话，我就这么觉得的。"

学神自我介绍了几句之后清了清嗓子，霍然和寇忱都没再说话，一块儿听着。

"其实我没有想到有一天我会站在这里，对着这么多人说话。"学神没有喊，但声音还挺清晰。

嗓子不错。

"这些话，在我心里憋了很久了，"学神推了推眼镜，"我想要说出来，为自己，也为跟我一样的人。"

全场都安静下来了，不知道他要说的是什么。

学神低下头，沉默了几秒钟。

"我有一个很喜欢的人，他可能知道，也可能不知道，不过不重要，"他抬起了头，声音一如之前清晰平缓，"我不会告诉你，我喜欢你，但我会告诉大家，我喜欢的人跟你们想的不一样。"

4

学神这句话说完，从房顶到树上再到地上站着的所有人都没了声音。

所有人都一块儿看着他，像是没回过神来。

不过这个安静得几乎凝固的氛围没有持续太久，几秒钟之后，寇忱把手放到嘴边，吹了一声响亮的口哨，接着喊了一声："牛！"

他开始鼓掌的瞬间，全场所有的学生都开始鼓掌，叫喊声不断起伏。

霍然一边鼓掌一边看着还撑着栏杆的学神，他低着头，不知道在想什么。

"真没想到，"魏超仁一边用力鼓掌一边感慨，"高三都是牛人，这都敢说！牛！"

霍然转头看了一眼老师那边。

老师们也有不少在鼓掌的，还有些老师正凑近了说着什么。

学神这话不仅震了学生，也惊了老师。

霍然突然想起了寇忱说过的那个同学，跪着都没能求得老师放他一马的那个同学……

他立刻又转回头看了看寇忱。

寇忱没有什么表情，只是盯着天台上的学神一直在鼓掌，巴掌拍得很响。

之前率先吹响的那声口哨，那声喊出来的"牛"，抢在了所有声音和态度之前，不仅仅是寇忱的性格就是如此，还是因为害怕会有另一种声音吧。

寇忱第一个跳出来表示支持，把所有有可能出现的嘲笑和不理解的声音都压了下去，起码在眼前，在当下，学神听到和看到的，都是友好的宽容和支持。

四周的掌声和呼喊慢慢平息的时候，学神重新抬起了头，平静的声音稍微带上了些情绪。

"谢谢大家，鼓掌的谢谢，被迫鼓掌的也谢谢，不求每一个人都能理解和支持，别当我面骂我就行，"他笑了笑，"当面骂我我是会反击的，谢谢。"

学神说完之后，转身离开了。

掌声再次响起。

下一个要喊话的同学站到栏杆边了，前一波的掌声还没有完全停止。

不过这个要讲话的同学是伍晓晨，文（1）的掌声立马又给她续上了。

"谢谢啊，蹭到学长的掌声啦，"伍晓晨笑着喊，"刚才的喊话震到我了，我现在都不知道要喊什么了……"

"那换人吧，换江磊！"许川笑着喊。

大家都笑了起来，天台角落里站着的江磊扑到栏杆远远指着许川，用口型骂了一句"你大爷"。

霍然跟着一块儿笑了笑，转头又看了看寇忧。

寇忧笑得不是太投入，眼神有些放空。

应该是想起了那个同学吧。

霍然伸手在寇忧背上来回用力搓了搓。

只是他没有想到的是自己也有些放空。

一开始他并没有发现，只觉得寇忧有些恍惚，直到江磊站到栏杆边的时候，他才猛地发现，伍晓晨在天台上喊了什么，他完全没有听见。

满脑子里都回荡着学神的声音。

回过神来的时候只觉得心脏一阵狂跳，耳边都有些嗡响，大家的掌声和喊声像是隔着好几层棉被之外传进耳朵里的。

"录一下录一下！"魏超仁的声音从遥远的地方传来，"霍然你帮江磊录一下，我要喊，我怕录的时候画面抖了！"

"嗯？"霍然愣了一下才反应过来，"哦，好！"

"我录吧，"寇忧拿出手机点开了视频，对准了天台边的江磊，"他怎么不站直点儿，没形象。"

一直到寇忧的声音响起，他才像是从水底被人拉了上来，四周的所有声音一下都涌了出来，变得清晰却又繁杂。

"我是高二文（1）的江磊！"江磊吼了一嗓子。

"江磊你站直了！"胡逸圈着嘴喊了一声。

"……好。"江磊犹豫了一下，挺直了身体，一片笑声响起，他停了一会儿，四下看了看，像是在找路欢的位置，看清之后才抬起头，冲着天空喊，"高二文（3）的路欢！"

"哎——"文（1）和文（3）的人齐声回答。

江磊愣了愣笑了起来，过了一会儿才吸了一口气继续："我想说——我很高兴认识你！你是我见过的最温柔，性格最甜，笑起来最好看的女生！没有之一！"

大家边笑边鼓起了掌。

"你就像那种雨过天晴之后的空气,很清新!"江磊继续喊。

"……这话谁教的?"许川愣了愣,转头看着寇忱,"你教的?"

"没,"寇忱说,"他最近就琢磨这点儿事了,超常发挥一下也正常。"

霍然看着站在树底下捂着脸笑的路欢,有些感慨,同样是单恋……他突然感受到了学神能站到天台上去说出那样的话,需要多大的勇气。

而他可以对所有人说出来,却可能永远也不能告诉他喜欢的人。

因为不是一类人。

"也许以后我们毕业了,各奔东西,再也不会见面,"江磊对着天吼着,"但在我的记忆里,永远会有你十八岁这年最美的笑容!"

"圆满!"寇忱在大家的笑声和掌声里打了个响指,把录好的视频发到了群里。

喊话还在继续。

寇忱把手机放回兜里,收回了腿:"我去厕所。"

"嗯,"许川点点头,拿出了自己的卡,"路过小卖部带点儿水吧,我请客。"

"好。"寇忱接过了他的卡,起身往后面走过去。

霍然回头看了他一眼,有些犹豫,两秒钟之后他也站了起来,跟在寇忱身后从器材室房顶上下去了。

一向喜欢请客的寇忱,就算同意别人请客也肯定会不爽几句,今天居然一点儿都没挣扎,本来就挺奇怪了,上厕所还自己就去了,也没叫他……

虽然有些神奇,但寇忱无论要去干任何事,都会拽着他一块儿。

寇忱这会儿心情肯定不好。

霍然跟在寇忱后面走了一段,到处都是学生,他也不好说什么,一直到离体育馆挺远了,四周已经没有人了,他才紧跑了几步,追到了寇忱身边。

"哎,"寇忱转过头,"你怎么来了,吓我一跳。"

"……你没事儿吧?"霍然也没绕圈子,直接问了。

"没,"寇忱往前走,但没往厕所的方向,而是往几栋教学楼最尽头走过去,"我就是……突然想起我同学了,跟你说过的那个同学。"

霍然猜的也是这个,于是没再说话,跟他一块儿往那边走。

沉默着走到了尽头的围墙边,教学楼的侧面,除了大扫除平时基本不会有人来的角落里,寇忱停了下来,靠着墙,从兜里摸出了烟盒。

"要吗?"寇忱叼了根烟,看着他。

"不要。"霍然说。

"我其实也不想抽,"寇忱点着了烟,夹在手指间,看着升起来的蓝色烟雾,"就是觉得应该配合一下气氛。"

"什么气氛?"霍然笑了笑。

"我这会儿特别激动,我都不知道是怎么了。至于吗?又不是我上去说了什么,"寇忱把夹着烟的手伸到了他面前,"你看。"

霍然看到他的手在微微颤抖。

"我以前一直看不上你们这种重点学校,就是你说的……刻板印象吧,"寇忱抽了口烟,"就觉得老师都一本正经老固执,学生也都一本正经读死书……是不是挺逗的?"

霍然没说话,把手放到了寇忱肩上,手指一下下轻轻捏着。

"现在想想,如果当年我同学是在这里,在附中,是不是就不会连下跪都保护不了自己的秘密,是不是也可以对所有人喊出来,也会有人鼓掌,给他叫好,"寇忱说完想想又叹了口气,"算了,这个假设没屁用,丫成绩还不如我呢,考不上重点高中。"

霍然被他最后这句突然的转折逗笑了。

寇忱跟着他一块儿傻笑了两声,偏过脸看了看他没有继续捏肩的手:"好好捏,别偷懒。"

"哦。"霍然笑了笑,继续给他捏着肩。

寇忱没再说话,叼着烟低头玩着手机。

霍然倒着看着他手机屏幕,是在群里跟七人组那几个聊着,江磊一串串地刷着屏。

寇忱脖子旁边不知道什么时候落了很小的一根草屑,霍然顺手一弹,把草屑弹掉了。

指尖划过寇忱脖子上的皮肤时,他突然有些心慌。

平时搂着抱着甚至亲几下这种野蛮的接触,都没有让他有过现在这种感觉,只不过是指尖那么一点点细微的触碰,却突然慌得厉害。

他迅速收回了手,从兜里摸出手机看了看:"是不是得去买饮料了?"

"嗯,"寇忱抬头看了他一眼,"你没事儿吧?"

"什么?"霍然也看着他。

"……有点儿怪。"寇忱说。

"我吗?"霍然问。

"不然是我吗?"寇忱啧了一声,胳膊一搂他肩,"走。"

小卖部里只有一个人,正在冰柜前挑雪糕。

寇忱的脚步停下了,看了这人一眼。

霍然跟着看了看,这人正好拿着根雪糕转过头。

是学神。

看到他俩,学神又拉开了冰柜,拿了两个雪糕,递了过来。

他俩愣了愣,霍然先伸手接了过来,寇忱也伸手接了。

学神去刷卡付好钱,转身走出小卖部的时候在寇忱背上轻轻拍了一下:"刚谢了。"

寇忱过了一会儿才回头说了一句:"不客气。"

学神已经走得没影儿了。

"他叫什么?"寇忱小声问霍然。

"林无隅,"霍然低头拆开雪糕包装袋,很利索地咔咔地把外面的巧克力壳儿都给啃掉了,"大方无隅的那个无隅。"

"哦。"寇忱点了点头。

"哦什么?"霍然笑了笑,"你知道吗?"

"大方无隅,大器晚成什么的,我爸书房里有,"寇忱瞪着他,"是不是小瞧我了?"

"是。"霍然点头。

"以后还敢不敢了？"寇忱继续瞪着他。

"不敢了。"霍然说。

"给，"寇忱把自己的那根雪糕拆了包装袋递给他，"啃吧。"

霍然愣了愣："啃什么？"

"巧克力啊，你刚啃的那速度松鼠都比不上你，不够啃吧？"寇忱说。

"……够了，"霍然赶紧说，"怕我不够你不如给我颗巧克力。"

"你当我卖巧克力的呢，天天都拿得出来……"寇忱转身抱了一堆饮料去结账，顺手又要了一块方格巧克力。

霍然还没走到体育馆就把这一大块巧克力都啃光了。

情绪不稳定的时候，吃点儿巧克力有助于他恢复平静。

天台喊话还在热烈地进行着，江磊和徐知凡已经回到了器材室房顶上。

寇忱和霍然把一堆饮料给几个人分了，坐回了原处。

"我去，我腿终于不抖了。"江磊说。

胡逸伸手在他腿上按着感受了一下："还有一些隐隐的肌肉抽搐。"

"这就不错了，"江磊说，"我刚下来的时候都是徐知凡扶着，他要没扶着我，我肯定从楼梯上滚下来。"

"你这心理素质不行啊，"魏超仁说，"人家在天台上都气定神闲的，你这哪儿跟哪儿，也紧张成这样。"

"让我上去的时候说不定也不紧张了，豁出去了，还紧张个屁。"江磊灌了口饮料。

"那你一会儿上去试试。"许川笑着推了他一把。

"我不去，"江磊指着寇忱和霍然，"我就算上去也得排他俩后头吧。"

"滚。"霍然和寇忱同时开口。

几个人笑成一团。

喊话活动进了两个小时，结束的时候大家都还意犹未尽，要没个时间限制，他们估计能喊到晚上，越到后面，敢上去的人就越多了，毕竟不是每个人都有那样的勇气和自信，需要开路先锋。

这次喊话其实还挺成功的，因为内容没有任何限制，上去喊话的人也没有任何限制，一切都随心所欲，所以比起之前进行过同样活动的学校，效果和气氛都好得惊人。

所有的学生都感觉畅快淋漓，结束的时候大家的欢呼声和掌声持续了好几分钟。

喊话活动结束之后的下一个活动就是食堂抢饭，大概是喊话活动太兴奋，消耗太大，所有人都饥肠辘辘，冲向食堂的时候都带着挡我者死的气势。

三号窗的阿姨今天全程都在笑，每一个餐盘都打得满满的，也没抖勺。

七人组今天全都排的三号窗，端着餐盘坐下的时候，每个人面前的菜都堆得满满的。

"李姨姨还是很不错的啊，"寇忱说，"一提意见马上就改正了。"

"今天的菜好像也比平时好。"许川说。

"是，"徐知凡说，"我刚看到总务主任了，从后厨出去，估计今天是专门过来给改善伙食了吧？"

"今天这顿必须炫一下了，"胡逸拿出手机对着每一个人的餐盘都拍了一遍，"我爸那个小情儿做的菜都不如我们学校的菜。"

几个人一块儿停止了说话，都看着胡逸。

"现在什么情况了啊？"徐知凡问，"每次问你都说没事儿了，现在你爸都炫小情儿做的菜了啊？"

"分居呢，"胡逸盯着手机，"我妈回我姥姥家了，我现在周末也是去姥姥家，我爸就直接开始新生活了。"

几个人叹了口气，这事儿他们还真是一点儿办法都没有。

"我现在好多了，"胡逸说，"其实今天我还有点儿想上去喊的，先是想痛斥我爸，后来想想又觉得没意思，感情这种事，挣斥一下有什么意义，然后又想痛斥父母打来骂去不考虑我的感受，后来又想想，谁规定了父母在这种时候还要为孩子想，就算了。"

"成熟了啊萝卜，"许川说，"不是几个月前背着削面刀的那个萝卜了。"

胡逸笑了笑，有些不好意思。

"那个刀呢？"寇忱问。

"我拿家去了，"徐知凡说，"我妈说还挺好用的。"

"那这周末去你家吃面。"江磊马上说。

"好。"徐知凡点头。

食堂里这会儿人挺多的，不少人都还在讨论着刚才的喊话活动，碰到上了天台的同学都还要竖个拇指或者多看几眼。

不过林无隅无疑是这次活动里最让人震惊和佩服的人，不少人也在讨论他的事儿。

虽然知道不是所有人都能接受林无隅今天说出来的这些东西，也知道哪怕是他们这些自认为最开放、最前卫、接受度最高的少年，也有不少是态度坚定的反对者，霍然知道肯定会有不好听的声音出现，但当听到旁边那桌高二不知道哪个班的人说起林无隅时用到的"变态"两个字时，他还是觉得心里一阵发堵。

还有些恐慌。

一秒钟之后霍然就马上想到了寇忱，刚转头想看看寇忱的反应的时候，寇忱已经腾地一下站了起来。

左手抄起了对面徐知凡的西红柿鸡蛋汤，右手拿起了刚打开的冰镇饮料。

接着的场面任何人都来不及做出反应了。

寇忱左手把一碗汤扣在了说出这句话的那个人头上，然后一把抓住了他后衣领往后一拽，右手的饮料接着就被他倒着塞到那人的衣领里，一瓶冰水很快就全灌了进去。

5

寇忱这一套连扣带灌的动作一气呵成，别说七人组没人能反应过来，就连顶着一脑袋西红柿蛋花的那位，都没能反应过来。

霍然把饮料瓶子从他衣服里拎出来的时候，他才猛地一下跳了起来。

"我去！寇忱？你干什么！"这人转过头的时候吼叫着。

寇忱看着他没有说话。

那人摸了摸自己的头，又反手摸了一下自己后背，然后又吼道："你真以为这学校没人敢动你啊！"

"反正不是你，"寇忱看着他，沉着声音，"要不你找个敢动我的来。"

"我没你那么有病！"那人瞪着眼，"我说你了吗，你激动个屁啊！自己对号入座个什么劲！"

"我管你说谁呢，"寇忱往前一直凑到了他面前，跟他鼻尖都快贴上了，压着声音一个字一个字慢慢地说，"你听好了，你再说一句，我打的就是你。"

霍然伸手抓着寇忱的胳膊拉了一下。

寇忱这才往后退开了，但还是一直盯着他，眼睛里全是怒火。

这人没有再说话，估计是知道打不过寇忱，不想继续吃亏，但又不愿意就此认输，于是狠狠一脚把地上的汤碗给踢飞了。

这一脚，寇忱没什么反应，就那么看着他，旁边七人组唰一下全站起来了。

气氛有点儿紧张。

霍然知道寇忱这会儿为什么突然会炸，这种时候别说是个他根本不放在眼里的同学，就算是校长，他估计也一样能炸，毕竟之前是真打过老师，还是两回。

霍然把他往旁边拦了一下，站在了他和那个人中间。

"仗着人多是吧？"那人看着霍然。

"别跟这儿扛了，去洗洗吧，"霍然也看着他，"你不也就仗着正主没在吗？他要站你跟前儿，你也不敢嘴欠这一句不是吗？"

"弄我这一身！就想这么完了？"那人指着自己。

"要不这样，"霍然回头从桌上把许川的汤端了过来，"他站这儿不动，你给他来一盆儿怎么样？"

"我还没喝……"许川有些迷茫。

"我刚也没喝。"徐知凡说。

那人看着霍然手里的汤碗，不知道在想什么。

他们那桌这时有人过来拉了拉他："算了，先去洗洗，别理他们了。"

那人拧着劲儿僵了几秒之后，把手里的勺砸到桌上，转身往食堂门口走了。

许川很快地把霍然手上的那碗汤接了回去，放回了自己餐盘旁边。

"吃饭吧。"霍然用胳膊肘碰了碰寇忱。

寇忱没动，转头看着他。

"吃饭吧，"霍然重复了一遍，"咱不能每回都在食堂打架吧，吃完饭再说。"

"嗯，没事儿了。"寇忱点了点头，转过身往厨房那边走。

"干吗去？"许川站了起来。

"收拾一下啊，"寇忱说，"一地都是汤。"

几个人于是都起身，跟寇忱一块儿去拿了拖把和抹布什么的，把之前浇了一地的汤和饮料收拾掉了，把桌子和椅子也擦干净了。

之前他们在食堂打扫卫生挺长时间，已经是熟练工了，这会儿收拾得很快，回到桌子旁边继续吃饭的时候，菜都还是热乎的。

寇忱去给徐知凡重新端了碗汤过来。

"寇忱啊，"徐知凡喝了口汤，看着他，"你今天这么一动手，后边儿肯定接着就会有人说你也是，你最好控制一下情绪，这要都动手，就没个头了。"

"说这个我无所谓，"寇忱说，"随便说。"

"应该没人再敢当他面儿说什么了，"许川说着又摸了摸汤碗，"还好这汤不是刚煮的。"

"废话，我拿汤就是因为之前听知凡抱怨说汤不够热，"寇忱说，"我要想烫他我就拿萝卜那个保温杯了，吃饭之前刚灌的开水。"

"哎哟。"胡逸吓了一跳，赶紧把保温杯从桌上拿到了凳子上放着。

寇忱笑了笑："你是不是傻。"

吃完饭走出食堂，几个人打算回宿舍休息，走到半路的时候，老袁从前面岔路上拐了出来。

看到他们几个的时候，他冲寇忱招了招手。

江磊小声说:"老袁这就知道了?消息这么灵通?"

"食堂里那么多人呢,"魏超仁说,"随便一个出去说一嘴就知道了……老袁不会为难寇忱吧?"

"对老袁有点儿信心吧。"徐知凡说。

"一会儿是不是训练?晚了我就直接去体育馆了啊,"寇忱往老袁那边走过去,回头看着霍然,"你不用在宿舍等我。"

"嗯。"霍然点了点头。

"办公室有别的老师,"老袁拍拍寇忱的肩,"咱俩操场上散个步?"

"好。"寇忱应着。

老袁慢慢往操场那边走过去,寇忱跟在他旁边。

"你这个脾气随谁呢?"老袁说。

"我爸吧,"寇忱说,"他打我的时候比我打架的时候狠多了。"

老袁笑了笑:"是吗?"

"别他跟你聊几句文学艺术的你就以为他是个文化人了,"寇忱说,"兴趣爱好跟他打人不冲突。"

老袁笑意更深了,过了一会儿才又拍了拍他后背:"刚才怎么回事啊?"

"也没什么,就那个傻子说林无隅变态,"寇忱说,"我听着不爽……不过我没打他啊!就扣了碗汤浇了瓶饮料。"

"这跟打也差不到哪儿去了。"老袁笑着说。

"你笑什么?"寇忱斜了他一眼,"要罚还是要处分直接说就行,但我先说好,道歉肯定没戏,你开除我我也不会道歉。"

"都不是,"老袁说,"没人要怎么着你,我就是听说这么个事儿了,问问情况。"

"情况?那就这么个情况,"寇忱说,"他歧视,我扣他汤,没了。"

"今天林无隅喊话,也是你第一个鼓掌吧?"老袁笑着看他。

"嗯。"寇忱点头,"他挺有勇气的,我肯定得支持他啊,而且我还必须得抢第一个,万一哪个刚才那种傻子抢先起哄了喊个变态什么的……那多恶心人。"

老袁点点头,没有说话。

过了一会儿又看了他一眼,似乎是想说什么但是没开口。

寇忱顿了顿,突然猜到了老袁可能想说什么,他看着老袁:"你是不是想问我啊?问我是不是?"

"是想问,"老袁想想,"不过也不重要。"

"我不是,"寇忱说,"不过我要真是,我也不介意告诉你,反正这是我的事儿,谁也管不着。"

"是。"老袁点头。

寇忱想想又拧着眉问了一句:"老袁,就今天……林无隅喊的那些话,学校……要怎么处理他?"

"处理?"老袁愣了愣,"处理什么?"

"就……"寇忱抓了抓脑袋,"他不是说他……"

"哦,"老袁应着,沉默了一会儿才开口,"虽然他喊出这样的内容是谁都没想到的,老师们也很吃惊,不过学校对这个事不会有任何处理,也不会有别的什么态度,你不用担心这个。"

"真的?"寇忱有些吃惊,"就,他说完,老师们校领导们吃个惊,然后就过了,当没发生,是这意思吗?"

"是。"老袁笑笑。

"我去。"寇忱先是有些吃惊,接着心里涌上来的就是感动和激动。

说不上来的情绪一下把他嗓子眼儿都堵上了,有点儿说不出来别的。

那个跪在老师面前的身影是他这辈子都抹不掉的记忆,伴随着这个场景而来的震惊和愤怒,到现在都还真真切切。

现在老袁这个轻松的回答,顿时让他眼眶都有些发烫。

"你以前,是不是有过这样的同学?"老袁问。

过了好一会儿,寇忱才点了点头。

"被学校……处理了?"老袁又问。

"学校和家里应该都处理了吧。"寇忱说。

老袁拍了拍他："很多事情，很多观念的改变都是需要时间的，但是总会往越来越好的方向走，你看，有些时候也不一定都那么糟糕，林无隅就可以大方大胆地说出来，没有他不该承担的后果出现，对不对？"

"嗯。"寇忱应了一声。

"你这个冲动可以理解，"老袁说，"我不会指责你，不过还是希望你以后能找到更妥当的处理方式。"

"我试试吧。"寇忱说。

"有点儿不服气啊？"老袁笑着问。

"没有，"寇忱喷了一声，"我说话就这个语气。"

"慢慢来，"老袁说，"下个月有篮球赛，之前运动会取消的，学校抽时间会重新安排上，你到时上场可不能这个脾气。"

"放心吧，有嘴欠的前头顶着呢，轮不上我。"寇忱说。

"霍然吗？"老袁笑了起来，"这小子，球打得是好，脾气也是不小……"

"放心吧，"寇忱说，"我替你盯着他，敢骂人我就捂他嘴。"

"我还是更担心你这性子啊。"老袁说。

"我这性子怎么了？我发火也分什么事儿。"寇忱说，"我非常靠谱。"

霍然在宿舍没待多长时间，一帮人都过来打牌聊天之后，他就换了衣服去操场了，准备散两圈步再跑几圈开始训练。

到操场的时候老袁和寇忱正顺着跑道溜达着。

霍然慢跑着从后面超过了他俩。

"嗨，然然。"寇忱在身后叫了他一声。

他回过头正想回一句的时候，老袁跟着也来了一句："嗨，然然。"

"……嗨。"霍然冲他俩挥了挥手，感觉老袁再跟寇忱溜达两圈就得被他传染了。

第二圈超过去的时候，没等寇忱开口，老袁就抢着先打了招呼："嗨，然然。"

"袁老师，"霍然有些无奈，"别跟他学行吗？"

老袁笑着冲他挥挥手："你继续。"

霍然往前跑了。

跑了大半圈的时候，他看到老袁离开了跑道，往办公楼那边走了，寇忱站在对面跑道跟他挥手。

虽然觉得有点儿傻，但寇忱的这个动作让他莫名就觉得很温暖，于是他也冲寇忱挥了挥手。

接着寇忱顺着跑道往他这边跑了过来，速度很快，霍然慢慢往前跑着等他，差不多还有五十米的时候，他听到了寇忱的喊声："一百米内超你——"

霍然愣了两秒之后拔腿就开始往前冲："做梦呢你！让你先跑二十米你也赢不了——"

"有本事试试啊！"寇忱在身后吼。

霍然觉得老袁应该是没有骂他，所以这会儿此人心情不错，对自己装腔的能力有了不切实际的幻想……

离着这么远还想一百米追上来，简直不把百米第一放在眼里。

霍然没打算让着他，一路飞奔往前。

五十米过去了寇忱还跟他保持着之前的距离，霍然正想回头鄙视的时候，寇忱突然离开了跑道，直接切了半圈从球场中间往前抄了过去。

"寇忱你要不要脸！"霍然指着他骂了一句。

"不要了！"寇忱一边跑一边往脸上抹了一把，然后手往他这边甩了一下，"给你吧！"

"滚！"霍然笑着骂。

寇忱风一样从中间抄近道超过了他，然后切回了跑道上停下了，转过身冲他一抬下巴："一百米内说超你就超你。"

霍然笑着没说话。

往寇忱面前跑过去的时候，跑道旁边的路灯亮了，暖黄的光打在了寇忱半张脸上，以前霍然也会觉得寇忱很帅，但今天隐在明暗之间冲他勾着嘴角笑着的寇忱，格外帅。

离寇忱只有几米距离的时候，寇忱伸出了手："快，give me five！"

霍然跑过他身边，跟他击了个掌。

寇忱转身跟了上来，在他身后一块儿跑着。

跑了半圈之后霍然偏过头问了一句："干吗呢，还排队跑啊？"

"看你跑呢，"寇忱快跑两步上来跟他并排着，"我发现你跑步挺好看的，特别舒展，一百米起飞的那种。"

"别耍完赖就拍马屁。"霍然说。

寇忱立马往他屁股上拍了一巴掌："队长你真帅啊。"

霍然没说话，这突如其来的一巴掌差点儿把他拍个跟头。

过了一会儿他才清了清嗓子："老袁跟你说什么了？"

"没事儿，"寇忱语气很轻松，"跟我谈心来着。"

"是不是谈你往人脑袋上砸汤盆儿的事？"霍然说。

"是，不过没骂我，就让我以后用点儿更占理更不容易被人抓着把柄的方法。"寇忱说。

霍然扫了他一眼："这是您自己消化之后的理解吧？"

"没错，不过老袁就是这个意思，"寇忱跑了几步，看着他，"然然。"

"嗯？"霍然应着。

"刚要打起来了，你会拦着我吗？"寇忱问。

"轮不上我拦，"霍然说，"川哥和徐奶奶肯定先扑上去拦了。"

"就问你拦不拦！"寇忱提高了声音。

"不拦。"霍然很干脆地回答。

"为什么？"寇忱很愉快地笑着又问。

"我知道你不爽啊，听了那句肯定炸，我干吗拦着，我也不怎么爽啊，"霍然说，"不过我看你也没想真的动手打人。"

"他都不配我揍他，"寇忱说，"再说他也不敢跟我动手。"

"还说什么了没？"霍然问。

"聊了点儿别的，说我脾气不好什么的……对了，"寇忱嘿嘿笑了两声，"老袁一开始以为我跟他一样来着，还有点儿不好开口问的意思。"

霍然感觉自己心跳有一瞬间停了两拍，差点儿呛着。

"还有，"寇忧想了想，"下周要打篮球赛了。"

"嗯？"霍然看着他。

"要打比赛了，上学期没打的篮球赛！"寇忧凑到他耳边喊。

"哎哟！"霍然手指按住耳朵，"就你嗓子好是吧！"

"是啊！"寇忧继续在他耳边喊，"我一想到跟你一块儿打比赛就高兴！"

"我也是。"霍然说。

"一会儿咱俩练练配合吧，"寇忧说完猛冲了几步，然后一个转身，"传球传球！"

霍然感觉自己现在跟寇忧脑回路大概已经无缝衔接，他连一秒钟的停顿都没有，一挥手做了个传球的动作："接着！"

寇忧跳起来接住球，转身投篮："我去！三分！"

"牛！"霍然适时配合。

"还有谁！你说！还有谁！"寇忧回过头冲他喊。

"什么？"霍然愣了愣。

"这默契！你还能跟谁有！"寇忧说。

"……没了，"霍然说，"就你。"

二 霍扭扭的生日礼物

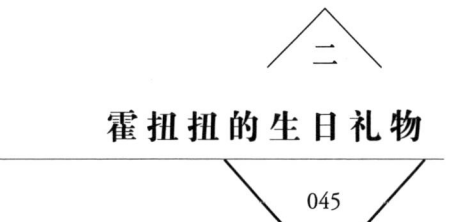

6

平时篮球队训练，霍然差不多也都是跟寇忱一块儿，一对一或者组队。

他俩因为一天二十四小时候除了晚上睡觉那几个小时各睡各的，别的时间都泡在一起，所以打球配合上基本都不需要再专门练。

不过校运会附带的篮球赛是淘汰制，只能赢不能输，所以寇忱说要再练配合，霍然也没反对，毕竟他是队长，他们班要是没碰着前三的边儿就滚蛋了，面子上也挂不住。

"老袁说了，"寇忱带球往篮下跑，"他就最担心你这个脾气。"

霍然在三分线停下，寇忱把球给他，切到篮下，他再把球传了回去："你别说得跟老袁亲口说的一样，有寇忱在，全世界的人都不会'最'担心霍然的脾气。"

寇忱站在篮下轻松反手一勾，球利落地进了，他拿着球在指尖上转着："别瞎说啊，我脾气好着呢。"

"回防。"霍然转身往回跑。

几步之后球从他左后方的地面上弹了过来，他伸手抄了球，带过了中线。

一个正在中线休息的队员突然往中间一跨，拦了他一下，霍然反手把球往后又回传给了寇忱，然后从他身边晃过。

"队长，"那个队员在身后问，"你们班都谁上场啊？"

"保密。"霍然边跑边说。

"我上你们班打外援得了，"那个队员笑着说，"我们班肯定第一场就走人，后边儿我上你们班打吧。"

霍然看着寇忱出手投篮之后才回过头看了一眼，这个队员是文（4）的张小胖，一直打后卫，球打得挺好，但文（4）是文静内向到别致的一个班，无论什么活动，基本都看不到他们班的人。

"惨啊，"霍然说，"你们班要是输了，我们班啦啦队可以接收你。"

"有你这样的队长吗，专注暴击一百年，"张小胖说，"不过……你们班也就刚能凑出首发吧？"

"我们班啊……"霍然认真地想了想，然后笑了起来，"真是，替补都没有，没准儿找几个短头发女生帮忙。"

"不过我看你俩这配合是真不错，"张小胖看了看寇忱，"没哪个班再能有人打出这种默契了。"

"也不行，"寇忱把球扔给张小胖，"还得练。"

霍然扭脸看了他一眼，寇忱脸上装腔之情一览无余，就差说出来了。

我就是以退为进假装谦虚，方便你进一步夸奖。

可惜张小胖这人比较老实，也比较呆，没能领会寇忱的精神，只是点点头，说了一句："还有几天呢，够时间了，你们加油。"

他走开之后，寇忱还一直瞪着人家后脑勺，一脸不爽地说："胖胖这脑子是不是被绳子勒着了？有剪刀吗，帮他剪一下。"

"怎么了？"霍然笑着问。

"咱俩还需要加油吗？"寇忱说，"咱俩就是油罐车好吗！"

"你自己不也说要练吗？"霍然说。

"我说要练是对自我要求比较高！"寇忱瞪眼。

"那今天晚上达到你要求了吗？"霍然问。

"还行。"寇忱一挑眉毛。

今天寇忱心情很好，给人扣了一身一脑袋的汤汤水水出了气，也没得到任何处罚，还发现了原来学校和老师是可以如此宽容的。

这种过了一个学期再次感受到的宽松氛围，让他整个人都是轻松的。

平时觉得很没劲又累人要不是看霍然面子他肯定不会参加的训练，也变得格外愉快。

晚上训练结束之后他还拉着霍然在球场上练，一直到霍然骂人了，他才停下。

"你抽风啊！"霍然挂着一脸汗珠子瞪着他，"校医室有人值班呢！去开点儿药吧！"

"行，"寇忱远远地把球往装篮球的铁筐里一扔，"走，吃药去。"

"收拾！"霍然吼他，"今天轮值日的人都让你熬走了！自己收拾吧！"

"好嘞。"寇忱跑过去，推着铁筐跑进了器材室。

把球放好出来的时候，霍然拿了个大拖把正满场推着跑。

他过去把霍然挤开，抢了拖把继续推着跑，边跑边问霍然："有一个特别古老的动画片儿你看过没？"

"没有。"霍然说。

"你都不问问是什么就说没有啊！"寇忱不爽，推着拖把唰唰跑。

"《灌篮高手》吗？"霍然蹲在场边问。

"不是，我又不喜欢打篮球，"寇忱说，"是一休哥。"

"知道，没看过。"霍然说。

"我看过，我姐有碟子，她特别喜欢，我就跟着看了，印象最深刻的就是，"寇忱边跑边指了指拖把，"一休天天都在擦地，拖把没有杆儿，就撅个腚推一块布，来回跑……"

"你喜欢拖地啊？"霍然问。

"什么跟什么！"寇忱停了下来，扶着拖把杆瞪着霍然，"你脑子呢？"

"你说的啊，不爱打篮球，所以没看《灌篮高手》，"霍然托着腮，"以此类推，你喜欢拖地，所以看了一休哥……你要不过瘾，把那个杆儿拆了吧，撅个腚，带着你的死神飞驰……"

"霍然然！"寇忱指着他。

霍然扯着嘴角笑了笑，没再说下去，眼神也移开了，盯着旁边的篮球架。

寇忱觉得今天霍然有点儿奇怪，没有平时那么活泼，但也说不上来哪里怪，毕竟霍然平时也没活泼到跟他似的。

完全是个感觉。

这会儿霍然也看不出来是在想事儿还是累了，或者就只是在发呆。

拖地这个事儿非常烦人，每次球队练习完了轮到值日收拾球场的人都会发出惨叫，他今天拉着霍然练习的时候倒是真没考虑到自己收拾这一点。

好不容易把地拖完了把记分牌什么都摆好之后，本来打球完全都没感觉到累，现在累得都有点儿拖着腿了。

他走到霍然身后，在霍然屁股上轻轻踢了一下："走吧，你就在这儿看热闹，也不搭把手。"

"一开始是我在拖地，"霍然站起来拿起外套，也没看他，就把外套往后一甩穿上了，一边往体育馆门口走一边一连串地说着，"你是来搭把手的，看你生龙活虎干得那么起劲，我就觉得还是不要打扰你了，毕竟平时听说你在宿舍垃圾都懒得倒，这是多么难得……"

外套拉链头差点儿甩到寇忱脸上，他保持着抬手挡着的姿势定在原地好半天才跟了上去。

回宿舍的时候已经快关门了，舍管看到他俩过来，冲他们招了招手："紧跑两步！你们是想在外面看我锁门啊，还是在里面看啊？"

他俩赶紧跑了起来。

小跑着刚跨进宿舍大门，身后嗖地跑进去一个人，带着一阵烧烤的香味。

"谁！"舍管喊了一声，"晚上不许在宿舍吃烧烤！还睡不睡觉了！"

跑进去的那个人是林无隅，舍管没看清，他俩看清了，因为今天对这个人印象无比深刻。

"你们看到是谁了吗？"舍管问。

"没。"他俩同时回答。

"看清了也不想说吧！"舍管说。

"您就不该问。"寇忱乐呵呵地跑上了楼。

霍然也跟着跑了上去。到了走廊上，霍然才小声说了一句："我饿了。"

"嗯？"寇忧看着他，发现霍然那种奇怪的状态好像又消失了，现在的霍然看着跟平时差不多。

饿的？

"我去找林无隅。"寇忧转身就往楼梯走。

"干吗？"霍然一把拉住他。

"问他要烧烤啊，"寇忧说，"他拎了那么大一兜，食堂最后的烧烤都让他包圆了吧！"

"有病吧你，"霍然拽着他往宿舍走，"你跟人家很熟吗？你就跑高三宿舍去问人要烧烤？你什么脑子啊？"

"那你不饿了啊？"寇忧说，"你饿得都变样了。"

"什么？"霍然转过头。

"没。"寇忧啧了一声。

回到宿舍，几个人都已经躺到床上了，霍然利索地把外套裤子一脱，抱着换洗衣服跑进了厕所。

"你们今天训练这么晚？"徐知凡问。

"寇忧个神经病拉着我练配合，"霍然把自己扒光，拧开了喷头，回得太晚，只能随便先冲一冲了，"我要不骂人他能练个通宵。"

"是下周吗？篮球赛？"江磊走到厕所门口问了一句。

"是啊，"霍然飞快地冲着水，"到时你上啊。"

"有什么好处没？"江磊问。

"能让路欢看到你的雄伟英姿。"徐知凡帮着霍然回答了。

"那可以，"江磊说，"我去，给我安排个拉风点儿的位置，中锋什么的……"

"什么位置不清楚啊，就单说拉风，"胡逸趴在床上慢悠悠地说，"你可能得先跟寇忧争一下。"

"喊。"江磊愤愤。

霍然感觉冲了个澡更饿了，在宿舍里翻了一圈也没找着吃的，就徐知凡那儿还有一小包嘎嘣豆。

他不爱吃这东西，但这会儿饿起来也顾不上了，把一包都倒进了嘴里，咔咔一通咬，震得脑袋都发晕。

对面宿舍传来了寇忱的歌声，说明他正在冲澡。

唱到一半，宿舍里的灯黑了，寇忱的歌声停止，骂了一句："我去！这是逼着我盲洗啊！"

走廊里传来了别的宿舍的笑声。

熄灯之后没多长时间，四周就安静了，宿舍里几个人都躺到了床上，江磊率先进入梦乡，嘴里嘟嚷着。

徐知凡和胡逸就挺安静，只能听到呼吸声。

平时这种动静一响起，霍然就跟被催眠了似的，用不了多大一会儿就能睡着。

今天却不行，翻来翻去都还很清醒。

板床还嘎吱响。

一直翻到徐知凡捶了一下自己的板床，霍然才赶紧停止了翻滚。

"你睡不着啊？"徐知凡小声问，声音里带着迷糊。

"睡着了。"霍然说。

"哦。"徐知凡应了一声，没了动静。

霍然在床上又挺了一会儿，躺得后背都有些发酸，难受得很。

于是轻手轻脚地下了床，套上外套拿着手机走出了宿舍。

每天晚上都有睡不着的人，有些在宿舍里折腾，有些在走廊里溜达，现在天儿暖些了，霍然走出宿舍的时候看到走廊里还有三五个人影在晃动，小声聊着天儿。

他拿着手机靠在墙边发呆。

说困吧，睡不着，说不困吧，这会儿出来了又觉得睁不开眼睛。

从走廊中间的几个人影里走出了一个人，往他这边慢慢走了过来。

霍然转头看了一眼就愣住了。

"你没睡？"他看着走过来的影子问了一句。

寇忱走路姿势一向有些嚣张，他不需要有亮，看个轮廓就能认出来。

"有点儿兴奋，"寇忱小声说，"睡不着。"

"你兴奋个屁啊？"霍然说。

"今天事儿多呗，又是喊话，又是跟老袁聊天儿，又想着下周篮球赛，"寇忱说，"我从小就是一琢磨事儿就睡不着……你不也没睡吗？头一回啊。"

"你怎么知道头一回？"霍然说。

"因为我经常睡不着啊，走廊上晃几圈才回去睡，"寇忱凑近了盯着他的脸看了一会儿，"你真没事儿吗？我怎么觉得你有事瞒着我？"

"有个屁的事啊。"霍然说。

"还饿吗？"寇忱问。

霍然都能感觉到自己眼睛亮了一下，寇忱这么问的意思肯定就是他有吃的。

"饿。"霍然回答。

"哎，听着怎么这么可怜啊，"寇忱抬手在他脸上捏了一下，从兜里摸了两颗巧克力和一个巴掌大的纸袋放到了他手里，"赶紧吃吧。"

"是……什么？"

"牛肉干，"寇忱说，"我从超仁枕头底下翻出来的。"

"我去，"霍然握紧了纸袋，"这对于超仁来说算是生之希望了吧？他没跟你拼命啊？"

"拼了啊，"寇忱说，"命没了啊，这会儿已经趴在床上哭泣着睡着了。"

霍然靠着墙笑了起来，努力压着声音："你怎么这样，一个宿舍的……"

"那还我。"寇忱立马伸手。

霍然拍开他的手，飞快地撕开了纸袋，把口子掩嘴上，伸舌头进去在牛肉干上来回点了几下，然后两颗巧克力也没剥，隔着包装纸直接一口给咬成两半，一边舔了一口。

忙活完这一套之后，他才愉快地舒了一口气，笑眯眯地看着寇忱。

寇忱震惊地看了他好半天才指了指他："你就是狗变的。"

"你吃了没？"霍然低头剥了半颗巧克力放到嘴里，问了一句。

"别虚伪了，"寇忱说，"你舔都舔完了才想起来问啊？"

"要不……"霍然顿时有些不好意思，他的确是饿疯了，忘了跟寇忱假模假式客气一下，"你有刀吗？把这面儿削掉一层……"

他话还没说完，寇忱已经把他手里的半颗巧克力拿走放进了嘴里。

"你吃了？"霍然震惊地瞪着他。

"吃了，气死你。"寇忱笑着边嚼边说，一脸得意。

"那是我舔过的！"霍然压着声音喊。

"是不是觉得你舔过的我就不敢吃啊？"寇忱挑挑眉，"我告诉你，帅帅舔过的我都……算了它舔过的我不敢吃……"

霍然伸手在他脸上拍了一下。

"嗯？"寇忱挑着一边眉毛看着他，嘴里还嚼着巧克力。

"没，"霍然低头把另外半颗巧克力放进了嘴里，嚼了几下之后问了一句，"是不是换牌子了？比以前的甜。"

"一样的，我就买这一种。"寇忱说。

"哦。"霍然点点头。

7

现在的天气说是转暖了，但到了半夜还是很冷的，霍然和寇忱捏着一小包牛肉干和两颗巧克力只支撑到了12点，因为巧克力五分钟之内就被他俩吃完了，牛肉干他俩基本是按丝儿吃的。

12点的时候走廊上闲逛的人都没了，他俩也蹲墙边吃完了最后一丝儿牛肉干，起身回了宿舍。

这么折腾一通，对治疗失眠还是很有效果的。

霍然躺回床上闭上眼睛没多大一会儿就睡着了，梦都没做一个，直接一觉睡到天亮。

确切说，天还没全亮，离他们正常起床的时间还有一段距离。

他是被手机给振醒的。

霍然拿起手机,看到有电话进来,是寇忱。

他接起电话的时候困得厉害,连气都气不起来,只是气若游丝地说了一句:"你要是说不出个正事儿今天就是你的死期。"

"去练球吗?"寇忱的声音明朗而清醒,一听就是已经洗漱完毕换好衣服了的。

"……滚。"霍然说。

"那我先去了,"寇忱说,"你起来了要是还早,就去体育馆找我啊。"

"……快滚。"霍然说。

"好嘞。"寇忱挂掉了电话。

"你大爷啊……"霍然把手机塞回枕头底下,翻了个身,用被子盖住了自己的脑袋。

寇忱打开宿舍门准备出去的时候,许川从床上探出了头:"我去,寇忱?"

"吵醒你了?"寇忱问。

"真是你?厕所被人占了吗?"许川问。

"没啊。"寇忱说。

"那你出去干吗?"许川看着他。

"锻炼身体啊。"寇忱说。

许川张了张嘴,好一会儿才从被子里把手伸了出来,冲他竖了竖拇指:"牛,去吧,为了祖国。"

"为了祖国。"寇忱点点头。

其实这会儿也不算太早,不少高三学生都已经起来了,算是好学校的一种景观吧,操场上有人跑步,有人看书,还有人塞着耳机听英语。

寇忱知道这个时间学校里有人,高三的从宿舍离开的时候会经过他们这层,早上总能听到脚步声,他以前还觉得这帮人是不是有病,至于拼成这样吗。

没想到今天自己也加入了这个行列。

虽然他起这么早不是为了学习。

只是为了下周篮球赛的时候给文（1）长长脸。

不，确切说是给霍然长长脸，虽然他跟篮球队的队员多数关系都还行，但当初他进球队的方式有点儿太嘚瑟，总会有人不服，还有人觉得霍然想办法拉了自己朋友进来。

他得打几场拿得出手的比赛证明霍然就是慧眼识珠了。

这么帅的珠呢。

寇忱进体育馆的时候冲门口的仪容镜龇牙笑了笑。

准备热身的时候他拿出了手机，这么早起床不是为了尿尿，对于他来说是件非常骄傲的事，他得让家里人知道。

直接打电话给老爸老妈肯定会被打死，打电话给寇潇死得更惨，他扒拉了一下会话框，看到了老杨。

老杨给他发了条消息，他没注意，这会儿才看到。

——你这周末过来挑皮子吗？你要是过来，我就空出时间等你。

他拨了老杨的电话。

那边响了好半天老杨才接了电话："我的天啊，现在几点啊？"

"我都起来跑了五公里了！"寇忱说。

"你是不是喝一夜酒？"老杨问。

"怎么可能，"寇忱说，"我们要篮球赛了，我起来练球呢。"

"……你上场？"老杨有些意外。

"怎么了，"寇忱喷了一声，"看不起我？我球打得又不差。"

"你是不是……"老杨放低了声音，"谈恋爱了？"

"嗯？"寇忱愣了愣，"谈什么恋爱，我跟谁谈啊？"

"那你练什么球？你打球不是特别奇怪，你这个时间起来练球才奇怪，你跟哥说，"老杨说，"是要打给谁看？还是为了谁去打……"

"哟，这时候就成我哥了，不自称我姐夫了啊？"寇忱笑了起来。

"叫哥关系近点儿。"老杨说。

"真没有,我跟谁谈恋爱了还能不告诉你吗?"寇忱这话倒不是客气话,老杨追寇潇的时候他俩毕竟一块儿战斗了挺长时间的,有革命友谊。

"你要做的那个脚链,"老杨又问,"是给谁的?"

"霍然啊!他马上生日了,我不是说了吗!"寇忱说。

"让我做的那个小蛇呢?给谁的?"老杨继续问。

"也是霍然啊!"寇忱有些无语,"我都给你说过吧?你是不是失忆了?不是跟寇潇说好了不打脑袋吗?"

"你是不是有什么把柄落霍然手里了?"老杨还是不放弃。

"杨睿东!"寇忱说,"你这样咱们可没法聊了啊,我还不能有个朋友了啊?"

"那也没见你对……"老杨说了一半停下了,"算了,不管你,你就说周末来不来挑皮子吧。"

"去啊,"寇忱说,"你过来接我吧,我想带着帅帅,开摩托带不了。"

"行。"老杨应了一声。

挂了电话之后寇忱活动了一下胳膊,很愉快地蹦进了清晨冰凉的风里,往跑道跑过去。

霍然是在二十分钟之后进的体育馆,寇忱已经开始来回跑着练习各种角度投篮了。

不过霍然会过来,还是让他有点儿意外的,就算是一周三次早训,也没有这么早,霍然身为一个吊儿郎当的队长,早训也就比别人早到十分钟。

寇忱听着电话里他那个语气,上课见面的时候能不骂人就不错了,根本没想到他会过来,有些惊喜地喊了一嗓子:"队长早啊!"

"……早啊。"霍然垂头丧气,一脸没睡醒的样子站在场边。

"练球吗?"寇忱带着球从他身边跑过,带着小风,接着一个漂亮的三步。

"滚。"霍然垂头丧气地蹲下了。

这是还带着起床气。

寇忱想起来徐知凡他们都不乐意叫霍然起床。

"一会儿请你吃豪华早餐!"寇忱走到他身边,"食堂有的随便点,食堂没有的我出去给你买。"

霍然没说话，打了个哈欠，眼泪都打出来了。然后低下头抱着脑袋，手在头上一通烦躁地胡乱扒拉。

"霍然……"寇忱有些过意不去，那么早给霍然打电话的时候他真没想过霍然睡没睡够，"不好意思……"

不过他话没说完，霍然已经腾地一下站了起来，顶着一脑袋搓乱了的头发瞪着他："你攻我防，十次进攻五个球，进不了你出去跑十公里。"

寇忱愣了愣，霍然把外套甩到旁边椅子上的时候他才反应过来，顿时兴奋起来："那我要是进了五个球呢？"

霍然对于他这个问题似乎根本没有考虑过，走进球场了才偏过头说了一句："我跑十五公里。"

"这可是你说的，"寇忱指了指他，"我不会手下留情的。"

霍然原地跳了几下，活动了一下胳膊和腿，然后转过身，往旁边跨了一步，弯腰看着他，手指勾了勾："放马过来。"

寇忱知道霍然能当队长凭的是实力，他平时跟霍然一对一练习很多，也知道他技术很好，但他虽然不爱打篮球，水平却也并不差，又练了一个学期，他对自己还是有信心的。

而且他对霍然的防守习惯太熟悉。

带着球冲过去的时候，他轻松就晃过了霍然，从霍然左侧把球往篮下带。

刚带了两步，从地面弹起的球奔向他的手时，突然换了方向，往右边飞出了边线。

"我去！"寇忱转过头。

霍然在他身后慢慢收回胳膊，举过头顶拉伸了一下："你信不信我能这么偷你十次？"

"再来。"寇忱跑过去捡起了球。

"十公里在等你。"霍然说。

"激将法对我很管用的，"寇忱说，"使用需谨慎。"

霍然勾勾嘴角，弯腰伸手冲他勾了勾手指："来，菜鸡。"

"你大爷！"寇忱骂了一句，带着球对着他就冲了过来。

霍然偷他球没有偷满十次，只偷了两次，但寇忱被连续四次盖帽，失去了进五个球的机会。

他抱着球，有些气喘地看着霍然，这下他算是知道了霍然为什么有带着文（1）这种替补都找不出几个的班摸前三的底气。

"十公里。"霍然弯腰撑着膝盖。

"现在吗？"寇忱把球往旁边的铁筐里一扔，看着他。

"你累的话歇会儿也行。"霍然说。

寇忱没说话，转身跑出了体育馆，往跑道那边跑了过去。

跑到半圈的时候，霍然从跑道对面切了个半圆，直接到了他前方二十米左右的位置。

"三十秒之内套你一圈！"霍然在前面喊。

"放你的屁！"寇忱骂，放开步子往前冲，"你套一个看看！"

霍然没说话，转身就往前跑，跑了没几秒，突然转身跑回了跑道内侧，然后绕了一小段，从他身后又回到了跑道上。

没等他回过神，霍然已经从后面超过了他，擦身而过的时候竖起三根手指："三十秒。"

"滚蛋！"寇忱吼了一声，"你要不要……"

"脸？"霍然往脸上抹了一把，手往后一甩，"不要了，给你吧！"

寇忱呛了一下："你报复心怎么这么强？"

"我报复什么了？"霍然后退着跑。

"你这一套都扔回给我了，你还问我报复什么啊？"寇忱说。

"我这不是报复，"霍然说，"我这是起床气。"

"……什么？"寇忱震惊了，"起床气？您这起床气都够您登月了吧！"

"十公里，"霍然用手指比了个十，"我给你数着呢。"

其实霍然还算够意思，陪着他跑了差不多有五公里，才到旁边看台上去坐着的。

算上寇忱之前跑的五公里，其实这会儿他已经跑了十公里了，要说不累肯定是屁话，但他不愿意说，说了跟求饶似的，没意思。

又跑了三圈之后，霍然从看台上跳了下来："行了，走一圈歇歇吧。"

"没到十公里呢。"寇忱没停。

"别跟我犟啊，"霍然说，"我饿了。"

"行吧，"寇忱换成了慢跑，"想吃什么啊？"

"徐知凡他们去食堂了，"霍然跟着他一块儿慢跑着，"我让他们一会儿告诉我。"

"你起床气爆发完了没？"寇忱问。

"嗯。"霍然点点头。

"我真不是故意的，"寇忱说，"我那会儿就没想那么多。"

"我也没生气，我那就是起床气，"霍然说，"起床气是不需要理由的。"

寇忱看了他一眼，过了一会儿才说了一句："你不来这一通起床气，我还真不知道你跟我还藏着招呢。"

"没藏。"霍然说。

"还说没藏！"寇忱瞪眼，"平时练球的时候怎么没见你这么玩？"

"因为用不着，"霍然一边甩着胳膊往食堂那边跑过去，一边喊，"用不着啊——打菜鸡用不着啊——"

"你完了！"寇忱吼了一嗓子，追了上去。

他俩一前一后跑进食堂的时候，徐知凡正拿着手机往群里发早餐品种照片，看到他俩跑进来，把手机扔到了桌上："玩我呢？"

"我看看我看看，"霍然拿出手机点开了消息，把照片都看了一遍，"哎这个这个这个……"

"鸡蛋饼是吧，"寇忱马上凑了过来，"我也要这个。"

"嗯，"霍然点点头，把寇忱的校园卡掏出来拍在了桌上，"还有千层饼，小米粥，小笼包。"

"好，"寇忱看着徐知凡，"你呢？"

"豆浆油条。"徐知凡说。

"就这俩？"寇忱说，"你怎么吃得这么……清心寡欲的？"

"还有三个三明治，"徐知凡说，"一个炸鸡腿，怎么样，够浪了吧。"

寇忱笑了起来："行吧，我先去拿这些，其他人来了再说。"

排队买早餐的时候，寇忱手机响了一声，他掏出来看了一眼，是老杨发过来的，几张皮手环皮脚环皮脖子环……皮项圈的图片。

——这些是比较简单的样子，你看一下，还有量一下霍然脚踝的尺寸，活扣留太长了不好看，最好按着尺寸来。

——我不要简单的，我要复杂的，要酷的，带钉子还有铜饰的那种。

——那些你做不来。

——我能做多少做多少，做不来的不是还有你吗？

——你直接让我帮你做了得了。

——那不行，意义不一样。

——行行行行，记得量尺寸。

寇忱把手机放回兜里，回头看了一眼霍然，霍然坐在桌子旁边正跟徐知凡说着话，脚踝正好露了出来。

寇忱目测了一下。

没测出来。

霍然的脚踝长得其实还挺标致的，不粗，也不是特别细，踝骨清晰，线条慢慢隐入小腿，这个脚踝配个皮圈应该会非常酷。

不过就像老杨说的，尺寸得合适，皮圈厚了就会显得笨拙了。

他端着两盘早餐往回走，一直盯着霍然的脚踝琢磨着。

徐知凡起身过来接过盘子放到了桌上，他没过去坐着，直接在霍然腿边蹲下了，伸手抓住霍然的脚踝握了握。

"你量过脚踝粗细是多少吗？"寇忱问。

霍然没有回答他。

"你……"他抬起头，看到霍然脸上写满了一言难尽，他愣了愣，"怎么了？"

"你非得在这儿问吗?"霍然有些无奈地问。

寇忱看到正对着豆浆低头笑得停不下来的徐知凡时,才反应过来,感觉到了旁边几桌的目光。

"我去。"他松开了霍然的脚踝,坐到了桌子旁边,"那一会儿你量一下告诉我吧。"

"你量他脚干吗啊?"徐知凡问。

"我做个生日礼物给他,"寇忱说,"他不是快生日了吗?"

"我也快生日了,"徐知凡说,"我跟霍然同月。"

"你们的生日我都记着呢,"寇忱说,"一个也不会少。"

"也是亲手做的吗?"徐知凡咬着油条笑着问。

寇忱看着徐知凡:"知凡哥哥,这就尴尬了是不是……"

徐知凡笑了半天,喝了口豆浆。

8

寇忱没做过手工,小学的手工课他都在睡觉,或者玩别的,要不就已经被老师赶出了教室,大点儿之后就更没有手工这个概念了,寇潇自己拿珠子穿了根手链他都像是看到了什么手工之神。

想给霍然做个手工礼物纯粹就是受了那条不知道谁送的手链的启发。

这事儿本来他根本不会去做,生日礼物嘛,买就行了,关系好点儿的同学也就是买礼物的时候多花点儿心思去挑。

他也不知道为什么自己非得给霍然做一个,可这个念头一旦形成,就仿佛中了邪,非做出来不可了。

吃完早餐回到教室第一件事他就是坐到霍然身边,从课桌下面把霍然的脚捞了上来,按在了自己腿上。

全然不顾四周女生的笑声。

"我自己量行不行?"霍然挣扎着想抢回自己的腿。

"别动!"他瞪了霍然一眼,死死按住他的腿,从本子上撕下了一条纸,在霍然脚踝上圈了一下,"这不就行了吗。"

"服了你了。"霍然收回腿,趴回桌子上叹了口气。

寇忱在纸条上掐了个印子,然后放平在桌上,用尺子量了量,在手机里记下了长度。

抬起头的时候,许川站在了他桌子旁边,把手伸到了他眼前。

寇忱骂了一句,一把抓住许川的手,拿起笔飞快地在他手腕上画了一块手表。

周末他们的计划是要练两天篮球,下周要比赛了,他们一方面是想一块儿练练配合,一方面也就是想找个借口凑一块儿玩儿。

但老杨就这周末比较有时间,能教他做皮链子,寇忱不得不咬牙放弃了一天的练习。

老杨的车还没开到门口,趴在寇忱腿上的帅帅突然支起了脑袋,耳朵也一下立得笔直。

"是不是听到老杨的车了?"寇忱立马从沙发上一跃而起,"走。"

"去哪儿?"老妈喊了一声。

"去老杨那儿玩。"寇忱换鞋的时候打开了门,帅帅箭一样地冲了出去。

"你姐都约了人去逛街,我以为睿东忙呢,"老妈说,"他俩周末不约会啊?"

"平时又不是见不着面,周末还摽一块儿腻不腻啊,"寇忱跑出门,"走了啊晚上我直接回学校了明天要练球了——"

老杨在城市边缘买了一套顶楼的房子,弄成了一个工作室。

放满了他做的各种皮具成品,各种钱包、收纳包、酒袋、装饰品……还有各种原材料和工具。

"我每回过来,都觉得这是个什么恐怖片儿的场景。"寇忱拽着帅帅的项圈,指着里屋的一个巨大的皮垫子,上面扔着一些废皮料编出来的球,"看到了没?去玩吧,玩腻了过来找我,不许乱咬,听到了没?"

帅帅冲那边哈哧着。

"回答我!"寇忱说。

帅帅叫了一声。

"去吧。"寇忱松了手，然后跟老杨一边一个站在了操作台前，"快，开始，最晚今天下午就要做出来，我下午要回学校呢。"

"我一小时就能做完了，"老杨说，"你的话……可能差不多吧，五分钟之后烦了就把东西一扔，我一小时就帮你做完了。"

寇忱没有反驳老杨的话，一是要节约时间，二是老杨这话也没说错。

他拿起旁边的一支铅笔在桌子上写下了霍然脚踝的尺寸，然后看着老杨："先挑皮子？"

"嗯，"老杨转身从架子上拿下来一小摺皮子，往操作台上一放，"你想好做成什么样的了吗？"

"之前不是说了么，铜钉铜扣之类的。"寇忱一张一张地翻看着皮子。

"你……"老杨清了清嗓子，"是不是片儿看多了？"

"什么？"寇忱抬头看了他一眼，没听明白他说什么，又继续低头看皮子，"我不喜欢黑色的，太浅的棕色也不喜……"

说到一半他突然反应过来了，猛地一抬头，盯着老杨："你刚说什么呢？什么片儿？"

"不是吗？你这些要求，皮，钉啊扣啊什么的，"老杨说，"你想要的是什么感觉啊？你这……"

"皮革，铆钉，挺朋克的啊。"寇忱说。

"……是吗，"老杨看着他，"是我想多了吧，你是一个纯洁的少年。"

"你想到什么了啊！"寇忱吼了一嗓子。

"不要逼我。"老杨指了指皮料，"挑皮子吧。"

"你才是片儿看多了吧？"寇忱啧了一声，"老流氓。"

"谁老了？"老杨从皮料里抽出一块扔到他面前，"这个吧，做旧的，比较符合你想要的感觉。"

"好。"寇忱看了看这块皮子，黑棕色，做旧之后挺复古的。

"皮都处理过，你不用再自己弄，"老杨把别的皮一收，把这块铺到了他面前，再把尺子和裁皮刀放到他面前，"量出尺寸，画好线，然后裁出来。"

"嗯。"寇忱拿过尺子按在皮子上，然后吸了一口气，用铅笔开始画线。

画线应该是最简单的一步了，但他按尺子的手指太不听话，超出了尺子的边缘，铅笔画过去的直线上画出了一个半圆。

他听到老杨叹了口气，抬眼看了看老杨。

"补一下吧。"老杨说。

他重新画了一遍，尺子不知道为什么移动了，铅笔在旁边重新画了一道，也行了，反正这皮子虽然不大，但做这么一个皮环起码能画出五十个了。

"要多宽？"他问老杨。

"随你喜欢了，"老杨说，"不过我建议不超过两厘米吧，要不太显眼了，附中毕竟是重点高中。"

"行吧，一点五。"寇忱低头继续，他也怕太夸张了霍然不肯戴。

他一直觉得做个皮圈嘛，把皮子一裁，刀一切，然后当当当敲上铆钉，就行了。

过程差不多也就是这么一个过程，但就跟做菜一样，说起来简单，做起来每一个动作都跟关节长反了一样，笨手笨脚。

裁皮的时候他一刀下去削掉了自己一小片指甲。

他指甲剪得很短，所以顺带也削掉了指尖的一小块皮。

血涌出来的时候老杨差点儿给他跪下了："你别弄了，我来吧，这块皮不仅有你的心意和努力，还有你的血了，后面就交给我吧。"

"不用。"寇忱把手指含嘴里，撕了片创可贴缠上了。

"你姐打死我。"老杨说。

"她以前揍我一顿我都伤得比这重好吗？"寇忱一脸不屑。

"那是她揍，换个人你试试？"老杨说。

寇忱还是决定坚持，这是他此生第一次给人做礼物，而且又是第一个为他挡刀的人。

不过他显然低估了做这玩意儿的难度，或者说，他高估了自己做手工的天赋。

老杨拿了块废料让他先学着打铆钉,他第三锤砸到自己已经被削掉了一块皮的手指之后,把锤子扔到了一边,往沙发上一倒。

"去你大爷的吧,练个屁,不做了。"他看了看指尖再次涌出来的血。

钻心地疼。

对于他这种抠破了蚊子包都会觉得很疼的人来说,这简直就是上刑,还是酷刑,又疼又气的,还没地儿发火。

老杨撑着操作台看着他。

"我不是骂你。"寇忱闷着声音。

"换个简单点儿吧,"老杨说,"你知道我做的第一个成品是什么吗?"

寇忱没出声。

"一根皮尺,"老杨笑着说,"就裁了一长条的皮,床面都没处理,直接就拿铜模打上刻度,就算做完了。"

"皮尺?"寇忱看着他,有些出神。

皮尺?

"是啊,新手都从最简单的开始,你这种连纸都叠不齐的新手,"老杨说,"能把皮裁下来就不错了。"

"皮尺要做的话,是什么程序?"寇忱问。

"……裁,涂床面处理剂,修边,敲上字,两边打上铆钉。"老杨说。

"修边和铆钉你来,"寇忱站了起来,"你的铜模有什么样的?有字母吗?"

"有,怎么?"老杨拿过一个木盒打开了,里面全是各种各样的大铁钉形状的金属条,一头大一些的平面上有字母或者花纹。

"我觉我真让你帮我做了个复杂的,霍然也不可能相信是我做的,"寇忱说,"那就做个简单的,就做个细的皮尺,脚踝上绕两圈儿的长度,然后上面要有刻度,刻度就不打数字了,打上他生日的日期和他名字的字母,你觉得怎么样?我能做得了这个吗?"

"能。"老杨点头。

"那就这个了,"寇忱打了个响指,"我也弄一条。"

"……情侣的吗?"老杨问。

"嗯,"寇忱点了点头,又顿了两秒,"兄弟好吗!"

"我管这种一对儿的都叫情侣,"老杨拍了拍皮子,"开始吧,寇大师。"

今天班上的不少人都没有回家,七人组除了寇忱,都在体育馆待着。

之前霍然点名报上去的班队名单是他和寇忱,江磊,魏超仁和罗飞玉,替补是全班一米七八往上的男生。

今天他们都留下来训练,分了两拨打练习赛。

除了寇忱没来。

寇忱回家去给他做生日礼物了。

霍然有点儿郁闷,生日还有半个多月,非得今天去做礼物,可一想到寇忱是专门回去做这个礼物,而且提前已经琢磨了挺长时间,他又觉得心里暖得很。

寇忱打架不错,不光有天赋,后天也勤于练习,所以水平很高。

但他做手工……以霍然对他的了解,这人连剥个巧克力的锡纸都有可能把巧克力抠出个坑来,这样的水平,做手工实在有点儿让人不敢想象。

如果真的做出了个什么脚链的,他都不知要不要戴。

戴吧,万一太难看了……

不戴吧,又对不住寇忱这一番心意。

……所以就还是戴吧。

下午打完一个半场之后,大家有点儿累了,于是霍然让大伙休息,他和徐知凡许川去买饮料。

伍晓晨和几个女生也一块儿跟来了,这次训练所有的吃喝都是班费出,她得跟着付钱。

"今天寇忱为什么没来啊?"唐维问。

"有事儿回家了,晚点儿过来吧。"霍然说。

"我还没看过寇忱打球呢,"唐维一脸憧憬地又问,"帅吗?"

"帅爆了。"霍然说。

"啊……"唐维捂着胸口靠到了李依一身上,"啊……我的忱……"

"谁的?"伍晓晨转过头看着她,"你再说一遍!你这个无耻的女人!"

唐维还是捂着胸口:"嗷,你这个凶狠的女人!你不就想说是你的吗?"

"明明是霍然的!"伍晓晨一脸正义地握了握拳。

霍然正在吃魏超仁贡献的最后一包牛肉干,差点儿呛着。

几个女生顿时笑成一团,伍晓晨居然坚持了好几秒才笑场。

"我就不加入你们了!"李依一说,"我的心现在另有所属。"

"谁啊?"伍晓晨问。

"还能是谁,林无隅呗,"唐维摆摆手,"人天台喊话那天她口水都快滴出来了。"

"屁呢!我哪有那么……"李依一说到一半,突然指了指前面,"寇忱来了啊?"

"啊!寇忱!"唐维踮着高冲前面挥了挥手。

霍然赶紧把半块儿牛肉干扔回了袋子里,抬头往前看过去。

看到了迎面走过来的寇忱。

他忍不住笑了笑。

"练完了?"寇忱喊。

"没呢,休息时间。"徐知凡说。

"买水?"寇忱停下了。

"是啊,有经费。"许川指了指伍晓晨。

"我做东。"伍晓晨一拍自己的小包。

寇忱转身跟他们一块儿往小卖部走过去,靠到霍然身边,小声说:"一会儿给你看……"

"哇,"唐维在后头喊了一声,"寇忱你这个脚环好酷啊!"

霍然愣了愣,跟大家一块儿低头往寇忱脚踝上看了过去,一根细皮带在脚踝上绕了两圈,锁扣的位置是一颗做旧的铆钉,下面有一个小小的环,上面挂着一个小指甲盖大小的小东西。

"这是什么啊?"唐维一直弯着腰跟在他身后。

寇忱停了下来:"什么是什么?"

"吊着的那个小小的。"唐维指了指。

"镰刀。"寇忱说。

"啊,"唐维又捂住了胸口,"是你后腰的那个死神用的那把镰刀吗?"

"……是。"寇忱笑了笑。

"是自己做的吗?"伍晓晨问了一句,"是不是尺子啊?有刻度?"

"是。"寇忱继续往前走。

霍然看着他浑然天成的嘚瑟劲,跟过去跟他并排走着,小声问了一句:"我的生日礼物,现在就被你挂脚上让所有人都参观了?"

"这是我的,"寇忱笑着小声说,"你的在我兜里呢,一会儿给你看,不过跟我这个是一样的。"

"看群。"许川在旁边说。

"嗯?"寇忱拿出手机,点开了群。

里面七人组几个人已经刷了满屏,报上了各自手腕脚踝的尺寸,胡逸直接报的是腰围。

——我就不要手上脚上的了,我不习惯,我要根皮带吧。

"你们滚啊!"寇忱把手举到了许川面前,"看到没?"

"怎么弄的?"霍然问。

"削了一刀,刚包好又锤了好几下,"寇忱皱着眉,"气死我了。"

"疼哭了吧……"霍然说。

寇忱看着他。

"你就是很怕疼啊,"霍然说,"口子深吗?"

"不深,就掉了点儿皮,"寇忱说,"明天就好了。"

"还被锤子砸了好几下?"霍然捏了捏他手指,感觉似乎是有点儿肿了,"谁砸的?"

"还能谁砸的啊,老杨会砸我吗?"寇忱叹了口气,"我自己呗。"

霍然知道做这东西不是随便拿起来就能做的,也知道寇忱没这方面的天赋,但他也没想到会有削了手和砸了手这么惨的状况出现。

顿时有点儿过意不去。

"我要知道这么难弄,我就不要了。"他说。

069

"说什么屁话呢。"寇忱啧了一声。

买了饮料回到体育馆，七人组凑过来蹲在寇忱脚边研究了一会儿脚链。

"不说帮霍然做吗？"魏超仁说，"怎么折腾了半天回来就给自己做了一条啊？"

寇忱斜眼儿瞅着他没说话。

"你是不是傻？"江磊说，"这明显是做了一对儿啊。"

"……哦，"魏超仁冲寇忱抱了抱拳，"告辞了。"

寇忱坐在看台上笑得停不下来。

一帮人都去拿饮料了之后，霍然才清了清嗓子："我看看？"

"嗯。"寇忱从兜里拿出了一条小皮圈，"你先看看，还没包装，等你生日的时候我再做个小皮兜装起来给你。"

"不用了。"霍然看着手里的皮子，这算是一条迷你尺寸的小皮尺，上面还有刻度，每格下面都印着凹陷下去的数字和字母，"是我生日和名字吗？"

"是，"寇忱指了指锁扣的位置，"我的那个吊的是镰刀，你的这个是……柴犬脑袋。"

霍然看着他。

"也没别的了。"寇忱忍着笑，"要不我再找找，反正你生日也还没到。"

"不用。"霍然说。

"嗯？"寇忱看着他。

霍然犹豫了一下，低头把小皮尺绕到了脚踝上，扣好了。

9

寇忱以为霍然只是试一下脚链的大小，结果他戴上之后拿手机拍了几张照片，就玩着手机不再动了。

"摘下来啊，"寇忱说，"你生日没到呢。"

"不用了啊。"霍然说。

"我知道，不做小皮套也不换那个狗头了，"寇忱说，"你生日的时候我

070

再给你啊……"

"我是说不用到生日再送了，"霍然说，"现在就戴着吧。"

"这是生日礼物，"寇忱有些茫然，"你生日还半个月呢，正日子到了我送什么啊？"

"不送了啊，"霍然说完想了想，看着他，"你是不是觉得没有仪式感了啊？"

寇忱瞪着他，过了一会儿说了一句："生日快乐啊。"

"谢谢。"霍然笑着说。

"我妈说小孩儿才留不住东西呢，什么新衣服新玩具的，拿到手就要拆，一秒都留不住。"寇忱说。

"我就是想戴着打球，"霍然说，"挺酷的。"

"嗯，"寇忱应着，低头看了看，霍然的脚链是戴在右脚踝上的，他的是戴左脚踝，现在正好凑在一块儿，他也拿出手机，对着他俩的脚拍了几张，"酷。"

说完他又拉过了霍然的手，他俩手腕上都还戴着舔海行动的手链，挨在一起又拍了几张照片之后他才把手机放回了兜里："其实做皮吧，我真是不行，要让老杨来做，肯定能更好看一些。"

霍然笑笑："你也不会又是被削手又是被砸的了。"

"但意义不一样嘛，"寇忱说，"上回的小扭扭就是他做的了，那个算是意外惊喜吧，这回你生日礼物我总不能还让他动手啊。"

"其实挺好看的，真的，很特别了，我完全没想到可以把脚链做成皮尺的样子，也没想过上面的字可以这么写，"霍然说了一半才想起来问了一句，"小扭扭？"

"就过年送你的那个小蛇，"寇忱揉揉鼻子，"我不是怕蛇嘛，小时候大家就都不说蛇，说扭扭，小蛇就是小扭扭，这样我听着就不害怕了。"

"那你是寇扭扭啊。"霍然说。

"你是霍扭扭，"寇忱指着旁边几个人，"大家好！我是徐扭扭，我是许扭扭，我是江扭扭，魏扭扭，胡扭扭……给您拜年了！"

霍然笑着鼓了鼓掌。

周末两天，大家都泡在体育馆里，女生也练球，不过水平就可以忽略不计了，或者说根本用不上水平这两个字。

"我们感觉吧，咱们班的女生吧，就是上去凑个数输一场，淘汰掉之后就可以安心给你们加油了，是不是很会安排？"唐维说，"打球不行，加油我们还是很在行的。"

"你们不如文（3）啊，文（3）直接不参加篮球赛。"魏超仁说。

"不参加？"霍然愣了愣，看向罗飞玉，他是体育委员，之前报名都是他去报的，"文（3）不参加？他们班还有校篮的呢，不参加？"

"嗯，他们上学期是报了名的，"罗飞玉说，"但是前几天说下周比赛，梁木兰周五去取消报名了，说退出比赛，他们班的人是在取消之后才知道的。"

"有病吗？"寇忱说，"这也太不尊重人了吧？"

"是不是上次喊话的时候，文（3）还给喊话的那个叫好了？全班都不满意她，"徐知凡说，"梁木兰面子上挂不住吧。"

"有可能，"许川叹了口气，"那她要这么弄，他们班的人更不服她了啊，又不是小学生了，你凶就怕你，总会有人不爽，换个寇忱那样的，没准儿当场就能跟你翻脸了。"

大家一块儿转脸看着寇忱。

寇忱脸上没什么特别的表情，保持着他惯常装酷的神态，冷淡而平静，然后勾着嘴角笑了笑。

因为文（3）退出，双数的年级抽签，就得有一个班抽空，直接进下一轮淘汰赛。

所有人都想要这个机会，霍然下午自习去抽签的时候，全班都看着他。

"以我这种抽什么奖都抽不到的手气，"霍然往外走，"肯定抽个空，放心吧。"

抽签是在办公楼一楼的会议室，学生会的人和几个老师都在，还有各班抽签的队长。

霍然是最后一个到的，他进了会议室之后，一个学生会的女生拿了个纸盒放到桌子上，又回头问了一句："那现在抽了吧？"

后面最靠窗的位置有人站了起来，走到了桌子旁边，是林无隅。

林无隅是学生会的，不过霍然对学生会完全不了解，不知道他负责什么。

"里头每种颜色的球都有两个，"林无隅拿过盒子晃了晃，"跟你一样颜色的就是你们班第一场的对手了。"

然后大家按班级顺序开始从盒子里拿球。

一个一个球被拿出来，颜色各不相同，霍然拿了个黑色的球，感觉这个颜色不怎么美好。

他挨个盯着拿球的手，最后一个球被拿出来的时候，他很愉快地把球往桌上一拍："是不是轮空了？"

"是。"学生会的几个人笑着点头，"你手气真不错啊。"

"下注吧。"林无隅拿出了一个本子，放在桌上弯腰往上写着。

学生会的几个人和旁边的几个老师立刻响应，纷纷下注，高一抽签的人都惊呆了。

霍然第一眼看到的时候也挺震惊的，不过他们赌得也挺神奇，输的负责给全体比赛的队员买吃喝零食，下注越大买得越多，去年有人一次性买了八箱火腿肠。

"我买高二文（1），"林无隅说，"烧烤和辣条。"

说完之后他又转过头看着霍然："争点儿气啊。"

"我们第一场没有对手。"霍然提醒他。

"我买后头的，"林无隅说，"你们好好打，赢了我可以单独请你们班比赛的人吃烧烤。"

"好。"霍然笑笑。

比赛在周五到周日，对战表从周三贴出来之后，就一直在被围观，学校的任何集体活动都很让人兴奋，寇忱觉得主要是气氛挺好。

他以前的学校，别说很少组织活动了，就是组织的时候，大家也都半死不活的，老师押着都没几个人愿意参加，就是觉得没劲，唯一有劲的就是任何活动都有可能因为一句屁话一个毫无意义的眼神打起来，无论是男生还是女生。

现在附中的各种活动，寇忱却都挺期待，他喜欢那种所有人都笑着闹着的感觉，哪怕他在这里一个朋友都没有，他也愿意在旁边看着。

何况现在他有朋友，有七人组，有霍然。

"第一场理（1）和文（4），"霍然说，"我们的对手就是这俩中间赢的那队。"

"那就是理（1），文（4）没什么可打的吧，除了胖胖，他们班连跟胖胖打配合的都没有，"寇忱说，"理（1）两个校队的，跟咱们一样，不过水平没有我们强，我们毕竟有队长，队长不知道还藏着多少招呢。"

"有些招菜鸡永远看不到呢。"霍然说。

"我为了比赛才忍着你的，"寇忱瞪着他，"适可而止啊！"

"你起的头。"霍然扫了他一眼。

"理（1）我们能赢吧？"寇忱问。

"少犯规就能赢，我们没有替补。"霍然说。

"那跟他们几个说一下？"寇忱说，"打稳点儿……"

"不用，"霍然说，"想怎么打就怎么打，犯规了就犯规了。"

"替补不行怎么办！"寇忱说。

"四个人打呗，三个人打呗，"霍然看了他一眼，"怕屁。"

"你很狂啊，队长。"寇忱说。

"现在不狂什么时候狂，"霍然说，"比赛的时候就得狂。"

比赛时间安排得挺紧的，四个室外场地同时进行，先进行男生的比赛，两天就能打出决赛名单了。

所以虽然文（1）第一轮没有对手，下午才有比赛，压力却依然很大，但淘汰赛到底也就刺激在这儿了，没有什么机会调整，输一场就出局。

队服是用班费做的，很有特点，他们班女生在这些东西上特别仔细。

白色带红边的队服，左胸口是他们班的标志，交叉拉在一起的手，每个人的队服上都有各自的名字，还有他们自己挑的一个小图案，印在裤子上。

罗飞玉挑了个牙齿的图案，看着仿佛假牙广告。江磊是三道杠，据说小学时的最大梦想就是当个大队长，结果一直没能如愿，所以运动裤运动鞋的都只穿阿迪。魏超仁挑的是糖葫芦，还想指明要核桃馅儿的，但被伍晓晨以太难找图为由拒绝了。霍然的图案就很简单,一个……狗头,寇忱想弄个镰刀,但霍然强烈反对,最后用了一张帅帅小时候碰到街头艺人时画的漫画。

比赛开始前,室外场地上就已经挤满了人,场边挤不下的都站在看台上,不少人带着椅子来的,站上头看,最牛的几个不知道从哪儿找来的人字梯,往场边一放,几个人从两边爬上去,霍然第一眼看到的时候还以为这是学生会安排的什么开场表演。

校长还是运动会时的致辞风格,三句话就讲完了,宣布四个场地的比赛同时开始时,四周掀起了一阵呼喊和掌声,还有各班啦啦队的口号。

文科班的啦啦队一向阵仗比较大,毕竟女生多,花样也多,不少女生一轮啦啦队喊下来,除了目光,还能收获不少情书。

寇忱和霍然他们一帮人直接全都到了理(1)和文(4)的比赛场地上,他们的队服挺拉风的,所以这会儿都裹着外套,混在普通的观战群众中,上场的时候才会一块儿脱掉。

"给文(4)加班吧,"江磊说,"毕竟都是文科班。"

"好。"寇忱点头,又在霍然耳边小声说,"估计这场看不出什么来。"

"肯定会保留实力,"霍然说,"不过没所谓,我们反正也没有任何有针对性的计划,对手打成什么样对我们都没影响。"

"很自信啊。"寇忱说。

"嗯,"霍然应着,想想又转过头看了他一眼,"主要是我对我俩的配合还是有信心的。"

"我也是。"寇忱冲他勾勾嘴角。

文(4)跟理(1)的实力差距实在有些太大,一开场就很明显了,除了小胖,他们班再没有一个能打的了。

霍然看着小胖满场跑着的身影叹了口气。

"胖胖真拼。"寇忱说完吹了声口哨,喊了一嗓子,"文(4)加油!"

文(4)的啦啦队立马跟上,喊成一片。

"下午我们体力上应该是占便宜的。"寇忱说。

"占不着多少便宜,你现在跑完五公里,下午再跑一个五公里,跑不了吗?"霍然说,"他们打文(4)消耗没多大,文(4)就小胖体力好,别的都跟不上。"

"你还当理(1)个个都是我呢?上午五公里,下午又五公里?"寇忱不服气。

"两个校篮的,一个田径的,"霍然看着他,"你觉得呢?"

"怕屁,"寇忱啧了一声,"你不骂我就行。"

"不保证,"霍然说,"你要是打得太蠢,我肯定会骂的,我骂人的时候不走脑子,只走嘴,张嘴就骂,想骂就骂……"

"加油!"寇忱吼了一声。

"哎!"霍然被他吓得差点儿冲进球场里。

文(4)输得没有一丝悬念,理(1)赢得很轻松,所以双方的气氛很好,友好地相互握手拥抱拍拍背。

一轮比赛下来,文科班除了幸运(1),全军覆没。

中午理科班的人在食堂放出话来,幸运(1)要不是抽了个空签,下午的比赛就是理科的专场。

霍然走进食堂的时候还有人挺不客气地说了一句:"养精蓄锐一上午呢,我们打的时候他们都在休息,这运气……"

他们往四周看了看,也不知道是谁说的,反正肯定是有人不爽,特别是输了的班。

"规则就这么定的,你们班要是抽了个空签,你们会不会先去操场上跑四十分钟?"霍然很不客气地回了一句,"要实在害怕输给我们,可以来跟我商量,我带队去跑四十分钟。"

这句话说完,没有人再出声应战,不知道哪个班的人走过他身后,拍了他肩膀一下:"霸气。"

"别瞎拍马屁。"霍然想也没想地回了一句。

旁边的人都笑了起来,他回头看了一眼,是理(1)的队长,他是校篮的队员。

"靠,"霍然伸手跟他击了个掌,"别吃太多,影响体力。"

"好的。"那人笑着回答。

虽然并不是所有人都像中午那个不知名的人那么不爽,但文(1)比别的班少打一场是事实。

"你们都听好,"霍然看着几个首发和相当于不存在的全体替补,"我们没有什么战术,就跟周末练习的时候那么打就行,不怕犯规,规就是拿来犯的,要不给你五次机会干吗呢……"

"是吗?"江磊看着他。

"当然不是!"寇忱瞪了江磊一眼,"但是现在霍然说是就是。"

"好。"几个人一起点头。

"记着一点,我们不仅要赢,"霍然说,"还要大比分赢,让他们看清了,这场比赛从头到尾都不可能是理科专场。"

"好!"一帮人一起喊了一声。

霍然往球场那边走过去的时候又补了一句:"有我们在,第一都不会是他们的。"

寇忱跟在他身后,盯着霍然的背影。

说完这番话之后往球场走过去的霍然杀气腾腾,小可爱的气息在他身上已经完全找不到痕迹了。

寇忱哪怕是想到他队服裤子上印的是只二柴的头,也丝毫不会影响到现在霍然在他眼前的形象,很酷。

他跟了几步之后,加快了速度,上去跟霍然并排往前大步走去。

身后的十几个男生一块儿甩着胳膊,大步往前,走出了风声。

三

篮球争霸赛

10

下午的比赛还没有开始，球场上跟上午一样挤满了人，两个体育老师正在驱赶已经爬上了篮球架上准备抢观战制高点的同学。

广播里播放着音乐，比平时放的音乐要劲爆得多，霍然感觉是不是广播站今天弄了个夜店DJ来打碟，音乐轰得球场上一个个不管是要上场的队员还是观众，都是蹦着走的，说话也都扯着嗓子，听得见也忍不住要吼。

全场集体热血沸腾。

霍然看了看四周："我们在哪个场地？"

"四号，你是太紧张忘了还是压根儿就没记，"寇忧往前面指了指，"我们班的人都在看台上了。"

看台是大铁架子，下面带轮儿，有比赛的时候会推出来放在场地四周，再把轮子固定，但每次都有人悄悄把固定弄开，往场地旁边再推近一些，方便坐着看球。

不过每次体育老师们都会带着学生会的人把看台又一个个往后推回去，怕影响比赛。

霍然往看台那边看过去的时候，几个学生会的人正在把看台往后推，寇忧这一指，他们班坐上头的人顿时一块儿冲他们挥着手喊了起来。

一个体育老师跑过去指着他们骂了几句，看台上的人才又坐下了。

"我去，"江磊说，"太有面子了，现在可以脱衣服了吗？"

"你急什么，"寇忧看着他，"你是太热了吗？"

"热血沸腾啊，开得哗哗的了，"江磊说着又往四周看了看，"文（3）没有比赛了，不会不来人看球了吧？"

"找路欢呢？"霍然问。

"是啊。"江磊点头。

"都跟我们班挤一块儿了，"霍然说，"咱们现在至少四个班帮加油。"

"我看到路欢了，"江磊迅速低头看了看自己，"就在第一排坐着呢，我形象怎么样？"

"你不紧张的时候挺帅的，"寇忱在他背上拍了一下，"你能不这么没出息吗？你一会儿要就这状态上场，我怕霍然不光是要骂你，他都能打你。"

看台前放了一排桌椅，是给参赛队员休息的，他们一帮人坐了过去。

"脱吗？"江磊坐下之后又问了一次。

"哎脱脱脱脱！急死你了吧！"魏超仁抓着他外套就扯，"你那么想脱我直接给你扒光了得了！"

"干吗！"江磊抱紧自己趴到了桌上，"滚啊！"

后面看台传来一阵笑声。

霍然低头看了看自己的鞋，每次比赛之前他都习惯性要检查一下鞋，小学的时候他队友的鞋在奔跑中飞出去砸中裁判的脸而被判了一个技术犯规的场景让他记忆深刻。

"队长去抽签了。"徐知凡走过来敲了敲桌子。

"队长。"寇忱推了霍然一下。

"嗯。"霍然站了起来，往休息区的队员身上扫了一眼。

之前他的口气挺大的，但多少也还是有些担心，他们班男生个儿都还行，实在要是需要换人，也不是完全没的换……就是技术不能有什么要求了。

"快去。"寇忱说着用手指着自己左眼，冲他眨了一下。

"……起来热身。"霍然指着他。

四个场地里都有人在热身，霍然一边回头看着他们和理（1）的场地一边往裁判席走过去，理（1）打他们的首发肯定跟打文（4）的时候不一样，上午打文（4）的时候他们队长都没上。

"高二文（1）。"霍然走到桌子旁边说了一句，理（1）的队长马郝已经在那儿站着了。

"正面反面？"林无隅抛了抛手里的硬币。

霍然没说话，看了一眼马郝，毕竟是他校队的队员，马郝指了指他："霍然先选吧。"

"正。"霍然也没跟他客气。

"好，"林无隅指尖一弹，硬币飞了起来，转着圈落到他手背上时他用手一盖，看了霍然和马郝一眼，拿开了手，"正面，文（1）挑场地。"

"那边。"霍然指了指他们班看台前的篮筐，倒不是因为他们班的人已经坐在了那里，而是因为那个篮球架是新的，比较漂亮。

"去准备，"林无隅一挥手，"十分钟之后开始。"

"我们先攻这边，"霍然走回休息区，把队员叫了过来，"别跑反了。"

"这个不会有人跑反吧？"罗飞玉说。

"怎么不会，"霍然说，"上回市里比赛19中就有人跑反了，嗖嗖的还带着风呢。"

"行吧，别跑反了啊！"罗飞玉看着大家。

"我跳球，"霍然说，"寇忱罗非鱼抢左边线，马郝平时用右手，但是左手带球非常厉害，拦他的时候注意他突然假动作换手。"

"我以为你没有战术安排呢。"寇忱看着他。

"想起来了就随便说一下，"霍然说，"班队没什么难度，水平都差不多，我们只要放开了打就能赢，放心。"

"还有什么？"寇忱问。

"没了，"霍然说，"超仁注意篮下，理（1）谁抢篮板你抽谁。"

"好！"魏超仁点头，顿了两秒又问，"真抽啊？"

霍然没说话，扬手在他后背甩了一巴掌。

"知道了知道了。"魏超仁回手搓了搓后背。

"我们拿球的时候多看寇忱位置，"霍然说，"能给他的时候就给他，好了，加油！"

"加油！"一帮人一块儿喊。

"高二文！全是腿！猛如虎！疾如风！"身后突然响起了女生们的喊声，还带着整齐的铃鼓声。

他们吓了一跳，转过头发现不知道什么时候几个文科班啦啦队的女生都凑到了一起，他们班拿的是铃鼓，文（2）拿的是扇子，文（4）是彩色的绒毛团子，文（3）……什么也没有，就喊。

"这词儿刚想的吧，"寇忱说，"不喊文（1）了，改喊高二文了。"

"咱们现在又是火种了，"许川说，"啦啦队都豁出去了，你们也拼了吧。"

"拼了。"霍然拉开了外套的拉链。

所有人的外套里都是篮球服，但不知道为什么，啦啦队一定要在他们脱外套的时候发出掌声和喊声，铃鼓丁零当啷嘭嘭嘭的响成一片，仿佛他们衣服里头什么也没穿。

"快点儿脱，"寇忱明显有些尴尬，飞快地把外套往旁边一甩，又迅速地扒掉了裤子，"喊得我都紧张了。"

首发的几个人都脱出了比平时快几倍的速度，一块儿整齐地把衣服甩到了休息区的椅背上。

"你俩这……"罗飞玉看着寇忱和霍然的脚踝，"挺酷的。"

裁判拿着球站到了中线，吹了声哨子。

两队的人都往中间走了过去。

霍然低头看了一眼脚踝上的皮尺。

这东西一个人戴着其实还行，并没有多特别，但两个人都戴着同款，就挺显眼了。

他有点儿尴尬，但又有种莫名其妙安心的感觉，就像是上战场的时候知道背后有人为自己挡着，像睡觉的时候后背有人可以靠着，鬼摸不着他。

理（1）跳球的是马郝，校篮比赛跳球多半也是马郝，弹跳好，力量稳。

霍然并不担心跳球，谁拿了球都行，变数都在后头。

"准备。"裁判托着球伸到两人中间。

霍然弯腰,盯着球。

一声哨响过后,球被抛向空中。

四周响起了喊声,也不知道是他们这场的,还是旁边场地的。

球即将到达顶点时,他猛地跃起。

马郝的手跟他同时触球,发出了带着空心金属音的一声"嘭"。

球从他的左侧飞了出去,基本是按他之前设想的角度,寇忱和罗飞玉都在这个方向。

落地时他听到了跟铃鼓声夹杂在一起的声浪。

"寇忱——寇忱!啊——寇忱!"

果然,寇忱拿到了球,正顺着左边线往篮下冲过去。

罗飞玉紧紧地跟在他右边两米左右的位置,随时等着传球和解围。

不错。

霍然猛地加速,在三分线前顶住了要去阻止寇忱的马郝。

寇忱平时篮球打得不多,毕竟他不喜欢,实战经验不是太足,压进三秒区之后被理(1)的人一拦,他停下了,想要传球。

"看个屁!上篮!"霍然吼了一嗓子。

寇忱反应相当快,前一秒还想要传球,听到霍然吼声的同时,他已经挤开了理(1)防守的人,没有起跳,直接冲到篮筐正下方,反手勾了一下。

篮球从前往后划出一道干净利落的弧线,落进了篮筐。

这个球轨迹很短,角度也有点儿诡异,理(1)没有来得及做出什么反应。

旁边看台上爆发出了一阵掌声和尖叫。

"你开场就骂我?"寇忱看着霍然。

"再犹豫我还抽你呢!"霍然瞪着他,"就俩人防你还一个没到位,你怕个屁?"

"……知道了。"寇忱啧了一声。

理(1)发球很快,几乎没有给他们交流的机会。

"刚那个球进得漂亮。"霍然往回跑的时候往寇忱屁股上拍了一巴掌。

"也不看看是谁进的。"寇忱想都没想就接下了这句表扬，他的谦虚一般只以完全相反的意思出现在他装酷的语境中。

这个开场很棒。

他们的确是有少打一场的体力优势，但也有劣势，理（1）上午那一场已经把全队的状态都打开了，而他们这是第一场，动作都有些发紧。

不知道是不是因为寇忱开场的这个球，本来还有些放不开的几个人顿时奔放了很多，回防迅速明显比理（1）要快。

理（1）刚过半场，人已经一对一被他们盯死了。

带球的是校篮的后卫高杰，防守他的是罗飞玉。

罗飞玉的体能很好，但高杰是控球后卫，两个人都不一定能防得住他，罗飞玉挡在他面前两次都是还没站定就已经被他绕开了。

再有一次，他就能压进三分线传球。

霍然往前扫了一眼，寇忱在高杰右前方，已经在盯着高杰手上的球了。

那就现在吧。

霍然猛地往高杰身后倾了过去。

"后面！"马郝喊了一声。

一块儿打球时间长了就是这点不好，霍然熟悉这些人，这些人也熟悉他，他刚跨出一步，马郝就已经反应过来了。

高杰都没有回头就把球从胯下换到了左手。

但霍然没有停，为了不再给高杰反应的时间，他第二步跨出去的时候，在后的左脚蹬了一下地面，几乎跨出了起飞的效果，右脚再往前五厘米，他就能直接劈个飞叉。

他在劈叉的边缘疯狂试探，借着惯性往前一探，指尖戳在了高杰刚换到左边的篮球上。

"寇忱！"他喊了一声。

寇忱在马郝提醒高杰的时候就已经开始移动，高杰把球换到左手的时候他已经出现在了高杰左前方。

霍然偷的这个球飞出去的时候,他迎着球冲上前,左手把球抄到右手,没有停顿,带着球从霍然眼前掠过,往前场带了过去。

观众已经跟啦啦队混在了一起,分不清都喊的是什么,听上去就是一片起伏跌宕不断掀起高音的"啊——"。

"回防!"马郝喊。

霍然这一步跨得实在有点儿大,起身的时候他左腿不得不在地上跪了一下才站了起来。

理(1)的回防挺快,但霍然这个球断得实在太突然,马郝喊回防的时候寇忱已经把球带过了中线。

按霍然的要求,他没有犹豫,起跳,球出手。

但出手的瞬间他就知道这球有点儿急了,进不了。

"没进!"他喊。

魏超仁像一头踩了弹簧的瘦熊,在球打到篮板的时候已经扑上前去,撞开了理(1)准备抢篮板但还没站稳的队员,一把把落下的球抱进了自己怀里。

然后左右看着。

"传!"霍然冲过来吼了一嗓子。

魏超仁把球传了出来,霍然接到球,没有机会再投了,于是迅速把球传给了底线的江磊。

江磊拿到球倒是非常猛,一点儿没犹豫地跳起来球就出了手。

当然没进。

球飞过篮球架,横跨过球场,从对面边线飞了出去,场边观众纷纷举起胳膊,一块儿跳起来把球给接住了。

"我去,我真牛。"江磊被自己的"高超球技"给气笑了。

"没事儿,"霍然说,"不怕出去,怕你不敢出手,准备回防!"

说完他又指着魏超仁:"你刚抱个球舍不得传是等着孵个恐龙吗?"

"我一会儿不孵蛋了。"魏超仁让他骂笑了。

霍然看了看寇忱。

寇忱一挑眉毛,一脸你想骂就骂老子不惧的表情瞪着他。

不过霍然没有开口，刚寇忱的那个配合打得非常好了，球没进这种事儿不可避免，他们现在的状态已经放开了，后面只会越打越劲。

"你刚没事儿吧？"寇忱跑过他身边的时候问了一句。
"没事儿。"霍然说。
"我看着都蛋疼，"寇忱小声说，"你柔韧性真好啊。"
理（1）已经在边线发了球，霍然没顾得上再跟他说别的，吼了一句："回防！"
也许是受了刺激，理（1）这轮进攻势头挺猛，很快就全员压到了篮下，练田径的那个拿了球准备上篮。
霍然直接冲过去，跟他同时起跳，迎着球一胳膊抡下去，把他刚出手的球给盖掉了。
不过落地的时候哨声响了，裁判吹了打手。
田径队员罚球。
"怎么就打手了？"寇忱喊了一声。
"闭嘴，"霍然说，他的确没打手，但他也的确是冲着打手也要盖掉这个球去的，加上角度问题，裁判估计也看不清，"不争。"
寇忱看着他。
"抢篮板。"霍然说。
寇忱拧着眉点了点头。

罚球这种事儿，对心理素质的要求挺高的，看上去没人干扰你，连啦啦队都不喊了，但所有人都盯着你的每一个动作……
田径队员果然第一罚不中，第二罚的压力就更大了。
霍然看了寇忱一眼，寇忱也在看他，目光对上之后，寇忱冲他勾着嘴角笑了笑。
"笑屁呢？"
霍然瞪着他，又瞪了一眼篮板。
寇忱点了点头，但很快又冲他眨了一下左眼。

088

"滚！"

霍然移开了视线。

"神经病！"

田径队员第二罚依然没中。

寇忱闪电一般地冲到篮下跃起，霍然立马同时转身，他对寇忱有信心，就冲他刚才嘚瑟上天的状态，这个篮板肯定能抢到，他就是那种越嘚瑟越出状态的家伙。

果然霍然刚侧身往回，寇忱已经把球传了出来。

霍然带了球开始猛冲。

寇忱这个篮板抢得猛，传球也快，理（1）没有人跟上，前场全空。

霍然压着三分线起跳的时候马郝才刚跑到了他身侧。

接着就看到球落进了篮筐。

"三分！"魏超仁吼了一声。

文科班的啦啦队顿时疯了，之前临时改的词儿估计也没人记得了，一帮女生抢着手上的东西连蹦带喊的，男生喊的声音都快被压没了。

"怎么样！"寇忱跑到霍然跟前儿喊了一声。

"帅。"霍然跟他撞了一下肩。

11

文（1）开场的气势就很足，没几分钟就把观众点燃了，很多人都在等着理（1）把文科最后一颗种子灭掉，特别是这颗种子还是因为抽了空签才到了第二轮的。

但没想到已经算是强队的理（1）一开始就是被压制的状态，观众们顿时来了劲。

有倒戈给文（1）加油的，有继续给理科打气站场边各种喊战术喊走位的，啦啦队们也已经完全乱套了，只顾着一块儿尖叫和胡乱抢着手里的东西。

霍然一个底线高难度进球之后，比分到了11：00，理（1）一球未进。

理（1）叫了暂停。

霍然估计他们也得叫暂停了，现在文（1）全员狂野，如果不用一个暂停来冷却一下，他们后面就真的不好打了。

徐知凡站在场边，他们一过来，就笑着说了一句："赢定了。"

"还行。"霍然离开了球场就温和了不少。

伍晓晨和几个女生扑过来递了水和毛巾。

这会儿汗是出了点儿，但不怎么渴，不过他们还是都接过了水，叫了暂停就得把这套做全了，要有仪式感。

霍然接了水刚要拧开，唐维突然又伸手过来把他手里的水拿走跟江磊的换了一瓶。

"怎么了？"江磊莫名其妙地问。

"没怎么。"唐维笑着说完，几个女生就跑开了。

"怎么了啊？"江磊举着瓶子，"我现在不敢喝了！是不是有毒啊？"

霍然也有点儿茫然。

"喝你的，"徐知凡说，"估计是正好就拿了两瓶红盖儿的过来，别的都是白色的。"

霍然这才注意到拿过来的水是两个牌子，他和寇忱现在拿的是两瓶红色瓶盖的，他看了寇忱一眼。

寇忱正仰着脖子喝水，边喝边冲他笑了笑。

霍然也笑了笑，转开了目光。

寇忱队服肩膀有点儿歪了，他强迫症发作不能忍，非常想伸手去给他扯一下，但旁边所有的观众都往这边看着，还有人在冲他们喊战术出主意，他实在不好意思伸这个手。

最后还是没忍住："你衣服扯一下。"

"嗯？"寇忱把水放到一边，抓着衣服下摆随便扯了两下，然后问了一句，"一会儿还这么打吗？他们会不会换人？"

扯这两下完全没有改变他衣服歪着的状态，只是他突然换了话题，霍然也不好再说下去，会显得自己特别有病。

"现在不会换，他们几个人没出什么错，体力也没问题，"霍然看着几个队员，"我们也没什么可变动的，还按刚才的节奏打就行。"

"我们刚才打得还不错吧？"魏超仁问。

"我也就是不想骂，"霍然说，"如果不控制，你们每一个动作我都能骂十分钟的……不过打得也挺好了，要打得不好，能压得理（1）现在是个蛋吗？"

几个人都笑了起来。

"累吗？"许川问，"要换人要暂停的话给知凡打手势，他去叫。"

"嗯，"霍然点点头，"现在状态都不错。"

"我打完全场也不会累，只要霍队长别老骂我。"寇忱说。

"你把你肩膀那儿扯正了！"霍然转头看着他，最终还是没忍住，"我怕我强迫症好不了一会儿上场都发挥不正常。"

"我去？"寇忱愣了愣，但还是很快就扯了扯，"这样行了吗？"

"……行了。"霍然松了口气。

"哎哟，你要求真高啊，"寇忱从他身后把胳膊往前一搭，抱着他肩靠在了他背后，"衣服歪了都要管，我一会儿上去一个球，就又歪了。"

霍然没说话，寇忱这个动作一下把女生的目光都扯过来了，他甚至能看到几个正举着手机录视频的女生都伸手在屏幕上扒拉，明显是在放大画面。

顿时他就感觉寇忱身体的温度从背上肩上烧了过来。

就在耳根要被烧着的瞬间，裁判的哨子及时响起，他赶紧说了一句："上场，保持刚才的节奏。"

围成一圈的几个人一块儿喊了一声："加油！"

寇忱还挂在霍然肩上，在他耳朵旁边跟着喊："加油！"

"松开！"霍然一边往场上走一边扯了扯他的胳膊，刚这一嗓子，耳朵差点儿让他震聋了，火势也让他震没了。

"嗯，他们班发球吗？"寇忱应了一声，不过没有松手。

"是。"霍然应了一声。

寇忱和霍然往场内走的时候能听到后面夹在加油声里的笑声和喊声，都是冲着他们来的。

他还有点儿紧张。

以前无论什么比赛，他参加得都很少，现在所有人的喊声、加油声、尖叫声、掌声、口哨声全是冲他们几个来的，他哪怕平时什么都不在乎，也还是紧张了，毕竟是比赛，有输赢在，他还说了要给霍然长脸。

不过挨着霍然就能平静，场上打着比赛的时候，霍然开口，哪怕是骂人，他也马上能集中精神，斗志昂扬。

霍然就像个充电桩，会劈叉的那种。

至于霍然为什么会给他这样的感受，很明显，因为他实力太强。

理（1）几个人特别是校篮的那俩，面对霍然时的那种紧张和压迫感，连寇忱都能感觉得到。

盯着霍然充了几秒钟电，霍然突然消失在了他视野里，紧跟着就听到了霍然的一声暴喝："寇忱你要是不想动就给老子下场！"

非常暴躁威严凶狠的语气。

寇忱赶紧动起来，看都没看，直接往他声音传来的方向先紧跑了几步，才扫了一眼四周的情况。

理（1）的人已经全部压到前场，高杰带着球从中线直接切进了三分线。

看来暂停这一小会儿他们班是重整士气了。

马郝接了传球准备投篮的时候，寇忱就知道自己大概不光是要挨骂，怕是要挨打了。

因为他慢了半拍，防守上漏了人，马郝找到了机会。

寇忱从马郝身侧跃起，这一跃是拼了全力的，他都能数清马郝头顶有两个旋了……但还是晚了那么一点儿，马郝球已经出手，他一胳膊过去抢了个空。

球进了。

理（1）的啦啦队顿时掀起狂潮，连唱带蹦的。

"你他妈睡着了？"霍然连一秒都没用就怼到了寇忱脸跟前儿，鼻尖都差

092

不多要戳到他脸上了。

"我……"寇忱不知道该说什么，这会儿他也很郁闷。

霍然突然往前，脑门儿在他脑门上狠狠磕了一下。

场边的女生尖叫分贝瞬间从刚才的丢分静音飙出了两个八度的高音。

"醒了没？"霍然瞪着他。

"醒了。"寇忱说。

"不能让他们气势起来你明白吗？"霍然说。

"明白了。"寇忱说。

霍然往他脸上啪啪拍了两下："防死马郝。"

"嗯。"寇忱挑了挑眉毛，"交给我了。"

"再睡着了我弄死你！"霍然转身走了两步又回过头指了指他。

"么么哒！"寇忱给他回了一句。

霍然大概是这会儿才被尖叫声给震回神了，瞪着他骂了一句："滚！"

罗飞玉发球，寇忱接了球就往前场冲了过去，理（1）田径队员想防他，跟他刚碰上就被他一肩膀直接撞开了。

裁判没有吹哨，他继续往前冲。

寇忱不介意霍然骂他，但他介意丢面子。

如果因为自己丢了别人的面子，丢了文（1）的面子，就更让他不能忍了。

带着球往篮下冲过去的时候他连旁边的欢呼加油声都听不见了，耳朵里只有呼呼的风声。

不过狂野之下他还是个有理智的人，冲到篮下之后他停住了球。

"直接上篮！"霍然喊了一声。

寇忱在三分和三步之间选择了稳妥的三步。

往前冲了两步之后马郝出现在了他前方，他的腿猛一蹬地，在马郝站稳之前起跳，感觉自己腾空的高度是有生以来最牛的一次，马郝的脸似乎撞在了他肚子上，感觉再起来一点儿他和马郝之间就会有不堪入目的场景出现。

飞起来之后，他把手里的球一抛。

球落进了篮筐。

"好球——"四周的观众都喊了起来。

只是落地不够太完美,寇忱落地的时候差不多是垫着马郝下来的。

"没事儿吧?"他拍了拍马郝的胳膊。

"没事儿,"马郝看了他一眼,"你打鸡血了啊?这么猛。"

"喝酒了。"寇忱挑了挑眉毛,又往霍然那边看了过去。

霍然没什么表情地看着他。

他又挑了挑眉毛。

霍然还是看着他,于是他继续挑眉毛。

"干吗?"霍然莫名其妙地吼了一声,"眉毛不想要就送给罗非鱼吧!"

"我去,"罗飞玉在旁边笑出了声,"我眉毛淡是淡点儿,也不至于需要别人送吧!"

"出错了骂我!"寇忱指着霍然,"进球了不表扬!你怎么当的队长啊!"

"……刚才那个球进得漂亮。"霍然总算明白了他的意思,"整个进攻都很完美。"

"回防!"寇忱冲着他喊。

霍然看了他一眼,转身往回。

好不容易拿了两分,却又立刻被追回了11分之差,理(1)的气势顿时比之前更旺了,一个个都憋着气,冲起来特别猛。

江磊带球的时候甚至直接被撞出了边线。

但文(1)节奏始终没乱,连霍然骂人的节奏都没乱,上半场结束的时候把比分拉到了15分。

"稳了,"江磊坐在休息区的椅子上,头上顶着一块毛巾,"另外几场怎么样?"

"没有黑马,"徐知凡说,"现在领先的都是之前我们认为的强队,这场比分得尽量拉大,要不就没机会争第一了。"

"我们这场能赢已经很爽了。"魏超仁说,"平常心吧。"

"平什么常心!"霍然说,"平常心你打个屁的比赛,比赛就得有胜负心！你平常心你一会儿就坐观众席加油去！"

"哎哟，"魏超仁笑了起来，"我还好不是校队的，我这场挨多少回骂了啊。"

"没骂你傻子就不错了。"江磊说。

寇忱看了霍然一眼，他俩第一次起冲突就是因为霍然骂了他们班不知道谁一句傻子，正好在寇忱旁边。

看来霍然这个习惯还真是打什么比赛都保持着。

"快，老袁让我记着拍几张比赛中休息的，带着汗水啊气喘吁吁啊，"伍晓晨跑过来，蹲在了他们面前，举着手机，"青春年少的……"

"要摆造型吗？"江磊马上问。

"不用，自然状态吧。"伍晓晨说。

"还是突出一下重点吧，"许川说，"我们替补的站后面旁边，他们几个主力在中间，挑个看上去特别不经意的站姿，其实又心机满满……"

"明白，"伍晓晨点头，"我们女生拍照都这样。"

大家很快就心机满满地各自站好，主力五个坐在中间，有的喝水有的发呆，有的顶着毛巾还要把脸露出来，替补们也散开在四周，或站或靠，有的披着外套，有的直接露出队服。

霍然慢慢地喝着水，偏头往理（1）那边看，下半场他们估计是要换人，两个壮些的男生脱了外套在做准备活动。

"下半场他们海拔上去了，篮下注意点儿。"霍然说。

几个人都点头。

"嗯。"寇忱也应了一声，又问伍晓晨，"全身入镜吗？"

"是的，我都框进去啦。"伍晓晨说。

寇忱没说话，只是突然伸腿，在霍然右脚跟上踢了一脚。

霍然是靠着椅子坐的，右脚没有受力，所以很轻松地被他踢得滑出去了一小段，正想问寇忱抽什么风的时候，寇忱已经把自己的左腿也伸了出去，跟他并在一起。

两根皮尺脚链。

霍然没动，迅速地往伍晓晨那边看了一眼。

伍晓晨一脸严肃地举着手机，拼命咬着嘴唇，估计一松劲，她就要在尖叫里放声狂笑了。

下半场开场，文（1）没有换人，他们几个人的状态都还不错，不出意外打完全场不是问题。

理（1）换人之后也没太能改变之前被压着打的局面。

霍然连进两个三分之后理（1）又叫了暂停，但士气这种东西，下去了就很难再起来，这也是寇忱让马郝进了球，霍然会骂他的原因。

他们赢理（1）已经没有悬念，唯一要做的就是拉大比分。

文（1）这会儿全员猛虎下山，无论是传球还是上篮，动作都全是自信。

尤其寇忱。

一开始还有些紧张，到后来只要球在他手上，就敢闭眼往篮板上砸。

"你稍微也稳着点儿行不行！"霍然不得不提醒他。

"晚了，"寇忱边跑边说，"我已经炸开花了，现在正在空中纷飞呢，我稳个屁啊稳！"

霍然看了一眼时间，居然还有不到一分钟了。

球打得爽了时间都纷飞着走。

理（1）开始拖时间，就算赢不了，也尽量减少他们进球的机会。

高杰带着球慢慢往前，寇忱没跟着他们的节奏，直接迎过去往高杰手底下一抄，高杰虽然士气低落，但技术还是在的，迅速把球往身后一带。

霍然这回没有大劈叉，直接往高杰身后一掠，拿走了球。

这差不多是全场最后一个进球机会，啦啦队员们全都蹦着高大喊着，观众也都站了起来，霍然甚至听到了金属看台被人用脚踩出了当当当的加油声。

"霍然——霍然——"

这个球基本没有难度，理（1）放弃了最后的挣扎，霍然面对空荡荡的篮下，从容地起跳，把球轻轻一托，球进了篮筐。

接着哨声响起。

文（1）的人全从看台上跳了下来。

"赢了！"寇忱非常兴奋地跑过来，一把搂住了霍然，在他脑门儿上用力亲了一口，又搂着他在他背上一通狂搓。

"滚啊！"霍然推开他，在他头上搓了一把。

旁边女生笑着喊了起来："霍然！盘他！盘他！"

霍然这会儿心情很好，平时这话他肯定装听不见，但现在却犹豫了一下，瞪了寇忱几秒钟，扑上去对着他脑袋狠狠地就是一通揉。

"你大爷啊！"寇忱骂，"我发型！我发型！"

"你有个屁发型！"霍然又揉了好几下才松了手。

有点儿忍不住想笑。

12

打破了篮球赛是理科班天下的狂言之后，文（1）别说是打球的这帮人，一整个班的人走路都带着风，仿佛随时就能从兜里变出个篮球来玩两把。

霍然以前班队校队比赛打得很多，畅快淋漓也不少，但像今天只是一场比赛赢了就兴奋成这样的就很少见了。

一帮意犹未尽的人并不愿意离开球场，想等着人散点儿之后再打一会儿。

"我去买点儿饮料吧，我想喝甜的，"霍然说，"你们要吗，我带回来。"

"要！"大家都点头。

"我跟你一块儿去。"寇忱把外套穿上，拉链拉到头，但还穿着短裤，脚踝上的皮尺很显眼，被自己盘乱的发型他也没整理。

霍然刚要说好，高杰走了过来："寇忱，没看出来啊，平时训练三天打鱼两天晒网的，上了场这么牛？"

"也没有。"寇忱勾起嘴角，不明显地笑了笑。

"过去玩一下？"高杰指了指旁边场地，除了理（1）的队员，下一场跟文（1）争冠的理（8）也全队都在。

"行啊。"寇忱看了一眼霍然。

"我买完水就去，"霍然说，"你们先玩着。"

一帮人边喊边闹地过去了，霍然穿上外套，小蹦着往小卖部走过去。

心情挺好的。

本来平时他一般不会在赛前跟对手这么玩，哪怕并不是打整场，就是相互投几个球，玩玩攻防，万一对方谁有那么几秒的超常发挥，就会影响下场比赛的心情。

不过今天就没所谓了，心情好。

小卖部这会儿人不多，大多学生都还在操场上。

霍然在门口的水池边洗了洗手，刚搓寇忱脑袋的时候搓了他一手的汗，啧。

洗完手，他甩了甩水，一边在裤子上蹭手，一边走进了小卖部。

"老板帮我拿个袋儿，"霍然喊，"装三十瓶饮料，都要冰的。"

"一个袋儿可装不下。"老板笑着说。

"那就两个袋儿呗，"霍然站到冰柜前看了看，"冰柜里的都装上吧，有多少瓶？"

"好，我数数看，你请客啊？"老板问。

"不知道算不算我请客了，"霍然把寇忱的卡递给老板，"刷这个卡吧。"

老板拿了两个塑料袋，开始把冰柜里的饮料往袋子里装，霍然往零食架子走过去，想再拿点儿吃的给啦啦队的女生。

刚转过第一个架子，他就愣了愣。

林无隅拿了个小卖部的袋子也正在装零食，辣条那一格已经空了。

"给班上的人买吃的吗？"林无隅问。

"嗯，"霍然盯了一眼他手里的袋子，"辣条你都拿了？"

"是啊，我……"林无隅打开袋子往里看了看，里面有半袋子的辣条。

"这么多，"霍然非常迅猛地把手伸进了袋子里，抓了两把辣条出来，"这些我拿了啊。"

"行。"林无隅说着又往门口看了看，"你一个人来的吗？"

"嗯？"霍然看了他一眼，"是，他们还打球呢。"

"第一次看到你一个人。"林无隅笑了笑，继续从架子上拿吃的，把半篮卤鸡蛋也倒进了袋子里。

"是吗？"霍然突然有些局促，林无隅应该是在说他总跟寇忱在一块儿，连上厕所他俩十次有八次都是一块儿去的。

本来这个他也没觉得怎么样，换个人说出来，他的内心应该不会有什么波动。

但偏偏是林无隅。

这就有点儿微妙了。

而林无隅在他反问之后垂下眼皮往他脚踝上看了一眼的时候，这种微妙的感觉就更为强烈了。

强烈到霍然开始有些紧张。

"这个……"霍然低头也看了看脚踝上的皮尺，"这个是……生日礼物。"
说完之后他有种不如不说的感觉。

林无隅笑了起来。

"不是的……就……我没，我不是……"霍然说到一半闭了嘴，怎么说都有些诡异，于是他选择了沉默。

"没事儿，"林无隅笑着拍了他肩膀一下，转过零食架，对老板说了一句，"就这些，帮我刷一下卡。"

霍然站在架子后头没动。

"要我帮你把饮料拿过去吗？"林无隅探头过来，"好大两袋啊。"

"啊！"霍然回过神，"不用，我拿就行，谢谢了。"

"行。"林无隅点点头，拎着他那一大兜吃的走出了小卖部。

霍然又在架子后头站了一会儿才慢慢走到收银那儿，把手里的辣条放下，拿了个袋子，胡乱从架子上拿了点儿吃的。

两大袋饮料的确挺吓人的，非常沉，零食还好，看着一大兜，但不重。

霍然拎着三个袋子慢慢往篮球场那边走过去。

没事儿。

林无隅说，没事儿。

没事儿是什么意思？

是说这是个误会，还是对于自己想要划清界限这句表示没事儿？

霍然觉得自己并不介意这些，但他却在第一时间否认了。

这让他有些慌张。

寇忱迎面走过来的时候他都没看到，一直到寇忱拿走了他手里的一个袋子，他才吓了一跳，一扬胳膊跳到了旁边。

"想什么呢？"寇忱被他这反应也吓了一跳。

"你怎么来了，不是跟他们打球吗？"霍然清了清嗓子。

"你去好半天了，我估计东西多不好拿啊，就过来了。"寇忱又靠了过来，伸手想拿另一个袋子，"怎么买这么多？"

他这个动作有点儿突然，霍然往后让了让。

寇忱停下了，瞪着他。

过了好几秒才吼了一声："你干吗啊！"

"我拿就行啊。"霍然赶紧解释。

"那你拿拿拿拿，"寇忱把拿走的那袋饮料又放回了他手里，转身就走，"你刚干吗去了啊？怪里怪气的影响老子心情。"

霍然没说话，继续拎着三个袋子，跟在寇忱身后。

其实寇忱平时的动作也挺一惊一乍的，大多动作都是一点儿预兆都没有，包括往人脸上胡乱亲。

但他从来没这么躲过。

突然觉得有点儿对不住寇忱。

寇忱再次猛地转回身的时候，霍然没等他说话，就把手里的袋子递了过去。

"我……"寇忱接过袋子之后愣了愣，吼了一嗓子，"我不是来拿袋子的！"

"拿都拿了。"霍然往前走。

"你没事儿吧？"寇忱跟上来，"刚还好好的呢，去趟小卖部回来跟中了毒一样。"

"没，大概有点儿累了吧。"霍然装模作样地活动了一下胳膊。

"放你的屁,"寇忱说,"平时训练的时候自己跑完五公里还能撵我后头逼我再跑五公里呢,四十分钟球你就累了,女生都不一定累呢,你怎么不晕倒啊!"

"话怎么这么多?"霍然转头看着他。

"是没你话少。"寇忱喷了一声,也没再多问,甩着一条胳膊走到他前头去了。

霍然叹了口气。

看着他的背影,觉得自己是不是有点儿太矫情敏感。

快到球场的时候,他追了两步,伸手在寇忱后脖子那儿捏了捏。

"哎!"寇忱喊了一声。

"你大爷!喊什么!我是掐死你了吗!"霍然被他吓了一跳,本来这个带着讨好性质的动作他做得就有点儿尴尬,再被这么一喊,顿时就想一巴掌甩寇忱身上去。

"舒服!"寇忱又喊了一声。

霍然顿时无语了。

"继续,再给你寇叔多捏几下!"寇忱指了指自己肩膀,"脖子,肩,都捏捏!"

"滚!"霍然说。

球场上还有很多人,文(1)差不多都在,毕竟赢了比赛,还赢得那么漂亮,一个个会打不会打的都在篮下挤着,再加上别的班看球看得把瘾勾起来了的。

难怪寇忱去找他,这也没法玩了,也就能大家一块儿投投篮。

"还好你买得多,"寇忱说,"要不都不够分了。"

"我把冰柜里的都买了,"霍然把袋子放到看台上,"就怕不够。"

"哇!"唐维跑了过来,"这么多!这是要野餐吗?那边还一堆辣条卤鸡蛋什么的呢!"

"嗯?"霍然愣了。

"刚林无隅拿来的,"寇忱说,"你没碰着他吗?"

"哦,碰着了。"霍然这才反应过来,林无隅是在给他们班买吃的,之前说过如果他们班赢了他就请客来着。

"这学神人还挺不错的。"寇忱拿了一瓶饮料拧开递给霍然。

"嗯。"霍然点点头。

"坐会儿。"寇忱坐到看台上,又拍了拍自己旁边的位置。

霍然坐了过去。

"你刚伤我心了啊。"寇忱说。

"嗯?"霍然赶紧转头,"什么时候?"

"躲我的时候。"寇忱说。

"……我不是故意的,我就是吓了一跳。"霍然说,"你不至于吧,就这样也能伤着心?你这心是不是长得太靠外边儿了,往里揾揾吧。"

寇忱笑了起来,转头看了他一眼:"你怎么这么损,今儿一天球还没骂够我啊?"

"本来就是。"霍然说。

"我最怕别人躲我了,躲一次我就不会再往上凑了,"寇忱说,"伤自尊。"

"是吗?"霍然赶紧回忆了一下自己刚躲了寇忱几下。

"你可以放宽点儿,"寇忱说,"十次吧。"

"……十次?"霍然笑了。

"我说真的,"寇忱斜了他一眼,"你刚肯定有什么事儿没告诉我,不过我也不逼你,你别一惊一乍的好像我有传染病一样就行。"

"没。"霍然说着往他身边挨了过去,在他胳膊上用力蹭了两下。

说实话,寇忱有时候心大得能装进去一个食堂早中晚三餐加消夜,有时候又敏锐得蚂蚁放屁都能感觉到。

离吃饭时间还有一阵,球场上的人一直没有减少,就算不打球的,也要在旁或坐或站地聊天儿。

寇忱觉得这种感觉挺舒服的,认识、不认识的这些同学,一个个有说有笑,还有人拿个篮球唧瑟着努力吸引女生的目光。

比他以前学校强多了。

搁他以前学校，这种时候，就是各种新仇旧恨惹是生非扬名立万的大好机会，男生女生都不会错过。

不像现在，坐在这儿跟霍然一块儿喝着饮料，什么也不说，就愣着也很舒心。

几个高一的女生一直站在看台另一头往他俩这边看着，寇忱对于这种目光相当熟悉。

这种时候他一般都会目不斜视，余光里扫一眼就行。

不过几个女生站了一会儿，就走了过来。

站到了霍然跟前，然后很轻地叫了他一声："霍然。"

霍然明显在发呆没听见，盯着地面上的一块石头愣神。

"哎。"寇忱用胳膊碰了碰霍然。

"嗯？"霍然偏过头，然后才又猛地转过头，看到了面前的女生，"啊？"

"我是高一（5）班的，我刚才一直在给你们加油。"女生有些害羞，声音很低。

寇忱立马就反应过来这是想干吗了，本来他想提醒一下这个女生，你叫什么名字啊？太紧张了吗？

但是他没开口，把头扭到了一边，看着那边篮下江磊和魏超仁一对一玩攻防。

跟霍然告白呢，他就不插话了，凭什么提醒你？

"谢谢啊。"霍然说。

谢屁，那么多加油的你谢得过来吗？

寇忱喝了口饮料，心想：赶紧告白完了快走吧！

"就，你打球打得真好啊，不愧是校篮队长。"女生说。

是的，他骂人也骂得很好，你听到了没？

"谢谢。"霍然笑了笑。

寇忱在心里叹了口气，霍然平时语言也没这么贫瘠，怎么碰个女生就会一句谢谢了？

女生顿了顿，大概是被霍然的谢谢给逼得说不下去了，但她没有放弃，坚强地继续努力又找了一句："你们是不是明天打决赛啊？"

"是。"霍然点了点头。

怎么不说谢谢了呢?

寇忱喝了口饮料。

"那我跟我几个同学还来给你们加油哦。"女生笑着说。

快谢谢!

"谢谢啊。"霍然说。

寇忱本来莫名其妙有点儿不爽,但这会儿差点儿没忍住笑出声来,赶紧把冰镇饮料按在了脸上,把自己的笑意压了回去。

不管怎么不爽,自己要是笑了,这女生肯定下不来台。

"那个,"女生说着拿出了手机,"我能……我能跟你合个影吗?"

什么?合影?

"什么?"霍然也愣了。

"我想发朋友圈,说这是我们学校校篮队长,"女生倒是很实在,"我同学肯定会羡慕我的。"

"哦。"霍然往寇忱这边转了转头,大概是没碰到过这种情况,想看看他的意思。

但寇忱没理他,转身背对着霍然,冲那边许川挥了挥手。

自力更生吧,校篮队长。

"行吧。"霍然说。

堂堂一个校篮队长,想合影就合影了?还有没有点儿队长的谱了啊!

女生很开心地坐到了霍然身边,还往他身上挨了挨。

霍然想躲,往寇忱边上靠了过来。

寇忱弓着背往后顶了一下,把他给顶了回去。

余光里霍然应该是转头瞪了他一眼,不过他没看到。

接着女生手机咔嚓咔嚓咔嚓咔咔咔嚓嚓嚓一通响,寇忱刚想回头,她又说了一句:"那个……寇忱。"

寇忱转头,应该是一脸不爽,女生似乎被他吓着了,愣了两秒才小声说:"不好意思啊,你能让一下吗?"

104

"能！"寇忱响亮回应，起身走开了。

"谢谢啊。"女生说。

不用谢，不客气，这是我应该做的。

七人组几个人在篮下蹦着，寇忱过去抢了个篮板，然后转身跳投，球进了。

"你这命中率真是，"魏超仁说，"之前霍然说你命中率高，让拿了球尽量给你，我还觉得是不是他滤镜太厚。"

寇忱啧了一声。

看到霍然往这边走过来的时候，他把球往江磊手里一扔，转身走出了球场，往鬼楼那边去了。

"寇忱！"霍然跟了过来，"你吃鸡屎了吧！"

寇忱本来很不爽，听了这句差点儿笑出来，咬牙绷了半天才把笑意压了下去，也没理他，继续往前走。

快到鬼楼的时候，霍然上来拉住了他的胳膊："干吗呢你？找抽是吧？"

"霍然。"寇忱转过了身。

"啊。"霍然应了一声。

寇忱拿出了手机："我能跟你合个影吗？"

13

霍然追过来就是想骂寇忱的，刚那个女生来要合照，寇忱居然全程一言不发不帮着他解围，最后居然还很配合地走了。

但现在寇忱突然拿出手机来了这么一句，他顿了顿居然不知道该说什么了。

"我要发朋友圈，"寇忱说，"就说这是我们校篮队长……"

"你吃醋了吗？"霍然脱口而出。

"嗯？"寇忱停下了，看着他。

霍然清了清嗓子，没再开口，老觉得这会儿自己哪儿哪儿都不对劲。

"我吃个屁的醋，"寇忱说，"给老子表白的人多了去了，就刚才那个女生？我吃得着么，长得又不好看。"

"我觉得还……挺好看的。"霍然说。

"……然然,你的审美让我很失望啊。"寇忱说。

"是吗?"霍然有些疑惑,"我觉得还不错啊,长头发。"

"长头发?"寇忱问。

"嗯。"霍然点了点头。

"没了啊?"寇忱说。

霍然愣了愣,一时半会儿居然一下找不到下一个点了。

"行,"寇忱指了指他,"我明天让寇潇给我送顶假发过来,你要是不夸我好看,你就等着吧。"

霍然没忍住笑了起来。

"拍不拍!合影!"寇忱吼了他一嗓子,满满的全是不耐烦。

"拍呗,是你要拍,又不是我要拍。"霍然说。

"那不拍了!"寇忱喊了一嗓子,把手机扔回了兜里。

"拍吧。"霍然拉住了他,拿出自己的手机,打开了自拍,"来。"

"你拍屁,你拍了发朋友圈说什么,"寇忱说,"我是我们学校的校篮队长?"

霍然让他逗乐了,笑了半天:"那你拍啊。"

寇忱啧了一声,一抬胳膊搂过他,拿出手机对着他俩:"靠近点儿。"

霍然把头往他那边偏了偏,寇忱也正好偏过来,俩人脑袋磕了一下。

"别动,我找找角度。"寇忱举着手机,慢慢在前方来回移动着。

在霍然觉得脸都快笑僵了的时候,寇忱找好了角度:"就这样了,笑。"

"我笑着呢。"霍然龇着牙。

寇忱手一抬,按着他的脸往自己肩上一推,霍然脑袋一歪,靠在了他肩上,他按下了快门:"好!"

霍然搓了搓脸:"我看看!你给我拍成什么了。"

"挺好的。"寇忱把照片点出来给他看。

是还挺好的。

背景是学校操场，稍有些逆光，阳光从他俩脑袋中间炸出小小的一朵金色的花。

好看。

霍然盯着自己的脸看了一下，确定表情还不错，不过大概是因为笑容已经僵了，所以并不太明显，只是很淡的微笑。

又看了看寇忱。

寇忱勾着左边嘴角，不明显的笑容里透着嚣张。

从笑容来说，他俩笑得还都是一套的。

"你要吗？"寇忱问。

"要啊。"霍然说。

寇忱把照片发给了他，霍然手机响了一声，霍然拿出来看的时候，手机又响了一声。

"我就给你发了一条啊。"寇忱说。

霍然点点头："嗯，还一个大概是刚那个女生……"

"谁？"寇忱震惊了。

"就刚那个女生……她加了我好友，说把照片发给我，"霍然说完想了想，看着他，"是不是没必要啊……"

"你是个傻子吗？"寇忱还在震惊。

"滚啊！"霍然瞪他。

"你这好友也太好加了吧？什么认识不认识的都能加上？"寇忱说，"你……不是真的喜欢她吧？"

"我没！"霍然吓了一跳，"我都没太看她！明天再见着我估计都认不出来。"

寇忱拿过他手机，点开了聊天信息，除了自己发过去的那张照片，果然还有另一条是个叫喵小喵的发来的，点开一看，果然是霍然和那个女生的合影。

他刚要说话，喵小喵又发了一条过来。

——我挑了一下，这张拍得最好，别的就不给你看啦，我看上去好傻啊。

"认不出来是吧？"寇忱把照片放大，一直到喵小喵的脸占满了整个屏幕，他才把手机转过去对着霍然，"好好看看，这回能认出来了吧！"

霍然看了一眼屏幕，抬手把他手扒拉开了："干吗呢？"

"怕你记不住啊。"寇忱说，"明天认不出来了怎么办。"

"你没完了是吧？"霍然问。

"完了啊。"寇忱说，"你要不要给人回个消息，说是专门挑了这张最好看的呢……"

"你给老子闭嘴！"霍然吼了一声。

寇忱看着他。

"犯什么病啊？"霍然一把抢回自己的手机放回了兜里，"你到底什么毛病？打从刚才人家过来说话你就阴阳怪气的！我怎么惹你了？"

寇忱想了想："没。"

"没有你冲我这儿发他妈什么邪火！"霍然骂，"还说什么表白的女生多了不稀罕，不稀罕你这会儿跟我一脸小媳妇吃醋的样子干吗？"

"你才小媳妇，"寇忱喷了一声，"谁吃她的醋啊！"

"那吃我的醋啊？"霍然指着自己，"你喜欢我你说啊，我还能揍你吗？"

寇忱有些诧异地抬眼看了看他。

霍然瞬间就没了声音。

傻了吧？

所以说火不能随便发，骂人不能太投入。

不过这话他也没什么可找补的了，往身后的树上一靠，也不再出声。

"我本来就挺喜欢你啊，"寇忱盯着他看了一会儿，"我说少了吗？"

"……行吧。"霍然莫名其妙地松了口气。

"我就是不爽，"寇忱说，"咱俩刚认识的时候你多冲啊，一不留神就能打起来，怎么这会儿就那么和蔼了，有求必应的。"

"我不就是尴尬吗？"霍然说，"以前收个情书什么的也没什么，就算是有人当面表白，也没谁要合影还加好友的，再说人家一个女孩儿，跟我又没有前仇，过来说句话我还能呛她啊？"

"那你不知道找我……"寇忱说一半停了。

"我没跟你求救吗?你理了吗?"霍然说。

"过。"寇忱挥挥手。

"一对儿三。"霍然甩了一下手,做了个出牌的动作。

"要不起。"寇忱说。

霍然看着他笑了起来。

"我跟你说,"寇忱做了个打开盒子的手势,在自己脑袋上悬空抓了两下放进了盒子里,"我记仇着呢,你今天光顾着跟女生说话,她让我走开你都不管……"

霍然也在自己头上抓了一下扔进了盒子里。

"你自己没有啊!"寇忱看他,"什么都往我这儿放?"

"存你那儿吧,你不是专业一些吗?"霍然说。

"行吧。"寇忱点了点头。

说完之后俩人都没了话。

过了好半天霍然才看了看手机,想看看还有多久食堂开饭,一抬眼发现寇忱正看着他,他赶紧解释:"我看时间!"

寇忱一下乐了:"我知道。"

"你太难伺候了,"霍然叹了口气,"我跟我妈都没这么小心过。"

"你得了吧,就冲你一天骂我八百回,我得亏不是你妈,"寇忱说,"我要是你妈早把你做成香肠了。"

霍然看着他笑了起来:"你对香肠的怨念是有多深啊,一会儿食堂开饭了看看有没有吧,有的话打一份。"

"还多久开饭啊?"寇忱问。

"半小时。"霍然说。

"那去那边儿坐会儿吧,我不想站着了。"寇忱指了指鬼楼。

"有病吧去鬼楼坐会儿?"霍然看着他。

"外头!"寇忱往那边走过去,"谁说鬼楼里头了。"

鬼楼这边平时人就少,这会儿刚打完比赛,人都在篮球场那边,鬼楼这儿除了他俩就没有别人了。

霍然愣了一会儿，觉得从刚才在小卖部碰上林无隅开始到现在，他一直有点儿发蒙，脑子都闲不下来，但又不知道在转点儿什么。

"那个喵小喵要是跟你说什么，"寇忱低头在自己手机上戳着，"你不知道怎么回就问我，你看看你今天，就谢谢啊，谢谢啊，我都听不下去了，多尴尬啊。"

"我直接就不理了吧，"霍然说，"我还回什么啊。"

"有没有点儿礼貌了，她也没纠缠你。"寇忱偏头看了他一眼。

"那你说这个怎么回啊？"霍然问，"就她刚发的那条。"

"就说好的谢谢。"寇忱说。

"那不还是谢谢吗？"霍然说。

"你烦不烦，该只说谢谢的时候就说谢谢，你要想继续，你就问她要别的照片，她要是不好意思给你，你还可以说那下回再拍……"寇忱说。

"哎哎哎，谢谢谢谢。"霍然赶紧给人回了个"好的谢谢"，然后把手机塞回了兜里，就跟放晚了寇忱说的话能变成字儿给人发过去一样。

"出息。"寇忱笑了笑。

"没你经验丰富。"霍然说。

"我也没经验，我靠的是智商。"寇忱说。

"适可而止啊。"霍然说。

寇忱嘿嘿乐了好一会儿，往后靠在台阶上伸了个懒腰："我也不想有什么经验了，我跟你这儿比谈恋爱还费劲了，实在也吃不消别人了。"

霍然张了张嘴没说出话来，停了一会儿之后闭上嘴也没再说别的。

吃完晚饭回到宿舍，一帮人又聚在寇忱他们宿舍打牌，霍然不想动，但是集体活动他又不想缺席。

于是就躺在寇忱床上看他们打牌。

寇忱打牌看上去仿佛一个赌场高手，冷酷冷漠冷血。

其实十把有八把都输。

许川跟他一桌他还能忍，一换了徐知凡上来他就立马蹦起来了。

110

"我用半个脑子跟你们打。"徐知凡笑着说。

"你就用半个耳朵我也不打。"寇忱把霍然往床里头哗地一推,躺到了床上。

霍然还没回过神,视线就已经全让他给挡掉了。

扑面而来的全是寇忱身上的气息,沐浴露洗发水……

他坐了起来,靠着墙。

寇忱也没说话,就枕着胳膊看着徐知凡他们打牌。

霍然坐了一会儿,感觉自己没有之前那么别扭了,也开始看着那边江磊手里的牌。

"磊磊,"寇忱说,"送钱呢?"

"别咒我!"江磊回头瞪了他一眼,"玩你俩的!"

霍然呛了一下。

寇忱笑得不行,伸手在他腿上摸了两把:"路欢这两天理你没?"

"理了啊,"江磊说,"热情似火,烧得我都快化了。"

"吹牛有没有点儿分寸?"许川说,"就你这屁话让路欢听见了,你别说毕业以后回忆她的笑容了,你明天开始就只能回忆了。"

一屋子人全都笑了起来。

"我要不要找个机会再给她表白一下啊?"江磊有些发愁。

"你想表白就表白呗,她也不讨厌你,表白一下就算不成,她也不至于不理你。"寇忱说。

江磊盯着牌看了一会儿:"还是先不表白了,我还挺喜欢这种半暗恋的状态的。"

"放屁呢,你就是不敢。"寇忱说。

"我说真的,就这种暗恋啊,暧昧啊,不说破了眉来眼去的,"江磊说,"你不觉得很幸福吗?一直抱有希望的感觉。"

"没试过,"寇忱说,"我只有不敢说,没有不想说。"

"跟你比不了,"江磊叹气,"要没你出主意,我现在跟路欢话都还没说上呢。"

"这事儿你找我就对了。"寇忱说完又很得意地冲霍然挑了挑眉毛。

霍然有些茫然地看着他。

周末不熄灯，但是打牌的还是被舍管按时驱散了。

霍然回到宿舍，没有睡意，躺在床上睡不着。

宿舍里的人都睡着了他还瞪眼儿挺在那儿。

床头胡逸的小闹钟整点的时候咔地响了一声，一点了。

霍然坐了起来，轻手轻脚地下了床，轻手轻脚地打开宿舍门，轻手轻脚地走出了宿舍，愣了一秒之后，又轻手轻脚地退了回来，轻手轻脚地关上了宿舍门。

寇忱这个十天有八天夜里都睡不着的货，这会儿正站在走廊尽头玩手机。

早上一帮人起来得都挺早，今天打决赛，他们得先去跑几圈，热热身。

霍然特别想问问寇忱昨天几点睡的，不过人太多，他一直没找着机会开口，到后来有机会了他也没开口，万一寇忱又给他扣个"你躲我"的帽子。

寇忱看上去倒是挺精神的，不愧是没事儿就在深夜走廊上游荡的人，一点儿也看不出来困意。

今天决赛，看的人特别多，昨天回家了的学生不少都来了，球场一圈儿围得水泄不通。

几个人站在场边说话的时候，寇忱一直挂在霍然身上。

那个喵小喵果然跟几个同学也来加油了，还冲霍然挥手来着。

霍然刚想抬手打个招呼，胳膊被寇忱压住了。

"笑笑就行，"寇忱在他耳边小声说，"太热情了她该误会你对她有意思了。"

"哦。"霍然冲那边扯了扯嘴角，视线没有停留。

两个班的队伍分别在两个篮下活动着，传球，投篮。

霍然去了裁判席抽场地。

"还跟之前一样，"林无隅拿着个硬币，"正反。"

"正！"理（8）的队长马上抢了。

"那我就反面吧。"霍然说。

林无隅抛起硬币，拍在手背上，看了他俩一眼，拿开了手："反面，文（1）。"

"那边。"霍然挑了昨天一样的方向。

"去准备吧，十分钟，"林无隅说，"加油，今天市台有记者过来采访，你们都尽全力好好打。"

霍然走回场地的时候，一帮队员都在投篮，只有寇忱回过了头，把手上的球传了过来。

他笑了笑，把球又回传给了寇忱。

"还是这边儿吗？"寇忱问。

"嗯。"他点点头。

"今天别骂我了啊，他们说电视台来人了，"寇忱恶狠狠地盯着他，"你敢在我上新闻的时候骂我，我就对你不客气了。"

"好。"霍然点头。

14

这场是决赛，为了进一步打碎理科狂言继续昨天的风头，文（1）一帮人连主力带替补也就是全体男生都在篮下积极热身。

大概也因为今天有记者在场。

摄像机一出现，连啦啦队都开始排练了。

老袁没跟学校几个领导一块儿坐在裁判席后头的领导席，而是很愉快地坐在了文（1）的观众席里。

寇忱和霍然相互传了几个球，又在篮下跑了几趟。

"理（8）强啊。"寇忱小声说。

理（8）一个班队，拥有三个校篮成员，以及四个校田径队的成员，从技术、身高、体力几个方面来看，都有压倒性的优势。

"强个屁。"霍然的回答非常干脆。

"平时我吹个牛你还骂我，"寇忱看着他，"这会儿自己吹起牛来还真是一点儿不嘴软啊？"

"不是吹牛，"霍然看了看理（8）的人，"他们现在比我们压力大得多，我们是黑马，他们对哪个班的队伍都熟悉，就是没有针对咱们的计划。"

"你可是他们队长，没有针对你的计划吗？"寇忱说，"你这队长也不行啊。"

"我以前没有人打配合，"霍然说，"再说了，队员也真不一定都了解我。"

"多亏有我了是吧。"寇忱挑了挑眉毛。

"……是啊，球神。"霍然瞅了他一眼。

裁判吹了哨，双方队员到中线集合。

霍然发现今天的边裁是林无隅。

高三了还这么闲，不光在裁判席玩，还吹边裁，不愧是学神。

今天跳球文（1）换了寇忱，寇忱弹跳很好，而且在有"出风头"这种事儿的时候，发挥会比较超常。

理（8）跳球的是韦正，不是他们班个儿最高的，但跟文（1）最高的霍然和寇忱已经差不多了。

球从寇忱和韦正中间抛起，接着两个人就跳了起来。

寇忱果然是经验不足，跳得倒是相当高，比韦正高了半头了，但起跳早那么零点几秒。

韦正时机把握得正好，球给向理（8）的张云海。

霍然平时打球就算是整场骂人，也很少拼尽全力，但今天这场比赛他就想赢，无论怎么样他都想赢。

他跟寇忱一块儿的第一场比赛。

他就是想赢。

张云海伸手准备接球的时候，一只胳膊伸到了他面前。

文（1）观众席上顿时就喊了起来，啦啦队也发出了一点儿也不整齐的尖叫声，就一秒钟时间，她们就已经把要在记者面前展现附中啦啦队风采的想法扔到了脑后。

张云海稳稳能接到的球，被霍然轻松抄走。

在所有人都还没有完全进入比赛状态的时候，霍然已经把球带到了前场，在理（8）的人压过来之前传给了同样迅速跟了过来的寇忱。

寇忱拿到球没有犹豫，直接出手。

球进了。

这个球让全场观众迅速兴奋，尖叫和哨声四起。

霍然指了指寇忱："你下回再在没有人防守的时候踩三分线投两分，我弄死你。"

"……我刚进的是个两分吗？"寇忱愣了愣。

霍然按着他后脑勺往下一压："看清了，三分线在这儿！"

"我踩着了？"寇忱有些不爽地喷了一声。

"是。"霍然说。

"行，一会儿我注意，"寇忱说完又猛地转过头，"我说了你再骂我，我收拾你！"

"有种来，"霍然瞪了他一眼，"防守！"

这个开局让理（8）不太爽，紧跟着也打了个快攻，接了传球的队员基本没有带球，直接传球压到篮下。

然后张云海就像是挑衅一样，投了个三分。

"你大爷！"寇忱小声骂了一句，"他是不是故意的？"

"当然是故意的，"霍然说，"为了告诉你，你没他牛。"

"你又激我呢？"寇忱看着他。

"管用吗？"霍然问。

"管用。"寇忱勾了勾嘴角。

"怎么弄？"江磊问了一句。

"盯死，"霍然说，"累死也盯死。"

"累不死，"江磊咬牙切齿的，"太小看我们了。"

霍然对这几个人还是有信心的，罗飞玉是体育委员，之前也是校田径队的，只不过是高一下学期因为家里要求好好学习心无旁骛才退出的，江磊体力差点儿，但是死罨起来也是"王八系"的，脑袋砍掉了也不撒嘴的那种，魏超仁就更不用说了，看看他们家老大寇忱就知道了。

  两个快攻下来，场上的气氛开始紧张，双方打得也开始小心。
  总不可能全场都快攻。
  罗飞玉拿球，拍了两下之后把球举过头顶，对江磊使了个眼色，然后把球扔了出去。
  江磊接住球，对方来防守的同时，他把球从身后传给了寇忱。
  霍然替他捏了把汗，平时这个动作他十次有八次会传飞。
  但今天发挥超常，这个球很准确地到了寇忱手里。
  寇忱拿了球就跟起风了似的往前场刮了过去。
  "三分——"徐知凡的声音从场边传来。
  "别踩线——"许川也喊。
  这次理（8）的回防非常快，寇忱冲到三分线外的时候，他们已经有三个人顶在了里头。
  为了防止寇忱传球给霍然，韦正一对一盯住了霍然，霍然连续两个假动作都没有摆脱。
  这种情况下，寇忱应该把球传给别人。

  但不知道为什么，寇忱就像是没看到霍然正被韦正防得死死的，依旧把球往这边传了过来。
  疯了！
  霍然不得不猛地往球这边冲过去，要在韦正碰到球前拿到这个球。
  简直是拼了命了。
  霍然打市里的比赛都没有这么拼过，他几乎是飞身而上，手碰到球的瞬间，他余光里突然看到了已经往后退了两步的寇忱。
  于是反手猛地一拨，把球拨回了寇忱手里。
  寇忱是用传球给霍然的方式，分散了贴着他防守的张云海的注意力。

退开两步接住霍然这个再次传回来的球之后，他站在离三分线差不多一米的位置起跳，投了个三分。

随着观众们的尖叫和狂吼，球落入了篮筐。

他落地之后，张云海才重新贴回了他身前。

他冲张云海笑了笑。

张云海没有什么表情地走开了。

接着他又往霍然这边看了过来，在霍然开口之前抢先说了一句："你骂一个试试？"

霍然没说话，看着他。

"这球是不是得算四分啊？"寇忱又说。

"你去跟裁判商量呗。"霍然说。

寇忱笑了起来，蹦了两下之后又问了一句："怎么样？"

"漂亮，"霍然说，"不过下次不要这么冒险，万一我没碰到球呢？"

"不可能，"寇忱在他肩上轻轻撞了一下，"我知道你能拿到，队长不是白当的。"

霍然喷了一声。

说实话，霍然很喜欢这种感觉。

他以前一直只能体会到棋逢对手的畅快，今天却感受到了默契带来的愉悦。

这种默契不是他跟队员之间比赛时的那种默契配合。

是我知道你可以，你也相信我能。

是一个眼神就知道下一步的动作，寇忱会出现在他需要传球的位置，他也能判断出寇忱需要怎么样的配合，并且全力做到。

他带球过了中线，就能看到寇忱，传球之后他就能判断出来寇忱是要投还是要再传，寇忱也能明白他是想要从什么位置杀进三秒区。

这种我在你想看到我的所有位置上等你的默契，不是一块儿打几年球就能有的。

虽然也有失误。

比如在霍然以为寇忱会投篮的时候，他突然反手把球对着霍然的脸就传了过来。

天下功夫唯快不破。

霍然跟他的距离就两步，简直猝不及防。

这个球直接就砸在了霍然脑门儿上。

然后又弹回了寇忱手边。

"直接投你大爷的！"霍然怒不可遏地吼了一嗓子。

寇忱投球，球进了。

两分。

场边叫好声和笑声混成了一片。

"别骂我别骂我！"寇忱都没顾得上看球进没进，立马凑到了霍然跟前儿，摸了摸他脑门儿，强忍着笑小声说，"我想着他们也没人防你，传给你保险一些。"

"你那是传球吗？"霍然瞪他，"你打壁球呢！"

"疼吗？"寇忱问。

"……这是篮球又不是铅球。"霍然叹气。

"那你骂我？"寇忱小声抗议。

"我还表扬你吗？"霍然也小声喊，"旁边笑成什么样了你听不见啊？"

"你骂我影响我一会儿发挥怎么办？"寇忱说。

"会吗？"霍然喷了一声。

"不会。"寇忱说。

霍然为了表示安慰，伸胳膊搂了搂他，在他背上拍了一下："行了吗，忱公主？"

"注意用词啊！"寇忱瞪了他一眼，转身跑开了。

上半场两队的比分一直咬着，没办法再像昨天那样拉开距离，最大的分差也就是4分，还是理（8）领先。

上半场结束的时候文（1）领先了1分。

休息的时候观众纷纷转场,老袁跑了过来:"打得不错,坚持住!"

"牛吗?"寇忱问。

"非常牛!"老袁竖了竖拇指。

"袁老师过来坐好,"伍晓晨在观众席喊,"别影响他们休息,还要安排战术呢!"

"好好好。"老袁愉快地跑到文(1)的观众席上坐好了。

一帮男生围了过来,集体出了一会儿主意,谁也没听清谁的,最后全都看着霍然。

"不管那么多,"霍然抹了抹汗,这半场的确辛苦,体力消耗很大,"有体力就继续打,不行了就换人,战术上没有什么需要调整的,别再往我脸上砸球就行。"

一帮人笑了半天,寇忱摸了摸他脑门儿:"太记仇了吧。"

"他们也累了,而且之前肯定没想到我们这么能缠,"霍然说,"压力大着呢,我们放开了打就行。"

"好!"全体男生一块儿吼了一嗓子。

没有战术安排,也就不需要再说什么,一帮人喝了点儿水之后就坐那儿休息了。

霍然坐下之后跟寇忱挨得有点儿近,胳膊贴一块儿了,能感觉得到寇忱胳膊发热,还有汗。

这么贴着并不舒服。

但他没动。

懒得动,也不想动。

寇忱也没动的意思,俩人就这么坐着,看着没人的场地。

"一会儿我盯张云海吧。"寇忱说。

"挑战吗?"霍然问。

"我是那样的人吗?"寇忱说。

"是吗?"霍然看了他一眼。

寇忱笑了起来:"没错,我就是那样的人,我看他不爽,我就要盯他。"

"行，"霍然点了点头，"张云海交给你，别犯规，他经验比你足。"

"嗯。"寇忱按了一下指关节，咔。

"别按脱臼了，一会儿怎么打球？"霍然说。

寇忱吓了一跳，抱着手搓了半天："有你这样的吗？吓自己人。"

下半场哨声一响，跟着场上队员一块儿休息的观众们进入状态比队员们快多了，还没发球就喊上了。

寇忱就是记仇，张云海开场的那个三分他估计能记到毕业。

下半场他就咬死了张云海，体力优势让他从后场到前场，从进攻到防守，硬是盯着张云海没松动过。

最后五分钟，张云海彻底被寇忱防死，霍然连进了三个球之后，理（8）换下了张云海，换了个田径队练长跑的上来。

"这是要跟我拼体力吗？"寇忱说。

"是要耗光你的体力。"霍然说。

"那就耗吧，"寇忱很嚣张地勾勾嘴角，"我体力还从来没有耗光过。"

"最后两分钟肯定会把他换上来的，他只是下去休息，"霍然说，"你收着点儿。"

"嗯。"寇忱应着。

田径队的这位体力怎么样不知道，但人家好歹是刚换上场的，跑起来还能带着风。

霍然发现寇忱较起劲来是个很可怕的对手。

已经跑了快全场，居然还能跟得上。

不过霍然的判断很准，最后两分钟，理（8）换人，张云海斗志满满地回到了场上，在没有他的情况下，文（1）也只领先了2分而已。

最后关头，两个队眼神都不一样了。

拼尽全力就差打架了，比分居然没有变化，来回来去几个回合，时间眼看就要没了，场边已经喊成了海。

罗飞玉的传球被断了，张云海拿到了球，几秒之内理（8）的人就压进了三分线之内。

文（1）全部收回三秒区，这会儿就是放弃进攻机会也不能让理（8）进球。

张云海把球传给韦正，韦正往篮下压，没进去，球又传回到了张云海手里。

张云海大概是准备搏一把，带着球突然往后退到了三分线外。

"寇忱！"霍然吼了一声，他的距离有点儿远，如果张云海出手，这个三分他们防不住。

寇忱在张云海退的时候就已经跟上，霍然喊出声时，他已经贴到了张云海面前。

"投了！"全场都在高喊，"三分！投了！"

张云海的目光从寇忱头顶往后看过去，双手紧紧拿着球，举了起来。

寇忱想也没想就起跳，从他双臂之间一巴掌推了过去，球从张云海手中飞向了空中。

四周声浪已经连成片，场上的队员也全都动了起来。

球往下落的时候寇忱刚想起跳抢，一个人影从他身后掠起，以惊人的速度抬手兜住了球。

落地的瞬间已经往前冲出去了一两米。

"霍然——"文（1）疯狂的尖叫盖过了之前混乱的加油声，"霍然——"

"掩护！"罗飞玉破着嗓子吼。

寇忱绕过张云海，往霍然身后跟了过去。

所有的人都像是参加了百米跑，一个个都跑得能把地面蹭出火星子来。

霍然带着球冲过了三分线，突然往寇忱这边微微偏了偏头。

寇忱瞬间明白了他的意思，再往前压，理（8）就会回防到位，霍然会急停传球。

但是这会儿霍然不能找他的位置，理（8）全都盯着霍然了。

寇忱也不能出声，这会儿只要他喊，霍然传球的意图立马就会被发现。

不过他知道霍然肯定会传球，也知道霍然会往哪儿传，他直接往右错了一步，同时退到了三分线的外侧，脚刚落地，霍然已经猛地停下，接着就起跳了。

理（8）紧跟着就有人跳起来盖帽。

霍然在空中反手把球传了出来。

寇忱接住了这个球，没有任何犹豫，连跳都没跳，直接把球投了出去。

边线站着的林无隅举起手，伸出三根手指往下一压。

"进了！"魏超仁直接一嗓子破了音，只出来了个"进"字，"了"字没了声音。

理（8）没有放弃，所有人都没看计时器，拿了球直接就发，接着就是一轮快攻，但冲过中线的时候，主裁判的哨声响起，全场结束。

"啊——"寇忱跳起来吼了一声。

接着就张开了胳膊仿佛要拥抱大地，转了半圈儿之后他又吼了一声："然然！"

"这儿！"霍然在他身后喊。

寇忱转过身，扑过来一把搂紧了他。

"我们是不是赢了！"寇忱喊。

"是！"霍然喊。

"咱俩是不是太有默契了！"寇忱把脸埋到他脖子那儿用力蹭着，"是不是！"

"是！"霍然抱紧他，"别瞎蹭，都是汗！"

寇忱把脸抬了起来，然后又低头，一口咬在了他肩膀上。

"啊——"霍然喊了起来，寇忱这一口咬得仿佛要吃人，疼得他眼泪都快下来了，但他的喊声被淹没在了周围的"啊——啊——啊——"里。

"啊——"寇忱松了嘴，跟着一块儿喊了起来。

15

寇忱在霍然肩膀上咬的这一口，绝对用了九成以上的内力，一直到篮球场上兴奋的人群完全散光了，他肩膀上的疼痛感都还新鲜得很。

他想拿手机拍一下看看，但是又怕引起其他人的注意，举校上下，也没听说有谁赢了一场比赛就把队友给咬了的。

"走吧，回家了。"寇忱甩着外套晃了过来，"刚老袁问记者了，今天晚上八点的新闻就会有咱们的球赛了，明天还有一个学校的专题，什么青春飞扬还是什么玩意儿的。"

"哦。"霍然应了一声。

转身想拿衣服的时候，胳膊被寇忱拉住了。

寇忱伸手挑了一下他的衣领，发出了很低的一声惊呼："我去，这是怎么弄的？"

霍然转头看着他："请您再问一遍？"

"这是谁抓……"寇忱凑过去看了一眼，愣了愣迅速退开了，"我咬的吗？"

"帅帅咬的。"霍然拿起外套穿上了，"走吧。"

"疼吗？"寇忱跟上来。

"疼，"霍然皱着眉把自己手机递给了他，"一会儿没人了你帮我拍一张看看，让你咬成什么样了。"

"别拍了吧，"寇忱说，"回家洗澡的时候就能看到了。"

霍然轻轻摸了一下自己肩膀，拧着眉："你老实说，是不是怕我现在看到了，当场就能打死你。"

寇忱笑着没说话，只是搂过他嘿嘿乐了几声。

"是不是挺惨的？"霍然喷了一声。

"嗯，"寇忱揉了揉鼻子，"可能破皮儿了，你洗完澡涂点儿碘伏什么的消消毒。"

"要打针吗？"霍然问。

"破伤风？不至于吧，"寇忱想了想，"你出去徒步啊骑车啊，有点儿伤也不至于就要打破……"

"狂犬针。"霍然说。

"……你大爷！"寇忱骂了一句。

七人组在校门口聚齐了，他们回家的方向都不一样，不过得一块儿走一条街到街口，然后再各自骑自行车开电动车坐公交车。

"你姐今天不接你吗？"许川问寇忱。

"不接，"寇忱说，"昨天我家来亲戚了，就我叔他们，没人有空接我。"

"要我带你吗？"江磊了拍自己电瓶车后座。

"不用，我……"寇忱往霍然那边看过去。

"别看了，霍然的车没有后座。"徐知凡说。

寇忱啧了一声："我可以站……"

"也不让人站。"江磊说。

魏超仁笑得很大声："太可怜了。"

"明天咱们去玩吧。"胡逸非常状态外地说了一句。

"行啊。"寇忱立马响应。

周末出去玩，对几个人来说都相当有吸引力，他们之前周末就经常一块儿出去，哪怕只是顺着街聊天溜达也会觉得有意思。

"霍然你们俱乐部这周有活动吗？"徐知凡问。

"下周有个两天的骑行，"霍然说，"这周的我没参加，要打球。"

"骑行带我。"寇忱马上说。

"不。"霍然回答得很干脆。

"下周五再跟你商量。"寇忱完全无所谓。

到街口大家各自分头走了之后，霍然看着寇忱："你到底怎么走啊？"

"你车后轱辘真不能踩啊？"寇忱问。

"不能，承不住，"霍然叹气，"警察也不让啊。"

"那我打个车，"寇忱拿出了手机，"你赶紧回去吧，处理一下你那个伤，就……我真是咬重了。"

霍然没说话。

这两天刚一块儿打完球，兴奋过后会略微有些隐隐的失落感，这时分别的不舍突然就变得很明显。

寇忱叫车的时候，他用腿撑着地，一直没走，也没说话。

寇忱也没出声。

一直到车开过来在身边停下了，寇忱才在他胳膊上拍了拍："下来。"

"嗯?"霍然正准备骑车走,被他给说愣了,但还是下意识地下了车。

寇忱拎起他的自行车,冲叫来的车里喊了一声:"大哥,麻烦开一下后备厢。"

霍然这才反应过来,过去跟他一块儿把自己的自行车放进了后备厢里。

"这样能多聊会儿。"寇忱笑笑,拉开车门上了车。

其实说能多聊会儿,聊的也就是球赛,寇忱还沉浸在之前最后那个配合里,有点儿兴奋,霍然本来已经平静了不少,被他在旁边说得跟着重新兴奋起来了。

感觉都没说几句,车就已经开到了霍然家楼下了,寇忱凑到他耳朵边小声说:"记得消毒啊。"

"嗯。"霍然打开了车门。

从后备厢拿自行车的时候,寇忱又跟了下来:"如果看到太吓人了,明天让你咬回去。"

"滚吧,"霍然说,"你以为都跟你似的。"

寇忱笑着:"明天我过来找你啊。"

"好。"霍然拎着车往电梯走过去,冲他挥了挥手,"走吧走吧!"

寇忱冲他抛了个飞吻,回到了车上。

车开到小区门口那条街的时候,寇忱接到了老妈的电话:"你到哪儿了啊?菜都快弄好了,还没到家吗?"

"到门口超市了,马上到家。"寇忱说。

二叔他们昨天就过来了,老爸跟二叔的感情最好,二叔一家每次出门旅游之前都会到他家来住两天,不知道是一种什么习惯。

"二叔,二婶儿,宇哥。"寇忱进门一把搂住了扑过来的帅帅,一边换鞋一边跟屋里的人打着招呼。

"回来了啊,"二叔笑着看他,"你姐姐说你这两天打比赛呢?"

"嗯,也不是什么大比赛,学校的班级篮球赛。"寇忱说。

"多参加些集体活动挺好,"二叔说,"之前不是学校的什么活动都不乐意参加吗？"

"他们学校要组织个打架王争霸赛，"老爸在旁边说，"你看他参不参加。"

"不参加，没有对手的比赛不参加。"寇忱拎着包往楼上走，帅帅一直围在他身边撞来撞去的，他抓着帅帅脑袋上的毛，瞪了它一眼，帅帅立马老实了。

二叔笑了起来："厉害了。"

"现在还行，附中是重点，比以前环境好多了，都是好学生，没几个以打架为重的，都以学习为重，"老爸说，"就是这玩意儿学习还是不行，根本不学。"

"我先洗个澡啊。"寇忱上了楼之后喊了一声。

老爸声讨他成绩差的时候，他一般会躲开，有时候老爸说急了没准儿能顺手就过来揍他一顿。

"快点儿洗，马上吃饭了，"老爸说，"你也饿了吧。"

"好——"寇忱带着帅帅跑进了屋里。

帅帅一进屋就跳到了他床上。

"脚干净吗？"寇忱指着它。

帅帅立马翻过身躺着，把四条腿都悬空举着。

"哥哥看看啊，"寇忱过去抓着它的爪子检查了一下，又摸了摸，"还挺干净，我不在家也没人带你出去滚泥了，小可怜儿……玩吧。"

帅帅顺势就开始在床上疯狂地蹦，然后躺下打滚。

打开了水准备洗澡的时候，霍然发了条消息过来。

——你这是冲着撕我一块肉去咬的吧！

寇忱笑着又走出浴室，趴到床边，对还在打滚的帅帅说："帅！来，装个可怜！"

帅帅立马扑过来趴在了他面前，低着头，耳朵夹紧。

寇忱拍了张照片发给了霍然。

——然然哥哥我错了。

霍然的消息在他洗完澡之后才回了过来。

——拿着人家帅帅装什么可怜！

寇忱笑着回了一句。

——还疼吗？我真不是故意的。

——没事了，我没你那么娇气，脱个臼喊得跟要死了一样。

——滚蛋，脱臼这事能不能过去了啊？

——不能了，我想起来了就想笑。

你是想起我就笑吧。

寇忱打完这句又删掉了，正想重打的时候，寇潇在外边踢他的门："寇忱你洗完了没！"

帅帅从床上跳下去，跑到门边，站起来扒拉了一下门把手，把门打开了。

"怎么还光个膀子！"寇潇瞪了他一眼，"跟谁聊呢！赶紧下去吃饭了！"

"来了。"寇忱喷了一声，又看了看手机屏幕，犹豫了一下把手机放到裤兜里，套了件T恤下了楼。

"所以说有时候出国锻炼一下还是有好处，"老爸正在跟二叔说着话，"不给他扔到那种环境里，他总觉得自己有退路，再说也能开开眼界，知道天地有多广，别总想着拘在眼前混日子。"

这种对话寇忱听得挺多了，毕竟老爸一直觉得兄弟几个就他没出去上过学挺遗憾的，小辈儿里也多数都送出去了。

"我去哪儿都这个德行。"寇忱每次的态度都挺坚定的，都是这句。

二叔笑着拍拍他肩膀："今天喝饮料还是陪二叔喝两杯？"

"别让他喝酒，一会儿喝高了又跟我呛，"老爸说，"现在他大了，我也不想总揍他，骂几句又不解气。"

"我喝饮料，"寇忱笑笑，"明天我跟同学约了出去玩，喝了酒万一睡过头了多不好。"

"又玩？"老爸拧着眉，"你周末就不能在家看看书？期中考你打算给我弄个什么分啊？"

"我看什么书，"寇忱伸了个懒腰，"我在家也就看看漫画书。"

"下半年就高三了，"老爸瞪着他，"你就这成绩，你是准备明年高考完了就出去打工了是吧？"

"打工有什么不行的？"寇忱说。

"你一个高中学历，你能打什么工！"老爸拍了一下桌子，"你有什么技能？你有什么特长？打架？臭贫？"

"爸，爸。"寇潇冲老爸招招手。

"干吗！"老爸瞪着她。

"吃饭。"寇潇说。

"你就惯着他吧，你妈也是！"老爸说，"就他这种高中毕业生，去你们酒店也就是打扫一下房间，客房服务员人家都要有个专业对口呢！"

寇忱冷着脸，没有说话。

老爸这些话他听得挺多的了，他有时候会争几句，大多时候会沉默。

虽然不服气，他确实也没什么可反驳的。

他就是打不起劲儿去学习，书本拿到手上连一页都没看完就睡着了，上课也就老袁的课他能撑得住给个面子不瞌睡……

吃完晚饭，七人组在群里商量明天去哪儿玩。

霍然站在镜子前，一边看着他们讨论，一边扯开衣服又看了看寇忱的咬痕，本来已经不太疼了的伤口，洗完澡又开始疼。

这已经看不出来是个牙印了，一圈儿全肿了，红成一片，跟朵花儿似的，里面还有好几个地方是破了皮儿的。

霍然觉得明天得检查一下寇忱的牙，是不是有几颗带刃的。

"明天去哪儿啊？"老妈走过来问了一句，递了瓶碘伏给他，"我帮你擦？"

"嗯，"霍然扯开衣服，让老妈给他擦药，"明天想去公园那边，胡逸说划船看天鹅。"

"好玩吗？"老妈说，"你们一帮大小伙子，约着一块儿去看天鹅？"

霍然想想有点儿想笑："不知道，也没什么地方可去，我们反正就想凑一块儿玩，干聊也行。"

"你手头还有钱吗？一会儿让你爸给你转点儿，"老妈帮他擦完药，看着他的伤口忍不住笑了起来，"这寇忱也真是厉害了，看着挺酷的一个小伙子，怎么激动了就咬人啊？"

"非常爱咬人，"霍然拉好衣服，"不知道是不是因为养了狗。"

老妈边笑边走开了。

霍然看了一下群里，基本已经讨论出结果了，去公园划船，然后去步行街吃东西，下午再去旁边的花鸟市场看小动物。

——玩得跟个老头一样。

寇忱发了一句。

一帮人刷了一堆哈哈哈哈哈上去，霍然对着手机笑了半天。

许川又发了一句。

——主要就还是不想在家待着。

——是。

寇忱很快就回复了。

霍然感觉他这个回答看着不像是顺着许川随便应了一声，寇忱应该就是不想在家里待着。

他点开了寇忱的聊天框。

你怎么……

你没事……

你……

打了几个开头都觉得没意思，霍然把手机扔到一边，躺到了床上。

几秒钟之后，手机响了一声。

霍然拿过来看了一眼，寇忱发过来的消息。

——明天你几点起床？

——八点吧，不是约的九点集合吗？

——你要不早点起来吧，我七点到你家。

霍然愣了愣。

——怎么了？

——没怎么，不行啊？

——……行啊

寇忧第二天连七点都没到就到了他家楼下，给他打了个电话。

"我的天，"霍然迷迷瞪瞪地看了一眼床头的闹钟，"你几点起床的啊？还是根本就没睡啊？"

"你爸妈起了吗？我上去会不会吵到他们？"寇忧问。

"他俩六点就起了，去跑步，"霍然揉着眼睛坐了起来，"你上来吧。"

坐在床上又迷糊了一会儿他才下了床，穿了裤子走出了卧室："妈——"

"哟，怎么起这么早？"老妈从厨房探出头。

"寇忧来了。"霍然打了个哈欠。

"这么早？"老爸从屋里走出来，有些吃惊地看了一眼闹钟，"又不是去徒步，也这么兴奋啊？"

"不知道他。"霍然过去打开门看了看，电梯门正好打开。

寇忧打着哈欠从电梯里走出来，看到他的时候愣了愣，笑容很快就漾了一脸："这么急切。"

"滚，"霍然说，"我就随便看一眼。"

"睡醒了吗？"寇忧走到他面前，在他脸上捏了捏，推开他进了屋，"阿姨早！叔叔早！我来了！"

"吃早点了吗？"老爸笑着问。

"没，"寇忧说，"有吃的吗？让我蹭一顿吧。"

"等着。"老妈在厨房里说。

霍然进了浴室去洗漱，寇忧在他卧室里转悠着。

上回他送霍然的那个贝壳灯，放在茶几上，他拿起来看了看，发现这灯已经被霍然改装过了，炫彩灯没了，被换上了一个圆圆的小灯，一插电就像颗珍珠一样。

寇忧叹了口气，霍然的动手能力真是比他强多了。

"你是不是跟你爸吵架了啊？"霍然进了屋，坐到床边，从床头柜上拿了小皮尺往脚踝上戴。

"这都被你发现了？"寇忧说。

"你不是三天两头跟你爸吵吗，"霍然笑笑，"怎么，这次吵得很严重？"

"也不是，"寇忱在他旁边坐下，愣了一会儿，"其实跟我爸也没什么关系，就突然觉得自己没什么用。"

霍然转过头："什么叫没什么用啊？"

"就是……没什么用啊。"寇忱说。

霍然喷了一声："一个高二的学生，你能有什么用啊，大家不都一样吗？"

"是吗？"寇忱看着他，过了一会儿突然笑了起来，"霍然。"

"嗯。"霍然应着。

"你真会安慰人啊。"寇忱说。

"你这正话还是反话？"霍然一脸怀疑。

"正话啊！"寇忱说。

"你是不是弄坏我什么东西了？"霍然跳了起来，在自己摆满了工具和配件的架子前仔细检查着。

寇忱笑了起来："你伤我心了啊，我这么喜欢你。"

霍然扶着架子转头看了他一眼，过了一会儿才笑着喷了一声。

四

进击的七人组

16

寇忱感觉霍然是不是有毒，昨天咬完霍然之后他就一直有点儿不怎么对劲，或者说之前就已经中毒了。

霍然散发着毒气。

一条毒柴。

有点儿可怕。

寇忱不得不在脑子里稀里哗啦胡乱琢磨些莫名其妙的东西，要不就霍然回头冲他尴尬地那一笑，他就得跟着尴尬了。

"吃不吃啊你俩？"霍妈妈在客厅喊了一声。

"吃！"他俩同时应着，同时奔向卧室门口。

同时冲出卧室门的时候肩并肩地被门框卡了一下。

"你急什么啊？"霍然看着他，"有没有点儿做客的觉悟啊？"

"没有。"寇忱侧了下身跑进客厅，抢在霍然之前坐在了桌子旁边。

霍然这句跟平时一样的吐槽让他顿时松了一口气，整个人都放松下来了。

就像是做贼心虚的时候发现没人发现他是贼。

虽然他也还没来得及细想这个心虚是从哪里来的，总之是放松了。

甭管是不是自我安慰，都是一种安慰。

这一踏实下来，寇忱心情都好了很多，连带着昨天晚上跟老爸那一通有用没用的大吵带来的郁闷也消散了不少。

"我来吧。"寇忱拿起碗，开始给大家盛粥。

"不用你,你盛你自己的吃就行。"霍爸爸笑着说。

"让他盛吧。"霍然坐下拿了个小包子咬了一口。

"徐知凡来我们家吃饭,也没见你让人家盛饭的,"霍妈妈说,"怎么,就欺负寇忱啊?"

"那是徐知凡不干活,"霍然笑了笑,"他要干活你看我拦不拦他。"

寇忱给霍爸爸和霍妈妈一人盛了一碗粥,再给自己盛了一碗,回到自己位置上坐好了。

"报复心怎么这么强啊?"霍然看着自己面前的空碗。

"怎么着吧?"寇忱边吃边问。

"自己盛呗,"霍然叹了口气,起身给自己盛了碗粥,"小气巴拉的。"

寇忱笑着没说话。

吃完早点,在霍然家又待了一会儿,他俩一块儿出了门,七人组一帮人约好了九点在公园门口集合。

下楼的时候霍然一眼就看到了墙边靠着一辆黑黄相间的自行车。

他立马转头看了看寇忱。

果然寇忱正满脸嘚瑟地也看着他。

"你的?"霍然指了指车。

"是,"寇忱笑得很愉快,"怎么样!"

霍然愣了好半天,回头又按了一下电梯:"车拿我家去。"

"干吗?"寇忱问,"你不是吧,见车还就抢啊?"

"五千多的车!"霍然瞪着他,"你就放这儿,回来就没了!从你早上来到现在它还在,就算你运气好了!"

"……哦。"寇忱把车拎进了电梯。

"今天不是说好都打车过去吗,怎么你还骑个车过来啊?"霍然按下楼层。

"就为了给你看一眼啊。"寇忱说。

"什么时候买的?"霍然拎了拎车,"你也不问问我,还好买的是个公路,你要买个山地我真不带你了。"

"我昨天跟我爸吵架来着,"寇忱叹了口气,"我姐让老杨把我带出去了，老杨为了安慰我，就带我去买了这个车，他朋友稍微懂点儿，给推荐了这个店……还可以吧？"

"非常可以了，"霍然弯腰看了看车，"你要真想玩，我再帮你调一下。"

"不说不带我的吗？"寇忱一挑眉毛。

"我主要带这个车。"霍然拍了拍车座。

把车放回家里之后，他俩重新出来，打了个车去公园。

"你怎么知道五千多啊？"寇忱小声问。

"你问问寇潇，她喜欢的那些包啊衣服的，是不是什么款什么价她都知道。"霍然说。

寇忱笑了起来："你带我去骑了这次，这车送你。"

"滚啊，"霍然说，"我不要。"

"那你要想带这个车玩，你就得带我玩了，"寇忱托着腮偏过头看着他，"老大不愿意的，好像我多拖后腿儿似的。"

"带你就带你，"霍然看了他一眼，"你昨天跟你爸吵架了？"

"嗯，每周回家总得吵一次，"寇忱垂下眼皮，一脸不高兴，"不过昨天吵得凶，他挺长时间没打我了，昨天差点儿要动手。"

"为什么啊？"霍然问。

"别问，不想说。"寇忱闷着声音。

"哦。"霍然没多问，伸手在他腿上拍了拍。

七人组大概都挺闲的，不愿意在家待着，霍然和寇忱准时九点到了公园大门口的时候，他们几个已经到齐了。

看形态，到了起码都二十分钟以上了。

许川都从一个四五岁的小姑娘手里骗到了一根棒棒糖了。

"都吃了没？"寇忱下车的时候问了一句。

"吃了，"徐知凡说，"去买票吧，今天人多，得排一会儿了。"

"我去排，"寇忱说，"把你们的身份证给我。"

大家交出了身份证。

寇忱去排队的时候，徐知凡看了霍然一眼。

毕竟是多年的朋友，这一眼霍然马上就知道他是什么意思。

你居然不跟他一块儿去排队？

霍然瞪了徐知凡一眼。

徐知凡笑着没说话。

寇忱买票非常快，没几分钟就回来了。

"怎么办到的？"江磊有些吃惊，"出卖色相了？"

"十块一张的门票我出卖色相？"寇忱说，"你就因为这样才折腾半天谁也追不着呢。"

"行行行，"江磊点头，"你就说你怎么买到的，我看你刚排那队都没怎么动呢。"

"有个姨姨吃完早点来上班了，我听到她说来晚了，就马上排到没开的那个口了，"寇忱说，"她一打开窗，我就买了。"

"这观察力。"魏超仁竖了竖拇指。

"是啊，这观察力，这智商，"江磊也竖了竖拇指，"还损我呢，也没见追着谁了。"

寇忱一瞪眼："谁给你的勇气这么跟我说话了？"

江磊笑得不行，拍了拍寇忱："咱们都这么熟了，你是什么样的人，我们都知道，你脾气其实比霍然好。"

霍然喷了一声。

市区就三个公园，这个公园的游乐场最大，还有两个挺大的湖和一个烧烤场，所以一到周末，来的人就挺多的，拖家带口的。

他们也不着急，去湖边划船的人不多，而且他们七个人，肯定是大船，想玩双人或者四人小船的才需要去抢。

"呼吸一下新鲜空气，多美好。"胡逸仰着脸，闭上眼睛深吸了一口气。

然后被脚底下一块花砖绊了一下，撞在了许川身上。

"看路！"许川说，"你这智商都不配呼吸空气，别说新鲜的了。"

胡逸笑了起来，叹了口气："哎，说真的，跟你们在一块儿我心情好了不少，我要是一个人在家待着，就觉得没着没落的，想回学校。"

"我也有点儿，"江磊说，"我跟我爸妈也没什么矛盾，就是觉得在家不得劲，想回学校。"

霍然的体会不深，以前他是没有这种感觉的，周末他活动很多，跟徐知凡他们几个都不太见面，各种徒步骑行户外活动都安排满了。

上学期才开始有了这样的感觉，一开始是觉得这一大帮人凑一块儿挺有意思的，还一起干了不少值得回忆的"大事"。

他看了寇忱一眼。

寇忱偏过头，小声说："我就这样，在家没意思。"

"嗯。"霍然应着。

"以前没这些朋友的时候，"寇忱说，"我就带帅帅出去瞎转。"

霍然笑了笑。

湖边的空气还不错，他们刚到湖边的小道上，就如愿地看到了天鹅。

一大群。

"这是天鹅还是鹅啊？"江磊拿出手机，开始拍视频。

"天鹅啊，"寇忱说，"你是真傻还是真傻啊？"

江磊转过头，手机对着寇忱："这位英俊的少年半小时之内骂我好几回了，也就是我脾气好而且打不过他……"

"真是个悲伤的故事。"霍然笑着说。

"旁边这个笑得很可爱的英俊少年，是我两年的朋友，"江磊又对着霍然，"这小子现在已经因为重色轻友而叛变，投入了敌人的怀抱，成了……"

他又把镜头对回寇忱那边："这位英俊少年的'好'朋友。"

霍然心里猛地一收，有一瞬间脑子里全是空白的，一句话都没能说出来，也没法像平时那样开口骂人，连笑都没能挤出一个来。

"嗨！"寇忱对着镜头挥了挥手。

"拍天鹅，这俩天天见的有什么好拍的，"徐知凡抓着江磊的胳膊把他转回去对着湖面，"拍那俩对着脑袋的。"

"还真是个心形,真好看啊。"江磊往湖边走了几步,手指扒拉着屏幕,拉近镜头。

霍然回过神之后看了寇忱一眼。

寇忱没看他,正忙着从兜里往外掏手机,然后接了电话:"姐?我在看天鹅呢……跟我同学呗,晚饭啊?再说吧,爸不在家我就回去吃……"

挂掉电话之后寇忱皱了皱眉。

霍然看着他,也不知道该不该问问怎么了。

好在寇忱开了口:"我爸早上一起来就砸了个花瓶。"

"是不是因为你一大早就跑出来了?"霍然吓了一跳。

"我?"寇忱指了指自己,"我昨天就没回家,我在我姐他们酒店住了一夜……他一早起来发现我没在,又火了。"

"气性怎么这么大啊?"霍然说。

"因为有个没用的儿子呗。"寇忱叹气,"算了,不提这些,我这会儿心情可好了,他下午要出差,等他回来气就消差不多了。"

"咱们坐那种八人大船是吧?"许川指了指前面的小码头。

"对,"徐知凡点头,"脚蹬的吧?"

"就四个人蹬,还有三个吃闲饭的,"江磊说,"得轮着来。"

"那肯定……"魏超仁退着边走边说,话还没说完突然被人从后面猛地撞了一下,扑进了许川怀里。

"我去!"几个人同时喊了一声。

一个人影从他们中间穿过,撞开霍然之后往他们来的方向冲了出去。

"你是瞎了吗?"寇忱对着那人后脑勺很响地骂了一句,伸手在霍然肩膀上抓了抓。

没等他们弄明白这人怎么回事儿,小码头方向又跑过来一个女人,边跑边大声喊着:"小偷!抓小偷!偷我钱包了!"

寇忱连一秒都没犹豫,转身就往那个人的方向追了过去。

接着一帮人全都转了身,拔腿开始狂奔。

"你给老子站着!"寇忱吼。

"喊屁，"霍然说，"他又不会停！"

"你懂屁！"寇忱说，"这叫气势！"

身后一帮人立马开始一起吼。

"站着！"

"给老子站着！"

"不站着一会儿直接打死！"

说实话，这个小偷肯定练过，而且对公园地形很熟悉，这片儿应该就是他的地盘。

几个人从湖边一直追进了林子里，始终跟小偷有着一段距离。

"这来我们学校，"江磊憋着劲儿喊着说，"所有田径比赛的冠军都得是他的吧？"

"放屁。"霍然咬了咬牙。

猛地加快了速度，盯着那人后脑勺就冲。

这一个猛然提速刺激了寇忱，他跟着也猛地加了速。

把后面几个人甩开了一段。

小偷一般应该是主修短跑，毕竟能这么跟小偷死扛着不罢休，追出半个公园的人并不多，他们只要能在前五百米甩开人就能脱身了。

所以前面这个小偷速度慢慢地放缓了，腿倒腾得也没有之前快了。

"推一下就倒，"寇忱在霍然右边稍后一点儿的位置说了一句，"别被他带倒了。"

"嗯。"霍然应着。

十米之后，他们在第二个湖边终于追上了这个小偷。

推一下。

霍然按寇忱说的，最后几步几乎跑出了三级跳的感觉，对着小偷的肩膀一掌推了过去，接着又迅速侧身从小偷旁边掠过，以防小偷摔倒的时候被绊倒。

寇忱以前肯定抓过贼，经验丰富。

不。

寇忱以前肯定这么追着人打过吧，经验丰富。

要不寇爸爸也不会成天想做香肠的事儿了。

小偷果然摔倒了,而且摔得挺狠的,肚子带领着身体各部件扑向大地。
接着寇忱就起跳了,在小偷想要爬起来的时候膝盖顶着他后背,把他压回了地上,然后对着他的脸甩了一巴掌:"钱包呢？"
趴在地上的小偷一边喘,一边指了指自己的裤子。
寇忱摸了摸,从他兜里摸出了一个粉色的钱包,接着又摸出了一个小一些的零钱包。
"可以啊,钱包还偷的是个爱马仕。"寇忱啧了一声。
"搜！"江磊指着小偷,"肯定还有！"
"你们这不行啊,搭档没来吗？还是你老大没来？"寇忱抓着小偷的胳膊翻了个身,"货都没出？怕警察证据少了还是怕数不够判刑的啊？"
小偷瞪着他没说话。
从他身上又摸出了两个已经关机了的手机。
霍然把魏超仁运动裤上的抽绳扯了出来,几个人把小偷的手捆好了。
接着寇忱拨了报警电话。

等警察过来的时候,那个丢了钱包的女人上气不接下气地跑到了,扶着树一个劲儿倒气,一句话也说不出来。
"哪个是你的？"寇忱拿着几个钱包冲她晃了晃。
女人指着钱包,手都有些哆嗦了,好一会儿才说了一个字:"红。"
"这个？"胡逸从寇忱手里把那个粉色的钱包拿到她眼前。
"是,谢谢啊……"女人点了点头。
她正要伸手接过钱包的时候,胡逸拿着钱包的手收了回去。
女人有些吃惊地看着他。
七人组几个人也愣了。
胡逸转身往湖边跑过去,一扬手把钱包扔进了湖里。
"萝卜你干吗？"江磊震惊了。

17

胡逸扔完钱包，脑袋一昂，就那么站在了栏杆边，拳头还握得很紧，指关节都有些发白。

"怎么个意思啊？"魏超仁低声说，"萝卜怎么了？"

"那是他要拿削面刀削的人之一吧。"徐知凡说了一句，转身走到了胡逸面前，"是她吗？"

"嗯。"胡逸视线越过他的肩头，盯着那边的女人。

之前他们抓小偷的时候动静挺大的，这会儿已经开始有人围观了，寇忱看了一眼那个女人，走了过去，清了清嗓子："这位大姐……"

"你们什么意思！"女人这会儿倒过气来了，指着胡逸那边就骂上了，"你们跟这小偷是一伙的吧！扔我钱包是怎么个意思？你们知不知道我那个钱包……"

"是爱马仕的，"寇忱打断了她，"知道。"

"那……"女人提高了声音。

"那你知道是谁扔了你的爱马仕吗？"寇忱看着她。

女人愣了愣。

"给你买爱马仕的那人的儿子。"寇忱说。

女人有些意外，沉默了两秒之后抱起了胳膊："那又怎么样？是老胡的儿子就能随便扔我钱包了？有本事扔他爸的去啊，我就算不跟老胡在一块儿，他也不会回家，跟我这儿撒气算怎么个意思。"

"放心，这也算是突发事件，我们是出来玩的，你俩也别急，"寇忱说，"别说一个钱包，带着刀都找你好几回了，他爸也躲不掉，排个队，早晚都给你们收拾利索了。"

"你算哪根葱？怎么！威胁我？你还嫩点儿！"女人瞪了瞪眼。

"现在你两个选择，一、转身走人；二、自己去湖里捞。"寇忱沉了声音，"要不我就让你看看我是怎么威胁人的。"

"我……"女人还想说话，但被打断了。

"滚！"霍然站在寇忱身后一声暴喝，"给你三秒！"

寇忱被他这一声震得脑子都发懵了，好半天都听不清别的声音。

女人半张着嘴，也是一脸震惊。

七人组几个人都慢慢围了上来，往前一直逼到了女人面前。

"大姐，"许川说，"三秒很快的，一二三，你看，这就过去了。"

"干吗？还想动手啊？"女人还是有点儿发怵的，冲四周的围观群众发出了求救信号，"大家看看啊，这帮人扔了我钱包，威胁完不算，还要动手了啊！"

"行！"霍然指着她，"你也不用走了，一会儿警察来了，我们一块儿去派出所，警察要叫家长我们配合就是了，胡逸！你一会儿记得给你爸打电话！"

"嗯。"胡逸应了一声。

女人对这句应该还是有所顾忌，她估计也并不想把事儿闹太大，只是钱包挺贵的，就这么被扔了有点儿心疼。

她瞪着胡逸看了一会儿，退了两步，转身走了。

"让姓胡的回来把婚离了，"胡逸说，"你也有点儿敬业精神，不把家拆了算什么三儿，别人骂你一句三儿你好意思答应吗？"

女人猛地回过头。

"争点儿气！"胡逸说。

女人转身甩着胳膊快步走了，看背影是气得够呛。

"我的天，可以啊萝卜，"江磊搂过胡逸的肩膀，"没看出来啊！这损人损得我都快不认识你了。"

"你闭嘴。"徐知凡推了他一下。

胡逸扒开江磊的胳膊，转身到旁边的铁椅上坐下了，胳膊撑着腿，抱着脑袋不再出声。

"这真是……"魏超仁皱着眉，指着地上的小偷，"你说我们费这么大劲，给萝卜的仇人追回来一个钱包。"

"而且他还跟着一块儿撵来着，"霍然看了胡逸一眼，"一开始他就认出来了吧……"

"然后还跟我们一块儿撵呢也没说，"江磊叹气，"哎哟我都心疼了。"

"你心疼个屁啊。"胡逸闷着声音。

"那咱俩认识这么久了，"江磊过去坐到了他身边，"这么好的哥们儿，我心疼也正常啊。"

"想想一会儿怎么跟警察说吧。"胡逸揉了揉眼睛，抬起头来说了一句。

"有什么怎么说的，"寇忱说，"照实说就行了，反正小偷跑不了。"

警察很快就来了，他们也照实把之前的事儿说了，还有几个热情的围观大妈帮着做证，说孩子可怜啊别为难孩子。

这小偷是个惯犯，警察一见他直接名字外号连同老大是谁全都能说出来，拎起来都没多问他们几个，就给抓车上去了。

"叔，"江磊大概是没想到事情会这么顺利，有些飘了，跟在警察后头，"就这样了？不用再教育一下我们了？"

"教育你们什么？"警察看了他一眼，"他身上哪个东西是你帮着偷来的吗？想去派出所交代一下就上车吧。"

"哎！"江磊吓了一跳，"没啊！没！"

"以后先报警再抓贼，"警察说，"万一贼身上有刀呢，对不对？"

"嗯。"江磊用力点头。

"陪你朋友看天鹅去吧，"警察说，"安慰一下。"

"谢谢叔叔。"江磊说。

警察把那个小偷带走之后，几个人在原地站着没动，围观群众都散了之后，许川才说了一句："磊磊，你刚才是不是想跟警察要个什么表扬啊奖状什么的？"

"川哥你别小瞧人啊！"江磊说，"我就是真心实意问一问。"

"哦。"许川笑着点点头。

大家一块儿转脸看着胡逸。

说实话，这种事儿都不知道应该怎么安慰，几个人站胡逸跟前儿看着他，好半天也没一个说出话来。

"默哀呢？"胡逸说。

"靠！"一帮人全笑了。

"去划船吧，"胡逸站了起来，"不好意思啊，给你们添堵了。"

"这算个屁，"寇忱说，"姓胡的在才好呢，俩一块儿教训了！"

"说不定就在呢，"霍然小声说，"那女的总不会是一个人跑这儿来玩吧。"

"别瞎说。"寇忱搂住他肩膀晃了晃。

"不是瞎说，万一碰上了，也有个心理准备吧。"霍然说。

"嗯，"胡逸点点头，"要不……"

大家再次一块儿看着他。

"赌一把吧，赌一会儿上船买饮料，"胡逸说，"我赌他在。"

霍然愣了一下笑了起来："那我也赌他在。"

几个人立马都下好了注。

不过一直走到小码头，也没再碰上那个女的。

大家挑了条大船，上船的时候还都抢着踩蹬子。

"我是精力太旺盛了吗？"寇忱抢到之后一边蹬一边问。

霍然在他旁边也蹬来着，想了半天："不知道。"

把船蹬出去挺远了，一帮人之前又紧张又生气的情绪才算真的缓和下来了，开始讨论胡逸他家的事。

霍然没有插话，他还在思考寇忱的问题。

为什么要抢着蹬。

寇忱肯定是精力太旺盛，跟傻子似的，你现在让他跑五公里他估计也是先跑完了才问为什么。

反正跑得下来，那就跑呗。

但自己肯定不是因为这个原因，他才没那么愣。

他其实就是跟着寇忱抢，寇忱要蹬，他就自然而然地也要蹬，排排坐，吃果果，不，排排坐，蹬船船。

就像他俩现在干什么都要一起似的。

上课一起，上厕所一起，吃饭一起，去小卖部也一起。

投入了敌人的怀抱,成了这位英俊少年的"好"朋友!

江磊的声音猛地在耳边响起。

惊得霍然对着脚下的蹬子就是一通狂踩,踩得船直接往左边拐了过去。

"所以说你妈也找个男朋友得了,洒脱点儿,"江磊在前面坐着,正跟胡逸说话,发现船拐弯了之后他看了一眼霍然,"我去,你可以啊,这一套连环腿蹬的。"

霍然回过神,冲他挤出一个尴尬中带着尴尬的笑容,放慢了自己蹬船的速度。

又调整了一下自己的情绪,这才往寇忱那边看了一眼。

寇忱正偏头看着他。

"怎么?"霍然一惊。

"什么怎么?"寇忱问。

"你看着我……干吗?"霍然清了清嗓子,小心地问了一句。

"发呆呢。"寇忱说。

"哦,"霍然顿了顿,"想事儿啊?"

"嗯。"寇忱点点头。

"想什么呢?"霍然轻声问,"还琢磨你有用没用的那个事儿吗?"

寇忱笑了笑没说话。

"其实要说没用,高二的学生的确是没什么用,"霍然说,"要说没用呢,其实我们什么都能干,也什么都敢干,不好的什么打架骂人,好的什么抓贼抓人贩子,没我们干不了的,也没我们怕的……"

"怕还是有的。"寇忱说。

"你怕什么?"霍然问。

"怕自己跟自己想象的不一样啊,"寇忱说,"也怕自己其实在父母心里,就是个必须得听话也只能听话的孩子,毕竟他们眼里你就是个小孩儿。"

霍然没说话,轻轻叹了口气。

"不想这些了,"寇忱在头上扒拉了几下,"反正什么也不想也长这么大了,再傻几年他们就管不着了。"

霍然笑了起来:"幼稚。"

"你最成熟了,是吧。"寇忱啧了一声。

霍然没再说话,一边蹬船一边听着一帮人聊天儿,时不时跟着大家乐几声。

寇忱拿出手机看了看,寇潇没有再发消息过来,说明老爸是出差去了,没有什么变化,他晚上可以安心回家睡觉。

有用没用的问题,其实他并没怎么想过。

毕竟老爸一直就觉得他不达标,而且距离还挺远,骑士和公主,差了七十八万多里地了,而且还考学无望,身无一技之长……

忱公主。

寇忱想到霍然给他的这个称呼就有点儿想笑。

他往霍然那边扫了一眼,霍然正跟江磊俩人对呛,他盯着霍然看了一会儿,然后转开了脸,加入了大家的聊天活动。

以免盯的时间太长了被霍然突然转脸发现。

霍然刚突然转头的时候,他都没来得及移开视线,好在演技在线。

性感寇忱,在线发呆。

"哎?"魏超仁一边蹬着船一边突然坐直了,"如果我没有瞎!"

几个人立马顺着他指的方向看了过去。

"我赢了。"霍然说。

"我也赢了。"胡逸说。

除了寇忱,大家全都赢了。

前面的一个双人小船上,坐着刚才的大姐和一个男人。

胡逸他爸简直跟胡逸长得一个样子。

"怎么弄?"许川问。

"萝卜你说,"徐知凡说,"你怎么说我们怎么给你出气。"

"吓吓他们吧,"胡逸说,"姓胡的一直不接我和我妈的电话,我现在就想催他赶紧回来跟我妈把离婚手续办了。"

"我觉得是不是那女的不打算接手你爸,"寇忱说,"所以你爸这头就挂着你妈不肯撒手啊。"

"那就由不得他了。"胡逸说。

"过去，"霍然说，"从后头撞一下不会翻，别撞侧面。"

"好。"一帮人应完全都沉默了，就怕出声暴露目标。

霍然看了一眼寇忱的腿，寇忱也看他。

"摆正以后保持一样的速度，"霍然小声说，"别蹬偏了。"

"你跟他俩说。"寇忱冲前面的江磊和魏超仁抬了抬下巴，"他俩除了吵架，从来就没有过默契。"

"左，右，左，右。"魏超仁一边小声指挥着他和江磊的四条腿一边回过头瞪了他俩一眼，"我们没默契，但我们有节奏！"

寇忱冲他竖了竖拇指。

船悄无声息地慢慢从水面上向前面那条小船划了过去。

小船上的两个人完全没有注意到后面的情况，正愉快地说着话。

不知道为什么，霍然突然有些紧张。

前面的人毕竟是胡逸他爸，跟以往他们集体干的任何事都不一样，他们救了徐知凡的妈妈，现在又要开船撞胡逸他爸爸……

人生真是很奇妙。

他看了寇忱一眼。

寇忱冲他笑笑，在他手上轻轻拍了拍，偏过头凑到他耳朵旁边："我有点儿紧张。"

"嗯？"霍然有些意外。

"我怕船翻了……"寇忱声音低得几乎听不见，"要是我掉水里了……"

"我也不会游泳，我不知道先救你还是先救我妈。"霍然说。

寇忱让他这一句逗乐了，捂着肚子无声无息地笑了好半天才又压着声音："你拉着我，别让我掉水里啊。"

说实话霍然觉得自己有点儿粗心，或者说，寇忱实在不像个有弱点的人，寇忱要是不说，他根本就已经不记得寇忱怕水，能在脚背深的水里被淹死的那种。

顿时就觉得有些内疚。

他抓过寇忱的手，按在自己腿上搓着："放心，有我在呢，不会让你掉下去。"

"你真是……"寇忱笑着小声说了一半又停下了。

"什么？"霍然转过头。

寇忱凑得有点儿近，他一转头，他俩的鼻尖蹭了一下。

顿时就有点儿发蒙了。

"呔！"江磊突然一声暴喝。

霍然都能看到寇忱的瞳孔被吓得猛地一缩。

接着船身狠狠地振了一下。

他俩跟着同时一晃。

接着鼻子就非常坦荡地撞在了一起。

"哎……"霍然捂着鼻子，声儿都出不来了，酸得泪流满面。

18

霍然一直没想通，鼻子这么脆弱的一种器官，为什么会长在这么没遮没挡一点儿保护都没有的位置。

这一撞，他感觉寇忱的鼻梁跟铁打的一样，有一种自己鼻子已经扁了的错觉。

不过他没有时间再去琢磨自己鼻子的处境。

他们的船头已经狠狠地撞在了双人船的船屁股上。

大姐发出了惊呼，姓胡的也发出了怒吼。

搂住了大姐。

其实这个动作对于热恋中的人来说，也算是下意识的真爱流露了。

但对于七人组来说，这个动作简直就是挑衅，就是"赤裸裸"的宣战，就是完全没把他们放在眼里！

江磊和魏超仁向大家展现了前所未有的默契，他俩同时开始疯狂地倒蹬。

150

"退退退！"魏超仁说，"再来一下！我让你们搂！"

霍然松开捂着鼻子的手，抹了一把酸得满脸的眼泪，一边倒蹬一边往寇忱那边看了看。

"……寇忱！"他压低声音。

"我没事儿！"寇忱一边跟着倒蹬，一边转过头说了一句，说完还吸了吸鼻子。

霍然垂下眼皮看了看自己的胳膊，上面有一滴血。

鼻血，刚寇忱转头的时候甩过来的。

寇忱也看到了这滴血，顿时就愣了，往他胳膊上抹了一把："我去？给你撞出鼻血了？"

"我？"霍然看着他，"你是木头人吗？"

"嗯？"寇忱也看着他。

"蹬船！"江磊偏过头冲他俩吼，"往前！"

寇忱迅速改成正蹬，百忙之中又转头盯了霍然一眼："我去！"

"是你的鼻血！"霍然压着声音。

"我！"寇忱往自己鼻子下面摸了一把，一手的血把他吓了一跳，"啊！啊我流血了！流血了！"

"什么？"徐知凡拿着把桨正准备往前方的小船上捅，一听这话，震惊地转过了头。

几个人全都转过了头，瞪着寇忱。

寇忱大概猛地反应过来，想起了自己精心经营的校霸人设，立马恢复了惊慌的表情，用手背在鼻子上一蹭，冷漠地说了一句："撞他们！"

几个人顿时一通狂蹬，船撑着往前面就蹿了过去。

大姐和姓胡的并没有坐以待毙，两个人也正努力地往前蹬着船逃跑，而且因为船小重量轻，他们的速度也并不慢。

一跑一追地十几秒之后，姓胡的终于回过神，转身指着他们这边吼了一声："胡逸！你疯了！你这个兔崽子！"

"你闭嘴！你这个兔子！"胡逸也吼。

"哎哟。"许川被他这句逗乐了,站船上一通笑,差点儿把自己晃水里去。

几个人都没忍住,憋了半天全笑了。

"别松劲!"江磊拍腿。

大家收了笑,继续追击。

霍然抽空从兜里拿出了纸巾,抽了一张递到寇忱面前:"擦擦。"

寇忱抓过纸巾擦了一下:"没有湿纸巾吗?你不总带着湿纸巾的吗?"

霍然没说话,他平时只有去郊外的时候才会带,这会儿身上还真没有,他犹豫了一秒,又抽了一张纸,往溅得全都是水的船沿上按了按,吸饱了水之后递给了寇忱。

"你怎么不上天啊?"寇忱拿这张纸抖了抖,"这湖里,各种微生物就不说了,起码有天鹅屎吧……"

"比你糊一脸血强!"霍然打断他,"就撞个船,都没跟人动手,就一脸血了,丢人不丢人?"

"行吧,"寇忱一咬牙,拿着纸往鼻子四周一通擦,又把之前的纸巾塞到了鼻孔里,然后拧着眉,压低声音,"我鼻子好疼啊……"

霍然抓过他的手,在他手背上拍了拍:"一会儿完事儿了再检查一下。"

他们船上蹬船的毕竟是四个大小伙子,还都憋着火儿,一通狂蹬之后赶上了前面的小船,在大姐的惊呼中再次撞上了船屁股。

这回撞得比较重,大姐没坐稳,被撞出了座位,扑到了船板上。

不得不说,这船的防撞措施还是做得比较好的,平时除去有不少人会控制不住方向,什么桥墩上,岸边的石头上都能撞,还有些人直接是拿这船当碰碰船玩的,所以船的四周一圈都裹着厚胶,这一撞过去,船身不会受损,还Q弹得很。

"离婚!"胡逸在两条船撞得弹开的瞬间一船桨拍在了小船的篷子上,"你回去跟我妈离婚!"

"离婚!"七人组一块儿跟着吼,"回去离婚!还是不是个男人了!"

"报警了啊!"大姐喊,"我要报警了!"

"你报!"胡逸指着她,"你要不报警你他妈就是个嘚儿!"

几个人都有些震惊。

胡逸平时连"靠"都不太经常说，突然蹦出来这么个词，算是被气上人生巅峰了。

"胡逸！"姓胡的怒吼，"你到底要干什么！你妈让你这么干的吗？"

"我妈让我弄死你！"胡逸骂，"我给你留条命算是还你！你要是下星期不去把离婚手续办了我就让你看看我要干什么！"

"撞！"魏超仁喊。

蹬船的四个人再次猛蹬，对着小船第三次撞了过去。

这次其实撞的劲儿不算大，但角度有点儿偏，不是撞的正后方，小船侧着晃了一下，还趴在船板上的大姐直接被掀进了湖里。

七人组立马发出了欢呼声。

"绕过去救人。"徐知凡说。

这种时候就徐知凡最仔细，这会儿天儿还没完全回暖，湖水也很凉，再加上大姐落水之后一看就是个旱鸭扑腾式。

"不用了，"胡逸说，"姓胡的会水，年轻的时候还是市体校游泳队的呢，让他去捞吧。"

"走，"许川拍了拍船沿，"码头那边来人了。"

大家转头看过去，小码头那边管理处的人大概是发现了这边的动静，开着条小快艇过来了。

"走走走走！"霍然赶紧一通喊。

几个人跟着再次开始狂蹬，拿着桨的人也开始一块儿帮着划水。

船很快靠近了岸边。

这块儿不是停船的地方，只有一个斜着的石坡，他们跳下船顺着坡爬了上去，再翻过一个迎春花墙，跑到了公园的小路上。

"那边是后门，"寇忱鼻孔里塞着两团纸，镇定冷静地看了一下路标，"从后门出去，应该没多远了。"

几个人顺着路跑了起来，没几分钟就从公园后门跑了出去。

街口有一家小小的茶餐厅，他们在门口的阳伞下坐下了。

"我的腿，"江磊两手在腿上来回捶着，"我的腿……"

"酸死了，"魏超仁也捶着腿，"就刚这一通蹬，比咱们打一场篮球还费劲了，我去，我蹬到后头靠的都不是腿了。"

"靠意志，"寇忱说，"是吧？"

"没错，"魏超仁冲他点点头，"你懂。"

"我不懂，"寇忱挑了挑眉毛，靠着椅背一脸轻松，"我没感觉，我是靠腿。"

"……行吧。"魏超仁抱了抱拳。

"鼻子怎么弄的？"许川指了指寇忱的鼻子，"血止住了吗？"

"磕了一下，"寇忱扫了霍然一眼，"船晃的时候，没事儿了应该。"

霍然没说话，又拿了张纸给寇忱。

寇忱不知道是血小板低还是血脉旺盛，鼻血这会儿居然还没止住，鼻孔里的小纸团一拿出来，立马就是一滴滴滴在了裤子上。

"哎，"寇忱皱着眉，拿纸按在鼻子上，"我鼻子废了吧。"

"去洗一下吧，"霍然有些不安，毕竟这是他鼻子撞出来的，他站了起来，"店里应该有水。"

服务员给他们拿了菜单，又给霍然和寇忱指了去洗手间的方向。

他俩一前一后进了洗手间。

里头没人，霍然感觉稍微放松了一些。

寇忱低头在洗手池那儿接着水冲了一会儿鼻子，直起身看了看镜子："我鼻子歪没歪啊？"

"不至于吧。"霍然凑过去看了看，还是很笔挺的。

"还出血吗？"寇忱吸了吸鼻子，"我实在不想塞纸了，把我鼻孔塞大了怎么办？"

"……你想得是不是有点儿太多了，"霍然拿了纸，帮他把鼻子旁边的水擦了一擦，再盯着看有没有血出来，"这么容易就塞大了，那拿个夹子夹一下也能给你夹回去了，怕什么呢。"

"有道理。"寇忱想了想笑了起来。

"好像不出血了，"霍然又轻轻按了一下他的鼻子，"疼吗？"

"疼疼疼……"寇忱一连串地小声喊。

"怎么这么不禁撞呢？"霍然有些想不通，又捏了捏自己的鼻子，"我鼻子现在都没什么感觉了啊……"

寇忱没出声，盯着他的鼻子。

霍然被他盯得没了话。

洗手间里顿时就安静下来了，只能听到外面传来的几声鸟叫。

几秒钟之后，霍然决定打破这种微妙的尴尬气氛，他清了清嗓子，准备找一句废话来说一说。

没等开口，寇忱突然凑过来。

Mua！

霍然仿佛被一道雷劈过。

M！U！A！

哐嚓嚓嚓啪！

本来给他一秒钟他就能回过神，这是寇忱惯常的动作，作为一个muamua怪，他很久没muamua了才奇怪。

但霍然的手没到一秒就做出了反应。

一巴掌推开了寇忱的脸。

啪。

不是很响，但是绝对跟他平时的反应不同。

寇忱捂着脸，有些吃惊地看着他。

"你……"霍然顿时手足无措起来，举着自己的手，尴尬得半天也没说出一个字来。

"你打我？"寇忱瞪着他。

说话间，一滴鼻血很配合地滑了出来，没有滴到地上，而是滑进了寇忱嘴里。

看上去悲情而凄惨。

气得吐血了一般的效果。

"你又流鼻血了。"霍然指了指他鼻子。

"是啊！"寇忱说，"让你一巴掌打出来的呗！你跟我鼻子什么仇啊？我鼻子抢你钱了吗？我真是……"

寇忱说这么几句话的工夫，血已经流了一嘴，他弯腰对着洗手池一通"呸呸呸"。

"我就是吓了一跳。"霍然叹了口气，在他背上轻轻拍了拍。

"你被别人吓着了怎么不打人？"寇忱愤愤不平地一边用水拍鼻子一边闷在水里小声骂着，"被我吓着了就抽我啊！"

"我也没抽你吧！"霍然在他后背上拍了一巴掌，"我就条件反射拍了你一下，你怎么不说我拿刀砍你了？"

"你说的啊。"寇忱关了水，指着他。

"我说什么了？"霍然问。

"你拿刀砍我，"寇忱一瞪眼，"你吃了豹子胆儿了你敢拿刀砍我！"

霍然震惊地看着他："你再说一遍？"

"不说了！"寇忱从墙上扯了几张纸巾擦了擦脸，一转身，甩着胳膊嚣张地晃出了洗手间。

霍然又愣了能有十秒才跟着走了出去。

回到桌子旁边坐下的时候，他的名声已经被寇忱毁了。

"什么暴脾气啊，"江磊一个劲儿笑得停不下来，"以后别跟他一块儿上厕所了，尿个尿挨顿揍不划算。"

霍然看着寇忱。

寇忱拿着张纸巾，慢慢地在鼻子四周按着，很得意地冲他一挑眉毛。

霍然放弃了跟他对视，拿起杯子喝了一口水。

按他们的计划，看完天鹅本来应该再在公园里转转，现在出了意外，公园也没转就出来了，这会儿也没到吃饭的点。

"随便喝点儿饮料什么的歇歇，"许川说，"然后去游乐园嘛，昨天你们都不乐意去，嫌远了。"

市里新弄的一个什么新区，弄了很大一片号称史上最全的集商业餐饮娱乐于一身进去了没有三天出不来的玩意儿。

据说游乐园很好玩，但是太远了，昨天谁也不愿意去。

这会儿就不同了。

他们刚为胡逸出了气，一个个兴奋得很，许川一说游乐园，几个人立马全点了头。

寇忱转头就忘了自己刚被霍然"堵在厕所里打了一顿"的事儿，喝完饮料起身走的时候，他凑到霍然耳边小声说："我想玩过山车。"

"啊？"霍然看他。

"还有跳楼机。"寇忱说。

"嗯。"霍然点头。

"我没玩过，"寇忱小声说，"我妈说会摔死，不让玩，一会儿咱俩去玩。"

"不怕摔死吗？"霍然问。

寇忱嘿嘿乐了几声："不怕。"

游乐园有公交车直达，寇忱想打车，但是被大家拒绝了，说是请大少爷体验一下普通老百姓的生活。

魏超仁领着寇忱站在站牌前："你看，就十八站地……"

"十八站！"寇忱说，"我们是过去玩夜场吗？"

霍然听得有点儿想笑，刚想过去看看是不是有十八站的时候，徐知凡走到了他旁边，一伸胳膊搂住了他脖子，往后拽了拽。

"干吗？"霍然问。

"我有个事儿必须问一下，"徐知凡靠着广告牌，小声说，"你别介意，想说就说，不想说我以后也不多问了。"

"嗯。"霍然应了一声。

"你跟寇忱……"徐知凡轻声说。

霍然感觉自己头皮猛地一紧，头发仿佛都被勒得全站了起来。

"你俩怎么回事儿?"徐知凡说。

19

"什么……怎么回事儿?"霍然脑子有一瞬间的空白,头皮发紧的感觉很快传染了全身,整个人都是僵硬的,想转转脖子都动不了。

"你这阵儿有点儿奇怪,"徐知凡声音很低地说,"寇忱我不知道,但是你肯定有点儿不对劲。"

霍然有些喘不上气儿,心跳得耳朵都抖了。

"我……"他拧着眉,"也不太明白,就……这事儿现在没法……没法跟人说。"

"现在没法跟人说,"徐知凡说,"那以后呢?"

"我不知道。"霍然气若游丝。

"行吧,"徐知凡说,"我过两天再问。"

"嗯?"霍然声音被他吓得又扬了上去,中气十足的。

"嗯什么嗯?"徐知凡松开了他,"这事儿你不跟别人说我能理解,但你真想说的话,除了我你也没谁能说了吧。"

霍然看着他没说话,过了一会儿才又像是吓了一跳地扑到徐知凡身边,小声说:"你可别去问寇忱啊!"

"我又不傻,"徐知凡喷了一声,"你当我是磊磊吗?"

霍然笑了笑。

"上车了!"寇忱吼了一声。

这会儿猛地听到寇忱的声音,霍然差点儿直接腿一软给徐知凡跪下。

徐知凡推了他一把:"行了上车,今天先玩爽了。"

公交车上人很多,寇忱很少挤公交车,上车之后他都把胳膊举起来了,也无法避开跟旁边人的各种肢体接触。

"你干吗呢?"霍然从他身后伸手把他胳膊给拽了下来。

"胳膊没地儿放了。"寇忱艰难地回过头。

"往后走。"霍然推他。

寇忱有些不情愿："后头人一样多……"

"往后走！"司机突然吼了起来，"都往后走！全挤门口干什么！往后走！"

"哎哎哎，"寇忱赶紧往后挤了过去，"往后往后……"

后面车厢里的人其实也不少，但把人挤实了之后，前门又能上来不少人了。

最后开车的时候，大家都亲密地贴在了一起，严丝合缝的。

寇忱肚子上是一个女生背着的大包，车每颠一下，包就上下一错，把他衣服往上搓几寸，一站地都没到，他就感觉自己肚皮那儿凉飕飕地往里灌风了。

他非常艰难地往后转身，跟七人组贴一块儿总比挂在女生包上强。

不过他转身的时候，衣服并没有转。

当他跟霍然面对面站好之后，发现自己外套的拉链还在左胳膊下面，后衣领也还顶着下巴。

衣服拧了半圈紧紧勒在了他身上。

"我去。"他小声说了一句，抓着外套想把衣服扯回来，但没有成功，把口袋还给撕脱线了，"哎……"

目睹了全程的霍然低下头开始笑。

"笑屁呢。"寇忱恶狠狠地低声说。

七人组在他这句话之后都开始笑。

"你们有没有点儿友谊了啊？"寇忱皱着眉。

"霍然帮帮他。"江磊笑着说。

"我怎么帮……"霍然笑得手有点儿发软，拽着寇忱衣服扯了几下，也没扯动分毫。

"你是个女的吗？"寇忱很不爽，"就这点儿劲儿……"

霍然叹气，收了笑，咬牙抓着他的衣服，狠狠地往自己这边一扯。

嘶——啦！

七人组的笑声同时消失了。

接着再次同时爆发。

这回也没人憋着了，全都笑出了声音，嘎嘎的。

旁边的乘客都跟着偏开了头狂笑。

霍然看了看手里的口袋片儿，犹豫了一下，把它放到了自己兜里。

"哎——"寇忧放弃了挣扎，往他身上一靠，低头把下巴搁到了他肩膀上，叹了口气，"算了，一会儿有人下车就好了。"

霍然没出声。

过了一会儿才应了一声："嗯。"

寇忧靠在霍然身上跟七人组有一句没一句地小声聊着，又把手机掏了出来，把他当个抱枕似的搂着，在他背后用手机查游乐园都有什么项目。

霍然一直没出声，他脑子里全是自己应该怎么办。

以前寇忧这样的时候，自己是什么样的反应？

好像没有反应？

那要不要跟大家说说话呢？

要不要加入游乐园的讨论呢？

怎么做才能让徐知凡不觉得他"奇怪"呢……

两站地后人稍微少了一些，寇忧的衣服得以复位，他也转了个身。

不过寇忧还是挂在他身上看着手机。

算了。

霍然放弃。

车快到游乐园的时候，人也没怎么变少，全是去游乐园玩的。

几个人挤着站了十八站地。

下车的时候寇忧觉得自己腿都直了。

"我去买票。"他一边活动腿，一边看了看售票处。

这里比公园强多了，售票处一大排的窗口，还有扫码售票机，不需要排队。

"AA，"许川拿出了手机，"我们把钱转给你，这儿没有市民票，都一个价。"

"随便。"寇忧无所谓，"买通票吧，全玩的，吃饭就在里头吃了。"

"行。"大家纷纷点头。

买好票之后一帮人兴奋地进了游乐园，虽然买票很快，也不需要排队，但进了游乐园之后就不一样了，每一个项目前都是排队的人，好在队伍也不算太长。

几个人正在商量怎么玩儿，寇忱已经按着地图的指示往前走了。

"去哪儿啊？"魏超仁喊。

"过山车啊！"寇忱在前头招手，"先排过山车啊！我要玩过山车！"

大家也都没个目标，他说过山车，一帮人就都跟上了。

过山车前人也不少，已经排了几十个人，空中传来整齐的惨叫声。

霍然看了看，其实这个过山车算是中规中矩的那种，大转圈，俯冲什么的，没有特别惊险的部分。

不过寇忱看上去有些紧张，仰着头一直盯着空中的过山车。

"你除了怕水怕扭扭，"霍然问，"还怕什么吗？"

"没了，"寇忱看了他一眼，"不恐高，放心吧。"

"这个还行，不吓人。"霍然说。

"为什么他们都喊得那么惨？"寇忱说。

"我上去也喊啊，"霍然说，"刺激嘛。"

"嗯。"寇忱点头，"我得想想词儿，喊点儿什么好呢……"

"你想太多了，"霍然说，"能出声就不错了。"

过山车两个座位一排，他们几个正好排到最前面，寇忱兴致勃勃地跑到第一排："我坐这儿！霍然来！"

霍然想拒绝，第一排实在太刺激，他有点儿不想承受。

但寇忱已经坐了下去，他只得跟过去坐在了旁边。

后面是徐知凡和许川，这俩胆子稍微大点儿，虽然不愿意坐这么靠前，但也咬牙坐了，魏超仁不肯往前，在第四排孤单地坚持着想往后找地方。

不过有个自己来玩的女生坐到他旁边之后，他就收回了要坐到更后排去的诉求。

"没事儿，"魏超仁对那个女生说，"不用怕。"

工作人员挨个检查完他们的安全带安全锁之后，车子启动了，缓缓往前开了出去。

霍然抬手抓住了身前的安全锁。

"你要害怕可以抓我。"寇忱一脸轻松地把手伸到他面前。

"滚啊。"霍然简单地回答。

"我觉得这东西……"寇忱笑着说到一半,车开到了平台尽头,前面的轨道几乎直角往下,突然消失在了眼前,他顿了顿,"怎么这么高?刚在下面看的时候没觉得有这么……"

话没说完,他们这一节过山车突然猛地往下冲了出去,寇忱的最后一个字飘散在了他们头顶,转化成了一声吼。

"高——嗷——"

在他的带领下,全车人整齐地依次发出了尖叫声。

"啊——呀——"

有些是害怕,有些是兴奋,霍然是随大溜,他心理准备相当充足,直接愉快地喊出了一朵花:"哦呀呀呀呀——"

寇忱一直到车冲到了谷底再往上爬升的时候,才骂出了一句:"我靠!"

"怎么样?"霍然问。

"过瘾!"寇忱喊。

他俩努力地往后……确切说是往下看了看,后排的几个人神色都有些恍惚,魏超仁的眼仁儿这会儿似乎都还没有成功聚焦,他身边的女生倒是一脸愉快的笑容。

"超仁这回丢人了。"寇忱小声说。

"要到顶了。"霍然提醒他。

寇忱迅速靠回椅背里,伸手过来抓住了他的手腕,强行把他抓着安全锁的手拽了下来,攥在了手里,死死捏着。

"疼啊!"霍然皱着眉。

寇忱没搭理他,车刚爬到坡顶还没往下走的时候,他就再次领喊:"啊——"

"啊——"大家跟着一块儿喊了起来。

车冲下去的时候,寇忱又喊了一声:"然然——"

"啊——忱忱——"霍然回应。

过山车全程时间并不算长,但是大家下来的时候,嗓子都有些哑了,还有不少人走路的时候都打着飘。

胡逸出来就往草地上一躺,闭上眼睛不动了。

"萝卜?"江磊过去踢了踢他。

"我晕车了……"胡逸皱着眉悲伤地回答。

一帮人顿时笑得全坐到了地上。

寇忱一通咳嗽:"咱们再坐一次吧,我刚才都没好好体会。"

"一会儿没别的东西玩了,你自己上去坐,我们在这儿等你。"霍然说。

"你不陪我啊。"寇忱问。

"我……"霍然被他问得有些慌张,下意识地往徐知凡那边扫了一眼。

徐知凡没有什么特别的表情,感觉到他视线之后才跟平时差不多样子地冲他笑了笑。

"你不是还要玩跳楼机吗?"霍然略微松了口气,又看着寇忱,"先把没玩过的玩了吧。"

"行。"寇忱打了个响指。

跳楼机比起过山车就安静得多了,过程短,失重来得过于突然,很多人还没来得及发出惨叫,就已经到底了。

排队的时候他们又碰到了之前坐在魏超仁旁边的女生。

魏超仁迅速低头,脑袋顶着许川后背。

"怎么了你?"许川回过头,"打个招呼啊,这缘分。"

"不了,"魏超仁闷着声音,"刚我喊得太惨,她一直在旁边狂笑,我觉得这个缘分还是不要继续了吧。"

"嗨,这么巧!"许川冲排在后面的那个女生喊了一嗓子。

女生有些惊喜地笑了笑:"这么巧!你们也玩这个吗?刚坐我旁边的那个帅哥呢?"

帅哥俩字儿刚一出口,魏超仁就猛地抬起了头,转身冲女生挥了挥手:"嗨!"

女生一看到他,顿时连一秒钟的停顿都没有就开始狂笑不止。

"要不你排前面去吧,"胡逸指了指魏超仁的位置,"一会儿跟我们坐一排？"

"好哈哈哈哈哈哈……"女生一边笑一边走到了魏超仁身后站下了，抹了抹笑出来的眼泪，"你一会儿会不会哭啊？"

"……应该不会，"魏超仁说，"你再笑下去我就真要哭了。"

"不好意思，"女生捂住嘴，"主要是你刚喊得太惨了，声音都劈了，我实在是忍不住，还想着下来了找你加个好友，结果你跑不见了。"

魏超仁虽然被笑得有些尴尬，但还是马上掏出了手机。

"这什么运气，"寇忱把手搭到霍然肩上，凑到他耳旁小声说，"挺可爱的一个女生居然喜欢超仁这款的？"

"什么样的都有人喜欢，"霍然说，"你以为都应该喜欢你这款的吗？"

"是啊，"寇忱一点儿都不谦虚，"你有意见？"

霍然没出声。

不过寇忱似乎也没在等他的回答，直接又自己说了下去："不过我呢，就还是比较看好你这款的。"

霍然感觉自己呼吸停止了。

整个人变成了一颗心脏，全身上下都在跳。

寇忱推了他一把让他往前走的时候他才从心脏变回了人，努力让自己自然地接了一句："如果我是个女的……"

"不用，"寇忱说，"你现在这样也行。"

没等霍然对这句话做出任何反应，寇忱已经在他耳朵旁边笑得嘎嘎响了。

霍然感觉自己应有的反应都让他愉快的笑声给扫没了。

什么毛病？

神经病吗？

坐到跳楼机上之后，霍然看了一眼寇忱，让你笑，一会儿你就尿裤子吧。傻子！

寇忱还在东张西望地研究跳楼机。

"我觉得这东西没有过山车猛啊，"他说，"刚我看说明，也就五十米高，那也就……"

"也就十五六层楼高吧。"霍然说。

"啊，"寇忱惊恐地转过头看着他，"我刚一直算着是十层，还觉得也没多高啊……"

"正常一层楼三米，"霍然冷酷地说，"你考试总不及格不是没道理的。"

"你给我算这么明白，"寇忱瞪着他，"是故意的吧！"

"啊。"霍然冷笑。

"……然然。"寇忱抓住了他的手。

"滚吧。"霍然甩开他。

"我真的有点儿怕！"寇忱压低声音说。

跳楼机开始往上升，慢慢地离地面越来越远，寇忱一直盯着他，眼睛都不敢往下看。

"还说不恐高？"霍然突然有些心软。

"我真不恐高，"寇忱小声说，"这玩意儿不在恐高范围内了吧，这是个人就得怕啊！"

"我就不怕。"霍然拉过他的手搓了搓。

"别松手啊。"寇忱交代他。

"嗯。"霍然点头。

寇忱的手冰凉，霍然搓了几下也没搓热。

不过说实话，寇忱的手跟他这个人不太像，摸上去瘦而修长，关节也不突兀，是挺有力量但又不粗的手型。

而且还挺光滑的，一看就是从小……

跳楼机小小地一振，打断了霍然的思绪。

他猛地发现机子已经到顶。

不仅到了顶，还已经松开了。

坐成一圈的人们同时从胸腔里迸发出了惨叫："啊——"

由于完全没有思想准备，霍然根本来不及发出任何声音就被可怕的失重感淹没了，身体里所有的东西都移了位，纷纷飘浮。

屁股也离开了座位。

惊恐当中，霍然抓着寇忱的手狠狠往下一按，想让自己有些实感。

大概也就一秒钟吧。

他就获得了实感。

跳楼机到底了。

寇忱把手抽出去的时候，他才猛然惊觉，按的位置似乎不怎么太合适。

20

几秒钟之前还在嘲笑别人害怕，结果几秒钟之后，自己就被吓成这样。

霍然觉得自己简直无地自容。

换了任何一个人的手，他都不会这么无地自容，哪怕是上个月的寇忱的手，他都不会像现在这么悲痛欲绝。

唯一还能自我安慰的，就是似乎没有人注意到他这个神奇而尴尬的行为。

安全带打开之后，坐成一圈的七人组跳下座位，心有余悸地大声笑着讨论着，相互嘲笑着。

江磊和魏超仁还全然不顾形象地企图往对方裤子里掏，非说对方吓尿了。

……还好还好。

正在霍然离开座位想要松一口气的时候，他偏过头看了寇忱一眼。

发现这个狗东西正在狂笑！

顿时就有一种下一秒就必须把寇忱灭口的冲动，晚一秒自己就名节不保。

"还笑我，"寇忱笑得腰都快直不起来了，胳膊往他肩上一挂，对着他耳朵就是一通乐，"你都吓成什么样了啊……"

"活腻了吧？"霍然瞪着他。

"你得谢谢我。"寇忱乐呵呵地说。

"凭什么？"霍然问。

"我当时要是吓着了，"寇忱把自己的手伸到他眼前，张开手指，然后猛地一收，喊了一声，"啊！"

"喊什么！"霍然被他吓了一跳。

"学你呢，"寇忱说，"我要是被吓得这么一抓，肯定直接就给你抓爆了，然后你就得这么喊，啊！"

"……闭嘴吧。"霍然非常无语。

"不过你不要怕，我有办法，我学过，"寇忱拍了拍他的背，在兜里掏着，"你看啊，我给你演示一下。"

"什么？"霍然莫名其妙地看着他。

寇忱从兜里掏出了他的黄色绒毛小鸡钥匙扣。

这东西现在对于霍然来说，简直就是寇忱抽风的开关，它的出现基本就预示着寇忱疯了。

不。

不不不。

霍然盯着寇忱的手，只要他敢把这东西往裤子里塞，他就敢上去打人。

"啊，然然！"寇忱把小鸡放在了手心里，悲痛地看着小鸡喊了一声，"然然！"

"……你大爷。"霍然看着他。

寇忱伸出了一根手指，在小鸡的胸口上开始按："一，二，三，四……"

"……寇忱，你还好吗？"霍然问。

"然然！"寇忱继续按了几下，然后低头在小鸡脑袋上亲了两下，"Mua！Mua！"

"这是干吗呢？"霍然问。

"人工呼吸。"寇忱头也没抬地回答。

霍然不知道自己是不是受惊过度把脑子刺激坏了。

在寇忱再次开始给小鸡按压的时候他爆发出了狂笑。

笑得腿都有些发软。

寇忱发疯的时候永远都能保持镇定，七人组和那个女生都笑得不行的时候，他都能管理好自己的表情，坚持给小鸡做完两轮心肺复苏之后才停手，把小鸡放回了兜里。

"我去买点儿喝的，"寇忱等他们都笑完了才开口，依旧是一脸淡定，"你们要什么？饮料还是雪糕什么的？"

大家一块儿把想喝的饮料发到了群里。

"走。"寇忱一拍霍然肩膀。

"嗯。"霍然跟着他一块儿往前面一排美食店走过去。

不知道从什么时候开始，这种凡事都是他俩一块儿的模式就已经成为习惯，不光他们，七人组也全都习惯了。

霍然撑着个塑料袋，看着寇忱往袋子里一样样放东西的时候，有种莫名其妙的舒适感。

"要不要吃点儿什么东西？"寇忱问，"我刚看到有巧克力蛋糕。"

"好。"霍然点头。

他俩一人又买了个小蛋糕吃了，还打包了几个，再买了两盒烤鸡翅，拿着回到了草地上。

这会儿太阳很好，他们几个人围了一圈儿，边吃边聊，被太阳晒得都眯缝着眼。

霍然往后躺到草地上。

寇忱跟着也躺了下来。

他俩都没有说话，听着身边的几个人聊天儿，女生是十一中高三的，离他们学校不是太远，魏超仁已经开始打听人家打算考哪个学校了。

可惜女生的成绩似乎很好，列出的几个目标估计都是魏超仁从未考虑过的，不过他很快就把努力方向从同校改成了同城。

霍然有点儿想笑，但又有些羡慕。

多好啊，喜欢的人这么轻易就能碰上，这么轻松地就能表现出来。

"哎，"寇忱偏过头，小声说，"你想没想过考哪个学校啊？"

"没想过，"霍然闭上眼睛，眼前全是明亮的金色光斑，闪得他有些晕乎乎的，"还有一年呢，我打算死到临头了才考虑。"

寇忱笑了起来。

"你呢?"霍然问。

"我初中的时候想过,"寇忱说,"什么学校无所谓,我想学考古。"

"小说看多了吧。"霍然笑着说。

"是,"寇忱叹了口气,"后来就不想学了,到现在也不知道能去学什么,关键是,能考上什么学校啊,估计都得我爸花钱吧。"

"那你是想在本地还是出去上学啊?"霍然问。

"我想出去啊,"寇忱说,"出去我爸就管不着我了,他也不用成天被我气得要做香肠……不过你要是想考个本地的学校,我就不出去了。"

"嗯?"霍然偏过头,眼睛睁开了一条缝看着他。

"咱俩最好在一个地方,"寇忱侧过身,手撑着脑袋,"咱们七个人全在一个地方不现实,知凡肯定去个好学校,川哥萝卜,还有你,努力一下我估计也能去个不错的,磊磊超仁我们几个就不好说了……所以我就想,跟你在一个地方吧,我怕毕业了以后就……"

寇忱叹了口气,没再说下去。

"就什么?"霍然一直没有追问人的习惯,但这会儿却忍不住追了一句。

"如果毕业以后,不常在一起,你有了新的朋友,"寇忱说,"咱俩就会生疏了吧?"

"你怎么不说你有了新朋友,就不理我了呢?"霍然喷了一声。

寇忱笑了笑没说话。

游乐园就像宣传的那样,非常大,项目的确也很多,一天时间他们挑着刺激的项目玩了一遍,什么海盗船,大摆锤,高空秋千……

一直到天擦黑了,肚子也饿得不行了,一帮人才离开了游乐园。

女生的爸爸已经开了车在门口等着了,她跟几个人挥了挥手:"走了啊,有空联系啊,下回要是还出来玩刺激的记得叫我。"

"好!"魏超仁回答得非常响亮。

女生离开之后,寇忱叫了车,这会儿再坐十几二十站公交车回去,到家估计已经饿死了。

霍然现在对于每次聚会分离的这个环节都快有阴影了。

尤其是今天。

他从来没有想过毕业之后的事，毕竟还有一年多，不光是他，老爸老妈都没有对他的未来有过什么计划。

一直到刚才寇忱提起，他才猛地反应过来。

也就还有一年了啊。

这种朝夕相处，睁开眼睛就能看到，课间上厕所都一起的日子，就还有一年了。

突然就觉得有些心慌。

太阳落山之后本来就有点儿凉，这会儿都感觉手指凉得发麻了，一阵阵的。

从游乐园回家的方向跟平时他们走的方向相反，所以一车人里霍然最先到地方。

这一路上他没怎么说话，一直到车停了他才猛地一下发现要下车了。

那种依依不舍的情绪突然膨胀起来，打开车门的时候居然有种生离死别的错觉。

……也不知道是谁要死了。

"明天早点儿到学校啊，"寇忱在副驾放下车窗，"一块儿吃早点，记得把我车骑过来。"

"嗯。"霍然点了点头。

正想再依依惜别个几秒钟，寇忱已经绝情地关上了车窗。

他只好往楼道里走。

没走两步，车已经掉了个头，嗖嗖地就开走了。

霍然非常不爽。

有那么急吗？

开那么快逃命吗？

人都还在这儿呢跑什么跑？

有没有点儿礼貌了啊？

愤愤不平地站在电梯门口的时候，电梯门打开了，老爸从里面走了出来。

一看到霍然，他愣了愣："哟？这是路上跟人打了一架回来的吗？"

"怎么了？"霍然赶紧摸了摸脸，又摸了摸鼻子下面。

不会是鼻血延迟了一天终于流了下来吧……

"这一脸生气的表情啊，"老爸看着他，"不像是玩了一天回来的样子啊。"

霍然偏过头往电梯里看了看，从镜子里看到了自己一脸不爽的冷酷表情，被自己逗乐了，笑着搓了搓脸："没，今天玩得很刺激，可能是累了……你去哪儿啊？"

"买点儿醋，"老爸说，"你妈包饺子了。"

"哎好！"霍然一听来了兴致，冲进了电梯，"你去买醋吧，我就不陪你去了，我先上去吃几个饺子。"

"去吧去吧，"老爸说，"怎么没叫寇忱来家里吃饭啊？我看他车不是还在家里吗？以为他会来呢。"

"啊，"霍然愣了愣，"他回家了，我明天把车骑学校去给他。"

电梯门关上之后，他看着镜子里的自己，冲自己叹了口气。

居然没想起来叫寇忱到家里来吃饭顺便拿走他的车。

"寇忱你回来了？"老妈在二楼喊。

"是——"寇忱拉长声音回答。

帅帅从走廊疯狂奔出，撞到了他身上。

"要死了吧！"寇忱吼它。

帅帅迅速坐下，没等他换好鞋，就又扑了上来，甩着舌头就往他脸上凑。

"哎哟，"寇忱抱住它，"你怎么回事啊，又不是一星期没见，就一天啊……我在家陪你好吧？晚上你到我屋里睡觉去。"

帅帅发出了呜呜的声音，尾巴都摇出风了。

"野够了啊？"寇潇从二楼下来了，吃着零食。

"我饿死了，"寇忱跨到帅帅身上，跟帅帅一块儿扭到了寇潇面前，"开饭了吗？"

"马上好，"寇潇往他嘴里放了一块曲奇饼，"晚上你别出去了啊，爸肯定打电话回来，听到你不在家又得生气，回来了还得骂你。"

"不出去，"寇忱说，"我也没想跟他吵，他自己老给自己找气生，动不动就什么送出国，我就特别不乐意听这些。"

"你不乐意听就不听，他说他的，你不理就行了，你非得他说一句你搭一句，你捧哏呢？"寇潇斜了他一眼。

寇忱笑了起来，往她手边凑了凑。

寇潇又拿了一块曲奇放到他嘴里："行了就这两块儿了啊，马上吃饭了。"

老爸不在家，吃完饭之后，这个家就是老妈和寇潇的了，寇忱坐下刚换了个体育台，广告还没看完，就被赶开了。

"你上楼看电视去。"老妈挥挥手。

"你一星期没见着你儿子了，"寇忱说，"你不想……"

"不想。"老妈冲他笑笑，又在他脸上捏了捏，"你要么就跟我们一块儿看剧，要么就上楼去看你的球。"

"晚安。"寇忱搂了搂老妈，跑上了楼，"帅——"

帅帅叫了一声，跟着蹿了上来。

寇忱打开了卧室里的电视，看了一会儿觉得心神不宁的，老觉得心里有什么事儿挂着，但又不知道是什么。

对着电视发了一会儿呆之后他想起来了。

周二霍然生日，他做的礼物虽然已经被强行要走了，但原计划里脚链是跟生日贺卡一块儿放在小皮兜里的。

现在小皮兜还在，贺卡也还在。

他起身坐到了书桌前。

拿出了那张贺卡。

非常小的一张卡片，一面印着金色的小花，一面是空白的，他的计划是画点儿东西再写个生日快乐。

现在却不知道要写什么了。

光写个生日快乐，总觉得不够。

再写点儿别的内容吧，又觉得很多余。

自己不知道是怎么了。

从来没有过的焦虑。

他对着卡片发了很久的呆。

然后拿出手机看了看,没有新消息。

吃饭的时候群里很热闹,全是照片,各自手机里相互拍的各种丑照美照洋相照一大堆。

今天大家都玩得很嗨,这会儿吃完饭估计都不愿意动弹了。

他慢慢往上翻着照片,一张张地存到手机里。

胡逸发了一张挺有意思的照片,是他在给小鸡做心肺复苏的时候抓拍的,霍然站在他面前,笑得跟个傻子一样。

非常可爱。

他把照片放大,仔细地看了一会儿。

几秒钟之后他又扔下了手机,有些烦躁地起身在屋里转了一圈,坐回了电视面前。

坐了没一会儿,他又站起来,去书桌上拿了手机。

百无聊赖地点开各种软件看了一圈,最后又点开了好友列表。

慢慢往下滑。

林无隅是打球那天他加的好友,为什么要加个好友他自己都说不清,不过林无隅也没问,他说加个好友,林无隅就加了。

之后他俩也没说过话。

林无隅的头像是个黑色的羊头,撒旦。

一把年纪了还这么中二!

他每次看到都想喷一声,不过想到自己后腰的死神,又觉得喷不出口。

盯着这个羊头看了一会儿,他放弃了点开说点儿什么的想法。

回到置顶,点开了跟霍然的聊天框。

——然然在吗?

——在鸭忪忪。

霍然回得挺快的。

这个回复不知道怎么就戳中了寇忪的笑点,他拿着手机自己一通乐。

五

肆意青春

21

笑完之后，寇忱就放下了手机。

他不知道接下去要说什么了，找霍然本来也没有什么事，一整天都泡在一块儿，话也说了一天，实在没有什么可说的了。

但明明没什么可说的了，他却不敢一直拿着手机，总怕自己手指会不受控制说出点儿什么他没有准备好的话来。

还是放下吧。

但霍然应该是体会不到他的感受的，手机被扔到桌上几秒钟之后响了一声。

寇忱拿起来，看到是霍然发过来的消息。

——？

他本来想回个句号，但是又怕霍然骂人，于是打了个响指："帅！"

帅帅跑到他身边坐下，爪子搭到了他腿上。

寇忱点开视频，对着帅帅："来，帅帅，给然然哥哥问好。"

帅帅冲着镜头叫了两声。

"好样的，"寇忱摸摸它脑袋，"再给然然哥哥唱首歌。"

帅帅看着他。

"唱歌！赶紧的！"寇忱弹了它耳朵一下。

帅帅一脸漠然。

"笨狗，"寇忱喷了一声，仰起头，"嗷呜——"

帅帅立马也一仰脑袋跟着叫了起来："嗷呜——嗷嗷——呜——"

楼下传来了寇潇的声音："闭嘴！疯了吧你俩！月圆了吗你俩就号！"

"好了，玩去吧。"寇忱关了视频，搓了搓帅帅的头。

帅帅跳回沙发上看电视，他把这段视频发给了霍然。

——帅帅给你表演节目呢。

——真可爱啊。

没你可……

寇忱喷了一声，删掉了这句，换了个狗头图发了过去。

为了防止自己继续聊下去没话找话让大家都别扭，他跟着又发了一条。

——睡了，困死了。

——晚安。

——晚安。

霍然睡没睡寇忱不知道，不过他自己肯定是睡不着。

他一直都睡得晚，老爸把他接回身边之后他养成的习惯，只有晚上回了卧室把门一关，他的世界才算是开始了，玩玩游戏，东看西看，哪怕只是发呆，也很享受。

一般不过了12点他是不会有睡意的。

不过今天晚上他困得早一些，可能是白天太兴奋了。

也可能是没什么可玩的，电视里念念叨叨的不知道什么玩意儿给他说困了，帅帅早就已经上床在他被子上睡着了，还时不时抽两下腿。

快12点的时候他开始打哈欠，趁着还没完全困，他飞快地进了浴室洗漱收拾，掀开帅帅上床的时候，眼睛已经有些发涩了。

不过就这样，他也不会轻易就睡，他点开朋友圈看了看。

七人组照片刷屏，中间夹着其他同学吃喝玩乐的照片。

还有一条是林无隅的。

今天早睡。

这人基本不发朋友圈，或者是只发分组，寇忱还是第一次看到他的朋友圈。

高三狗果然惨，12点算早睡。

寇忱看着这条突然有些郁闷。

刚不跟林无隅发消息，现在人家要睡了吧！

……

可是为什么要给林无隅发消息啊，说什么啊？

寇忧拧着眉。

憋了半天，最后还是把手机插上充电器扔到了一边，闭上了眼睛。

周一一大早，全校师生都有些没精打采，唯一高兴的只有广播。

校广播站一帮二次元，平时播的内容酷而时髦，但周一早上永远都会放欢欣鼓舞朝气蓬勃特别能让人感觉自己是大清早太阳的歌。

不过这个周一有点儿不太一样，刚进学校，霍然就感觉到气氛不对，把寇忧的自行车推到宿舍里放下之后，他接到了江磊的电话。

"你到了没！"江磊喊。

"刚到，怎么了？"霍然问。

"到实验楼这边来！"江磊说，"我们都在这边儿了！高三有个姐姐要跳楼！"

"什么？"霍然愣了，拔腿就往实验楼那边跑。

"警察也来了，"江磊说，"我去，这姐姐怎么这么想不开啊？好像是因为高考压力太大，离高考还俩月呢……"

大概只有学渣才会觉得还有俩月高考是很遥远的事儿吧。

霍然往那边跑的时候，发现身边的人都在跑。

"这儿！"寇忧和七人组一帮人都在假山池边儿上站着，冲他挥手。

霍然跑了过去，发现实验楼的楼顶上有几个晃动着的人影，天台栏杆外面站着一个短头发的女生，手抓着栏杆，身体往外倾着。

这楼是他进学校那年才刚落成的，全校最高的楼，设施什么的都是全市最好的，他一直很喜欢到实验楼上课。

天台下方没有放充气垫，据说这个高度要是摔下来，气垫也没有用。

"是谁啊？咱们认识吗？"霍然问。

"不认识，理科班的，"寇忧说，"反正我是不认识……这也太想不开了啊……"

"是不是真的想跳啊，不会是吓吓家里人吧？"魏超仁说，"可能家里逼得太紧了？"

"就算是吓吓家里人，"许川说，"要用到这招了也说明得是压力大到一定程度了啊……"

天台上老师和警察都在劝，女生却没有什么表情，只是低头看着下面的人，还是倾着身体，这姿势，只要手有一丁点儿滑，就肯定直接摔下来。

霍然还没有体会到高考的压力，确切说他们这帮人估计都没想过高考的事儿，就连他们当中成绩最好的徐知凡，也基本没提过高考的事。

但他们毕竟在重点高中，像他们这样的算是少数，大多数人从初中就已经有了目标，每离高考更近一步，压力就更大一分。

父母给的压力，学校给的压力，自己给的压力。

去年高三就有休学的，压力太大垮了，说是第二年再复读，可今年也没见回来复读，不知道是没有恢复，还是放弃了。

市里另一所一直跟附中各种拼升学率的高中，以前听说过有人一星期之内头发全都掉光成了秃子，一直到高考结束都没长出来，好在考了个不错的学校，收到通知书之后头发总算破土而出，那哥们儿还专门回学校转了一圈证明自己没有秃。

几个老师带着一帮女生跑了过来，站到了楼下，一个老师打着电话，应该是在跟天台上劝说的人沟通着。

然后跟几个女生商量了一下之后，一个女生仰起头喊了起来："珍珍——是我啊！咱宿舍几个人都在这儿了——你看到我们了吗？"

几个女生一块儿用力挥手，一块儿喊："珍珍！"

"你这是干什么啊珍？"带头的女生接着喊，"想扔下我们自己逃吗？说好的毕业旅行呢？说好的一起去拍照片的呢？说好一考完就去买特别骚的裙子去酒吧的啊！说好要浪一个暑假的啊！都不管了吗？"

"还有啊——"另一个女生也跟着喊，"说好了考完了就表白的啊！你不表白了吗？你是想要他永远都不知道你喜欢他吗——你不说了吗？你不说了他永远都不会知道了啊！我们不会帮你去说的啊！你得自己说啊！"

也许最后一句话让上面那个叫珍珍的女生有所触动，她动了动，像是哭了。

"继续喊，"一个老师点点头，"别停下来，她松动了！"

"你说过的话你忘了吗？"又一个女生赶紧接过话头，带着些哭腔焦急地喊，"要有一次不计后果的表白才算是真的青春啊！"

"我去，"江磊吸了吸鼻子，"怎么这么鸡汤的话我都觉得有点儿感人啊？我今天泪点是不是有点儿低？"

"太累了，我害怕啊……"珍珍哭着喊了一句，后面的话听不清了。

霍然看到身后的警察开始慢慢靠近，在她低头哭的时候走到了她的后方。

他顿时紧张起来。

寇忱大概也是紧张，从身后搂住了他的肩，贴在他耳朵旁边："我手心都出汗了。"

"我也是。"霍然抓住寇忱的手。

寇忱也马上回应，紧紧抓住了他的手。

就在下面的女生继续喊话的时候，一个警察猛地一步跨到了珍珍的身后，一把抓住了她的手腕。

下面的学生发出了一阵惊叫。

另一个警察也扑了过去，抱住了她，两个警察合力把她从栏杆外面拉了回去。

四周的人安静了几秒之后发出了欢呼声，鼓起了掌。

他们没有看到后续，老师们把现场的人都赶走了。

七人组一路感叹着往教室走。

"我要是哪天想不开，干了这样的事，"魏超仁交代他们，"你们就按这个套路来劝我。"

"什么套路？"徐知凡问。

"他还没表白，"寇忱说，"超仁啊！你喜欢的那个十一中的女生！你还没跟她说呢！是吧？"

"对。"魏超仁点点头,"我觉得我跟刚才那个珍珍是一路人,想到这个我就有点儿犹豫了,我都没表白呢,死了是不是有点儿亏,恋爱还没谈过呢……"

"别说那么远,"许川说,"你就拒绝也没被人拒绝过呢。"

"对啊!你说多亏啊,别说谈恋爱了,拒绝都没人拒绝过我,"魏超仁喷了一声,"我得找个人来拒绝我一下……不,我得表白……"

"抓紧时间吧,"胡逸说,"现在看着都挺好的,缘分不一定哪天就散了,缘分都在当下,在眼下,说晚了就没了。"

"可以啊萝卜!"江磊看着他,"你这是要飞升了吗?最近一开口就能震我一跟头啊。"

"他本来就爱琢磨事儿,"徐知凡说,"只是最近话多了而已。"

走到教室楼下的时候,霍然突然站下了:"我还没吃早点……"

"寇忱给你带了。"徐知凡一边往楼上走一边说了一句。

"嗯?"霍然愣了愣,转头看着寇忱,这会儿他才注意到寇忱手里拎着个塑料袋。

"都让你早点儿过来了,昨天说了大家一块儿吃啊,"寇忱喷了一声,从袋子里拿了个饭盒出来,"刚出事儿的时候我们都已经在食堂了,我一边赶着要去看,一边还得给你打包……"

"谢谢。"霍然接过饭盒,里面是几个码得很整齐的小烧卖,还有一对鸡翅。

他突然有些说不上来的感觉,不知道是感动,还是满足,或者还有点儿别的什么。

寇忱把他手上的饭盒又拿走了。

霍然看了他一眼,他拧着眉一脸不爽。

"哦,不说谢谢,"霍然点点头,"这是你应该做的。"

寇忱笑着挑了挑眉毛,把饭盒重新放到了他手上。

徐知凡的位置已经彻底被寇忱占领了,他们每周换座位,从后到前从左到右,无论换到哪儿,旁边都是寇忱。

七人组有时候错开了都会有个把星期凑不到一块儿,寇忱却一直在旁边。

霍然趴在桌上，脑门儿顶着桌沿儿，把饭盒放在腿上，一个一个愉快地吃着烧卖。

这烧卖是玉米面的，黄色的很漂亮，味道也不错……

"你卡在我这儿呢，"霍然突然想起来，转脸小声说，"你怎么买的早点啊？"

"没卡我还能饿死吗？"寇忱说着把手腕怼到了他眼前，晃了晃手腕THXD的手链，"还五个人呢，谁不能帮我买顿早点啊！你是不是有点儿太小看舔海行动这帮人了？"

霍然笑了笑，没说话，继续吃烧卖。

他不是小看这帮人了，他应该是脑子里不太清醒了。

以后得多吃核桃了，就一盒早点，都能让他迷糊成这样了。

早自习老袁没来检查，班里也没有人早自习了，全都在议论刚才的事。

霍然一边吃一边时不时往耳朵里扫几句。

大家的重点都挺一致的，先是感慨高三的压力太大了，接着就一块儿转到了还没表白不能死这上头。伍晓晨还叹气："我刚才真想劝劝她，又怕不合适，你看我吧，电脑里啊书架上啊，那些见不得人的东西还没清理呢，我觉得我不是不想死，我是不敢随便死啊，我一世清白……"

这话引得全班都笑了起来。

霍然也笑了笑。

不过他脑子里一直在转的，倒是那几个喊话的女生喊的那些。

他不想死，他也没什么压力，以后应该也没什么能让他想去死的压力，但他莫名其妙地就有种焦急的感觉。

总觉得来不及了。

不行了。

要晚了。

缘分就在眼前，在当下，说晚了就没了。

他忍不住抬头看了看胡逸。

这个蔫货，就好像突然开窍了一样，居然说出了这样的感慨。

早自习下课的铃声响起,教室里聊天的声音一下大了起来。

霍然站了起来。

"去哪儿?"寇忱跟着也站了起来。

"哪儿也不去。"霍然把他按回了座位上,一个人走出了教室。

22

回到教室的时候,上课铃已经响过了,英语老师已经站在了讲台上。

霍然一溜小跑回到自己位置,想从寇忱身后挤过去的时候,寇忱趴在桌上像是睡着了,一动不动。

"我进去。"霍然小声说着,又抓着他椅背推了一下。

寇忱纹丝儿不动。

"寇忱?"霍然弯腰看了看他。

这人的眼睛是睁着的,还瞟了他一眼。

"你……"霍然刚想骂人,还想往寇忱背上甩一巴掌,但就在开口的一瞬间,他突然失去了底气。

总觉得自己有什么见不得人的事儿,瞒着寇忱。

害怕寇忱。

虽然寇忱并不知道,他却会突然心虚。

正想把后面的桌子移开挤进去的时候,寇忱往前让了让,他赶紧跨进去,坐到了自己位置上。

寇忱还是之前的姿势,趴在桌上,睁着眼睛像是在发呆。

霍然犹豫了一下,也趴到桌上,很小声地问了一句:"你怎么了啊?"

"没。"寇忱闷着声音。

这个态度让霍然有些恐慌,平时他肯定会骂了,或者根本就不搭理了,爱气不气,现在他却开始因为寇忱的态度而纠结自己的态度。

最后选择了沉默,拿过书翻开了,低头盯着书。

大概挺了十分钟,寇忱偏过头看着他:"你刚去哪儿了啊?"

"嗯？"霍然也看了他一眼，"陪徐知凡去校医室了。"

"干吗啊？"寇忱又问。

"找陶蕊扯闲篇吧，"霍然说，"我没进去。"

"哦。"寇忱应了一声，没再说话。

霍然松了口气，不过他们几个都加了陶蕊的好友，如果寇忱不信，随便套一下话就能问出来，到时他就不知道该怎么解释了。

这节英语课他都没怎么听，好容易挺到了下课，他赶紧拿出了手机，准备给徐知凡发个消息让他跟陶蕊串个供。

他摸亮屏幕的时候悄悄往寇忱那边瞄了一眼。

然后就愣住了。

寇忱偏着头，手托着腮正看着他。

"陶蕊一早就发了朋友圈，"寇忱说，"今天她休息，跟朋友去农家乐了。"

霍然觉得自己这辈子都没有这么尴尬过。

寇忱肯定是生气了，而且是非常气，应该是还有点儿小委屈的那种气。

平时他生气会跟霍然争吵，还会瞪眼睛，今天就闷不作声。

以霍然对他的了解，这是他真正生气了的表现。

一直到课间操他们往操场去的时候，寇忱的气都还没消，一直没跟霍然说话。

当然，气是不会消的，毕竟霍然也没个解释，他这个气也无处可消，虽说霍然可以强行表示并不是所有的事都可以跟朋友共享，但寇忱明显觉得他俩之间不适用这一条。

"怎么了？"徐知凡从后面赶上来，在霍然身边小声问。

"生气呢，"霍然说，"我说咱俩去校医室了……"

"陶蕊今天休息。"徐知凡喷了一声。

"你们怎么都知道啊？"霍然简直无语了，"就我不知道？"

"我去跟他说，"徐知凡叹气，"你这编瞎话的水平也太次了。"

"我从小到大就没什么需要说瞎话的事儿，什么打架了考试不及格了被处分了，"霍然说，"我爸妈都无所谓的，我没有这个机会练习啊。"

"我来吧，"徐知凡说，"我生日的时候请你送我一对音箱，就上回我说买不起的那个。"

"KEF啊？"霍然瞪着他，"五千多呢，你杀了我吧！"

"你出一千，"徐知凡伸出了手，"成交吗？"

霍然往他手上拍了一下："你要怎么说啊？"

"明天你生日，我可能参加不了，"徐知凡说，"就找你单独说一下。"

"这事儿为什么不能让人知道？"霍然问。

"大家兴致勃勃的，换个人可能直说也无所谓，但这不是我的风格，"徐知凡说，"我肯定不想影响大家心情，再说这事也还没定。"

"……他能信吗？"霍然说，"而且你专门找他说？那不也很假吗？"

"你傻吗？我找你说的是去不了你生日是因为明天我约了人，人家只有明天有时间，但可能来，也可能不来，"徐知凡说，"然后我找寇忱是因为，我想问问他在哪儿做的脚链，我想做条手链送人。"

霍然有些震惊："谁啊？约谁了啊？送谁？"

"你是江磊吗？"徐知凡看着他。

"啊！"霍然回过神，"你这牺牲是不是有点儿大？"

"相当大了，"徐知凡说，"一会儿寇忱不光知道我费尽心思追人，晚点儿他还会知道我最后被人给拒了。"

霍然非常感动又有些忍不住想笑地看着徐知凡加快脚步走到了寇忱身边。

寇忱跟许川一块儿边走边聊，徐知凡拍他肩的时候他还愣了一下，似乎有些不爽，但还是跟着徐知凡走到旁边去了。

"干吗呢他俩？"魏超仁问。

"不知道，"许川啧了一声，"小秘密。"

"一会儿得动刑！"江磊说，"什么小秘密敢公然背着我们商量？"

"公然和背着我们，是相互矛盾的，"胡逸说，"你这个话有语病。"

"……你行不行了啊！"江磊瞪他。

186

"是不是商量明天霍然生日的事儿啊，弄个惊喜什么的？"魏超仁说。

"算了吧，我们一块儿吃点儿喝点儿就行了，惊喜个屁啊。"霍然有些心神不宁地扯了扯嘴角。

不过人多的好处就是跑题速度相当快，没三句话呢，几个人很快就聊到别的地方去了。

不得不说，徐知凡平时也不怎么太用功但成绩一直挺好，可能是因为脑子的确好用，起码是演技超群吧。

他怎么跟寇忱说的，霍然不知道，但课间操结束回教室的时候，寇忱已经恢复了常态，拉着霍然要去小卖部买吃的。

霍然跟着他去了，离开大部队之前他还小心地看了徐知凡一眼，徐知凡眼角都没往这边瞟，跟着几个人一块儿往教室走了。

这说明很顺利。

寇忱是个很好骗的可爱的傻子。

"这事儿我可问了徐知凡能不能跟你说，"寇忱搂着霍然肩膀，一脸愉快，"他说可以，我才说的啊！"

"什么事儿？"霍然问。

"他是不是跟你说明天你生日聚会他可能来不了？"寇忱说完就笑得眼睛都不见了。

"嗯？"霍然努力地在现场提高演技，"他跟你说了？"

"他没告诉你还想送人一条手链吧？"寇忱笑着问。

"没有。"霍然摇头。

"不过我跟他说了，自己做太麻烦了，"寇忱说，"时间也紧，我让老杨帮他做就行，明天中午老杨就能给送过来了。"

霍然笑了笑。

寇忱有些兴奋，大概是因为徐知凡找他帮忙，还分享了小秘密，一路都在猜，徐知凡喜欢的会是什么样的姑娘。

霍然松了口气。

这种轻松跟任何一种轻松都不太一样。

他突然就能理解了，林无隅那天为什么会在天台上说出"也许我永远也不会告诉你"。

他敢告诉徐知凡，却不敢让寇忱知道。

太多的不确定，太多的未知，任何一点都能把平衡打破。

他和寇忱之间，无论是什么样的相处方式，都是他舍不得破坏的，哪怕一丁点失衡，都有可能让他失去这个朋友，失去这种让他觉得暖洋洋的形影不离。

"吃东西啊？"寇忱在小卖部门口跟人打了个招呼。

霍然回过神，看到林无隅拿着根雪糕冲他俩笑了笑："闷得很，吃雪糕清醒一下。"

不知道为什么，自从上回林无隅跟他说了那几句话之后，他就觉得林无隅像是看透了他，总觉得再碰上几回，寇忱说不定都能感觉得到了。

顿时有些紧张。

他看了寇忱一眼，寇忱似乎没有什么感觉，只是把胳膊从他肩上拿开了，走进了小卖部。

"你吃雪糕吗？"寇忱问，"我本来不想吃的，看他拿了一个我突然就想吃了。"

"有带巧克力壳壳的吗？什么牌子的都行。"霍然问。

"有，"寇忱从冰柜里拿了一根雪糕递给他，"你这个'壳壳'是不是有点儿太可爱了。"

"跟你那个扭扭差不多可爱吧，"霍然笑了笑，"我小时候我妈就这么跟我说，你吃这个巧克力壳壳吗？"

寇忱边乐边拿了个袋子，往里装了一堆零食，递给了霍然。

霍然拿着卡去结账的时候，寇忱走出了小卖部，在门口深吸了一口气，慢慢吐了出来。

刚碰到林无隅的那一瞬间，他居然有一种像是被看穿了一样的错觉。

明明自己加上林无隅好友之后一个屁都没放过，但莫名其妙总觉得自己加好友这个行为本身就很可疑。

总觉得林无隅会问出一句："昨天你想跟我说什么啊？"

心虚得很。

再加上林无隅是个学神，学神智商都高，情商估计也不低。

啧。

寇忱皱着眉。

今天本来也有点儿敏感，霍然下课的时候不带他玩，然后跟徐知凡一块儿回的教室，这其实没什么大不了，他跟徐知凡俩人跑一边儿去密谈，也没见七人组别的谁有什么感觉。

但偏偏搁霍然身上就不怎么行，怎么想都不爽。

就像小时候他把自己所有的玩具都给邻居小朋友玩，结果小朋友转头就跟别的朋友玩到一块儿去了一样，感觉特别失落。

后来还因为他把这个小朋友打了一顿，老爸又把他打了一顿。

这种惨痛的记忆每次回想起来都更失落！

……跑题了寇忱。

他收回思绪，转头想看看霍然出来了没。

一扭脸霍然就站在他旁边。

"哎！"他吓得喊了一声，"怎么站这儿不出声啊？"

"……我刚出来，"霍然也被他吓了一跳，瞪着他，"你这嗓子去报个声乐班吧，就算不唱，你喊一嗓子也能把别的学员吓出个high F了。"

"走。"寇忱笑着一挥手。

晚上下了晚自习，一帮人去食堂吃了点儿消夜，商量着明天给霍然过生日的事儿，然后便回了宿舍。

寇忱洗漱完了趴床上一直也没睡，手机拿手上都没放。

他想在零点给霍然说生日快乐。

而且他知道这帮鸟人都没睡，他也没法跟七人组说别跟他抢第一，所以只能盯着时间，掐着点儿。

本来想私聊给霍然说，但又觉得还是先在群里发了比较好，显得自然一些。

好在维持人设是他的强项。

秒钟显示56的时候他一边默念着57，58，一边迅速切回群聊天框，默念到00的时候，把已经在聊天框里打好的字发了出去。

——霍然然生日快乐，每天都开心，永远没烦恼。

时间显示是00：00，非常准。

七人组的各种图片和字都没他准，不过也都紧跟在他这一句后头，要不是他时间掐得准，就得让这帮家伙抢了先。

——你们不睡觉的吗？

霍然问了一句，又发了个狂笑的图。

——别说得好像你睡了一样，是不是拿着手机在等呢？

——要是我们都睡了，你肯定得骂！

——不会，寇忱肯定记着呢。

一帮人在群里各种乐着，寇忱戳开了霍然的私聊，给转了个520块的红包。

——然然生日快乐。

——头回见着发红包用转账的。

——赶紧收了！

霍然收了钱。

——发个5块2不就行了吗？

——5块2脟柴了啊，我也就是怕太大了你不收，要不我就转个5200了。

霍然没了回应，寇忱又切到群里看了看，发现他在群里说话，于是跟着也在群里闹了几句。

——你的记忆盒子在吗？

霍然又发了一条私聊过来。

——在啊，打开了。

寇忱趴在床上，做了个打开盒子的动作，虽然没人看得见，他还是很认真地做了这个动作。

霍然把他俩刚才对话的截图发了过来。

——这个放进去吧。

——好的。

寇忱在屏幕上抓了一下,放进了盒子里。

——放好了。

23

生日祝福过后,按正常程序,就是大家在群里又聊了几句,就分别晚安睡觉了。

寇忱没再跟霍然发消息。

只是盯着聊天记录又看了几遍,其实就几行,一眼就能扫清了,但他看了能有两分钟才放下手机开始睡觉。

今天不错,没有撑到半夜才有睡意。

闭眼就睡着了。

早上大家都起得挺早的,他们班现在有个新传统,生日的人请客吃早点,寿星和班费各出一半的费用。

霍然之前已经有几个同学都请过了,早点价格适中,大家还能一块儿热闹热闹加深感情。

为了这顿早点,全班都会按时按点到食堂。

寇忱第一个洗漱完,打开门过去对着对面宿舍的门踢了两脚:"起了没?"

"门坏了你赔吗?"胡逸打开了门。

"赔啊,上回不还赔床了吗?"寇忱笑着说。

"陪床?给谁陪床了啊?"江磊裹着一嘴牙膏沫子从厕所走了出来,迷茫地问。

"霍然啊。"胡逸说。

"给霍然陪床了?"江磊愣了,"寇忱你给霍然陪床?"

"赔偿床板!"徐知凡穿上衣服走过来,"上回压塌了的那张床!"

"……哦。"江磊一边乐一边又回了厕所,在里头咳了半天。

"吞牙膏了吧你!"寇忱说。

江磊说了什么他也没听，直接走到了霍然床边，霍然正举着手机站窗口转着圈儿找角度自拍。

"成年了就是不一样啊？"寇忱看着他，"大清早起来就自拍？"

"我妈！"霍然有些不耐烦地继续转圈，"每次我生日她都要发我照片到朋友圈，啊我宝贝儿子生日啦，长大啦，又帅又可爱呀！"

寇忱靠在床边一通乐。

"每次发的照片都是她手机里偷拍的我，特别难看，有一回她一个高中同学给她回复，这小伙子还凑合，给她气得不行，"霍然说，"我也很气啊。"

"那明显就是故意的。"徐知凡说。

"所以我这回就想发张自拍给她，"霍然停止了转圈，把手机往床上一扔，"我发现我拍得还不如我妈的偷拍呢。"

"我来。"寇忱拿过了他手机，"我拍帅帅很多年了，相当有经验。"

霍然看着他。

寇忱把手机递到他面前："解锁。"

霍然看着他。

寇忱反应过来笑了："我意思是我照片拍得多，我拍帅帅的时候都当它是个人……"

"行了别说了，"霍然解了锁，"怎么听都不像话。"

寇忱点开相机对着他："随便笑一个就行，不用摆姿势。"

霍然靠在窗前，冲镜头笑了笑。

寇忱按下了快门，把手机还给了他："这就可以了，你这种水平也就够给自己的手拍个头像照了。"

霍然拿过手机看了看，居然还挺帅。

不，是居然拍出了他的帅。

"年满十八了有什么感想吗？"寇忱问。

"没有。"霍然笑着回答，把照片发给了老妈。

"能走了吗？"寇忱催着，"一会儿人肯定又很多，这可不是别人，这是霍然生日,去晚了肯定要站着吃。"

"走走走,"江磊一挥手,"出发!"

一帮人从宿舍里出来,步伐嚣张地走向食堂。

食堂里已经有很多人了,基本都是他们班的,来占座。

他们几个一进食堂,就听到一片叫喊声:"寿星来了啊!"

"霍然生日快乐啊!"

"生日快乐!"

伍晓晨招了招手,指着一张堆满了礼物的桌子:"生日快乐霍然!寿星坐那儿吧,都是大家送的礼物,红色大盒子是老袁和班委会送的哈。"

"谢谢大家啊,"霍然赶紧冲大家又是作揖又是鞠躬的,"谢谢谢谢……"

"还好我有备而来,"魏超仁小声说,"这么多礼物。"

"怎么?"寇忱看着他,"你还想抢啊?"

"我是那样的人吗?"魏超仁从包里拿出了几个折起来的环保袋,"我就算准了霍然生日肯定礼物很多,所以拿了几个兜。"

"靠,"霍然笑了起来,"谢谢啊!"

"怎么谢个没完了?"许川拍了他一下,"一会儿我们送你东西别再说谢谢了啊!"

"跟你们就不谢了,都是你们应该做的。"霍然点头。

大家闹了一会儿之后才慢慢坐下了,开始吃"生日早餐"。

七人组几个把桌上的礼物收拾了一下,班上有不少同学都送了礼物,还有几个人一块儿合送的,大大小小的盒子装满了几个环保袋。

"来来来,"徐知凡拍了拍桌子,"现在该到我们了,寇忱,你还有什么补充礼物吗?"

几个人都知道霍然脚上的皮尺是寇忱送他的生日礼物。

"当然有,"寇忱笑着拿出了一个小皮兜,"正生日这天还是得有点儿仪式感的。"

"还有?"霍然愣了愣。

"小玩意儿了，本来这个兜儿是装皮尺的嘛，"寇忱把小皮兜放到他面前，"生日快乐啊。"

"快乐。"霍然笑着拿过了小皮兜，犹豫了一下，没有打开，直接放到了口袋里。

几个人送的东西都花了点儿心思，比他们舔海行动的时候在夜市上买回家的礼物强多了。

徐知凡送的是一个头盔，许川送的是个很拉风的无线充电器，江磊、魏超仁和胡逸凑一块儿买了一副很牛的骑行专用偏光镜。

"虽然这是你们应该送的，"霍然清了清嗓子，抱着一堆礼物，"我不说谢谢，但是真的很感动。"

"感动还是可以的，"徐知凡说，"晚上的菜给我们上足了。"

"寇忱负责点菜，"霍然说，"他比较有经验。"

"交给我。"寇忱打了个响指。

周二过生日的缺点就是晚上还得回宿舍，不能玩太晚，也不能放开了喝酒，毕竟第二天还要早起上课。

不过只要能跑出学校混一顿，这些都不能影响他们的心情。

下午最后一节自习课还没结束，霍然的手机就一直在振了，全是七人组在群里聊天聊出来的。

大概那天去游乐园还没有玩够，大家对晚上这顿聚餐兴致相当高。

不过徐知凡还是很稳的，他在跟大家一块儿兴奋讨论的同时，还没忘了把昨天的戏的续集给演完。

"我去，"寇忱脑门儿顶着桌子，脸冲下看着手机小声说了一句，"知凡跟你说了没？"

"说什么？"霍然趴到桌上小声问，"我没看手机呢。"

"他约人失败了，"寇忱压着声音，"老杨中午拿过来那条手链也没送出去。"

"啊？"霍然做出吃惊的样子，为了把戏演足了，他拿出了手机想假装看一眼，但又有些怕露馅。

没想到的是徐知凡相当细致，他打开手机就在消息栏里看到了徐知凡发过来的一条消息。

——失败。

"还真失败了啊？"霍然说。

"跟你说了吧？"寇忱凑过来看了一眼，"你说这约的是谁啊，徐知凡要样子有样子，要脑子有脑子，性格也好，居然有人看不上他？疯了吗？"

"不知道，也许……"霍然差点儿脱口而出也许人家姑娘喜欢姑娘呢。

"什么？"寇忱看着他，"你有什么内幕？"

"……没有，"霍然赶紧想词儿，"也许表白的方式不对，太生硬了？"

"不能吧，徐知凡那个情商，"寇忱想了想，"换你的话还有可能，他的话应该还是姑娘疯了。"

霍然看了他一眼，没说话。

寇忱转回头继续看手机，霍然的反应让他有些不踏实。

平时他要这么说，霍然绝对有话等着怼他，但今天居然沉默了。

沉默了。

……被说中了吗？

寇忱猛地又转过头瞪着霍然。

霍然正拿了那个小皮兜想打开，他这一转头，把霍然惊了一下，拿着皮兜愣了一会儿才开口："怎么了？不能看？"

"没啊，"寇忱说，"你之前没看吗？"

"没有，"霍然说，"我摸着里头有颗巧克力……"

"摸着只有颗巧克力就不想打开看了是吧？"寇忱决定先发制人。

"巧克力就不用专门打开看一眼了吧。"霍然说。

"那现在你打开干吗呢？"寇忱瞪他。

"现在想吃了啊……"霍然说。

这个回答无懈可击，寇忱半天才点了点头："吃吧。"

寇忱又趴回桌上之后，霍然打开了小皮兜。

他的动作很轻，幅度也很小，不知道为什么，就是一个生日礼物的配件而已,打开看看再正常不过了,他却特别不想惊动寇忱。

哪怕寇忱明明就知道他正在打开皮兜,他却还是很小心,就像是寇忱转头就能发现他哪儿不对劲似的。

里面的确是有一颗巧克力。

不过跟寇忱平时给他吃的不太一样,外面还包了一层彩纸,像小朋友过生日时的那种彩带纸。

霍然拆开纸,发现上面还有字。

——哇!我被一个十八岁的小哥哥吃掉了。

霍然愣住了,突然鼻子有些发酸,但其实他又很想笑。

寇忱还趴在桌上玩手机,他飞快地把纸折好放进了口袋。

然后把巧克力剥了一口塞进了嘴里。

皮兜里的小惊喜比他想象的要多,除了写字的巧克力,还有一张很小的对折的小卡片。

他打开卡片,里面也写了字。

生日快乐。

简单的四个字用彩笔描了很多圈,一层一层地把小卡片都快画满了。

霍然觉得寇忱应该是从小学之后就没再给人送过生日礼物,亲自写字写卡片的这种礼物,这张卡片看着完全就是小学生作品。

幼稚而繁杂,重复的线条和绝不重复的颜色。

谁能想到,N年如一日坚持着校霸酷哥人设的寇忱,背地里会送人这样的生日卡片呢。

霍然笑了笑,把小卡片放回皮兜里。

"哎,"寇忱在旁边碰了碰他的腿,"霍然。"

"嗯?"霍然偏过头,把皮兜放进了口袋。

"你是不是……"寇忱像蚊子打哈欠似的小声说,"是不是……"

霍然警觉地竖起了耳朵。

"算了。"寇忱啧了一声。

霍然瞪着他，飞快地猜测了一下，寇忱想问什么，是不是什么……

他自己都被自己气得想笑了。

至于吗？

紧张到这种程度了。

"话都说出口了你算什么了啊！"霍然迅速调整了一下心态，给出了自己平时应该会有的反应。

"你这几天有点儿奇怪，"寇忱皱着眉，"你是不是……有目标了啊？"

"什么目标？"霍然惊得手都有些发麻了，还能说出这句反问简直是超常发挥，现在他就有种强烈地想喊徐知凡救命的冲动。

"你是不是看上哪个女生了啊？"寇忱说，"老觉得你怪里怪气的，但是又说不上哪儿怪……是我太敏感了吗？"

霍然这会儿天人交战，不知道是该松口气还是该紧张。

有那么一瞬间，他真的很想顺着这句话就认了。

但他没敢。

这是在教室，他都不敢想会有什么后果。

"我真看上哪个女生了，"霍然说，"肯定告诉你，你不是表白大师吗？我得找你帮忙。"

"说好了啊！"寇忱指了指他。

"嗯。"霍然点头。

寇忱没再问下去，觉得自己过于矫情，仿佛一个怀春的少女。

啧啧啧。

没眼看了简直。

还有几分钟下课，他拿着手机，转身靠在了霍然身上，在群里下达指令。

不管是真是假，反正霍然说没有，他就身心舒畅。

——一打铃我就叫车了啊，川哥也叫一辆，估计走到校门口正好车到。

群里几个人纷纷响应。

——蛋糕几点送过去啊？

——七点半，时间没问题。

铃声一响，寇忱就蹦了起来，回手拽着霍然就往外走。

七人组都蹦起来，抢在全班最前头跑出了教室。

大家都挺幼稚的，所有人都知道他们几个要出去吃饭，这会儿非得再嘚瑟一把，就跟怕别人不知道我们几个最铁，我们私下还有小活动似的。

满满的得意。

不过他们跑得太快，在校门口站好了，车还在两公里之外的红绿灯那儿卡着一动不动。

"晚上回来的时候带点儿烧烤给班上其他人，"徐知凡说，"别显得咱们跟偷吃似的。"

"嗯，"许川点点头，"回来之前给伍晓晨打个电话让她出来拿女生的那一份。"

"我能单独再给路欢带一小份吗？"江磊看着寇忱，"合适吗？"

"请你给她宿舍的女生一人带一小份，"寇忱说，"你追人得有群众基础，得有舆论懂不懂？"

"懂了，一人一份。"江磊点头。

"就说是霍然生日请的，"寇忱又说，"这样她也不好拒绝。"

"好。"江磊冲他竖了竖拇指，"你虽然是个空谈理论家，但事实证明你的理论还是管用的。"

"闭嘴。"寇忱瞪了他一眼。

这话说的，让寇忱非常没面子。

还有点儿郁闷。

谁空谈了！

这是没实践好吗！

懂个屁！

寇忱把脸转开了，盯着旁边两米远树下的几个人。

盯了好一会儿，那边有个人冲他晃了晃手。

他才猛地回过神，发现自己正一脸冷酷地盯着林无隅和他几个同学。

"发呆啊？"林无隅笑了，"我以为你宣战呢。"

"没没没没。"寇忱赶紧摇头。

"霍然是不是生日啊?"林无隅问,"今天早上食堂都是你们班的人。"

"啊,是。"霍然点头。

"生日快乐啊。"林无隅说。

"学神跟我们一块儿去吃饭吧!"魏超仁打了个热情过头的招呼。

"不了,我们几个约好了。"林无隅指了指旁边的同学。

"哦!"魏超仁应了一声。

"你是不是傻?"许川忍不住问他。

"……可能是。"魏超仁第一次直面了质疑。

"走了,"林无隅冲他们挥挥手,"玩得开心啊。"

大家一块儿挥手。

寇忱也挥了挥手,最近的确是有些过度敏感,尤其是面对林无隅时,总有种见不得人的秘密即将曝光的错觉。

他甚至觉得林无隅最后说那句话时特地看了他一眼。

相当有深意的一眼。

是不是吃错药了,不知道的得以为他在暗恋林无隅。

他转过身,抱住了霍然,把脸扣到他肩膀上,闷着声音:"然然。"

"嗯?"霍然偏了偏头。

"没事儿,"寇忱说,"随便叫一声,看看你在不在。"

"十七岁的霍然不在,十八岁的霍然在。"霍然笑了笑。

"十八岁了不起了呗。"寇忱抬头看着他。

"不服啊?"霍然挑了挑眉毛,"小屁孩儿。"

寇忱啧了一声。

24

生日跟父母过和跟朋友同学过,是完全不同的感觉。

在家跟父母过生日,就都挺正式的,老妈还会专门包饺子,吃蛋糕也吃得特别有仪式感,仿佛N年前的这一天发生了一件什么了不得的大事。

跟一帮同学过生日就不一样了，说白了就是一帮人以某人生日为借口进行的一次狂欢聚会。

除了送礼物和吃蛋糕环节，别的时间里基本就跟你没什么关系，女生可能还讲究些，吹个蜡烛许个愿，一块儿唱个生日歌，他们这帮男生，蛋糕送来的时候漏了蜡烛叉子碟子谁都没发现。

等一顿饭吃完闹完，拿了蛋糕准备再吃一顿的时候也没有人受影响，霍然直接用筷子把蛋糕给戳开，都没戳完，蛋糕已经被拿光了。

"今天，"江磊半躺在椅子上，拿着块蛋糕咬了一口，"如果是星期五就好了。"

"能玩到半夜，是吧？"徐知凡说。

"那可不，"魏超仁说，"然后第二天起来还能接着玩。"

"不是我扫你们的兴啊，"许川说，"如果是星期五，估计都没什么心情玩了，下周一期中考了同学们。"

"啊？"江磊愣了愣，"我去，是啊？又要考试了啊！我怎么感觉我永远都活在'我的天又要考试了'和'我靠又没及格'这两种感觉里？"

"怕屁，"寇忱也半躺在椅子里，一条腿搭在霍然腿上，手里还拿着杯饮料，"一个小小的期中考而已，又不是期末考，更不是高考……"

"别提高考啊，"许川叹气，"在这样大喜的日子里，我们还是说点儿吉利的。"

几个人都乐了。

除了徐知凡，高考对于他们这帮人来说，大概都不是什么好事儿。

也就是老觉得还有一年，只要不去琢磨，就没什么压力。

霍然看了寇忱一眼。

拿着个杯子，一副把酒言欢很尽兴的样子，仿佛他杯子里装的是杯白酒。

其实就是雪碧。

今天晚上他们就喝了点儿啤酒，之后就一直喝饮料了，老袁知道他们出来聚会，万一喝了酒，回去让老袁堵了，肯定得挨说。

换个别的老师，说了也就说了，他们也不是太在意，但老袁不行，老袁对他们实在没的说，连寇忧这种人当着老袁的面儿下楼梯都尽量把四级一蹦改成三级一蹦。

不过虽然没喝什么酒，一帮人光聊天儿也都能聊得红光满面跟上了头似的。

寇忧自打那天跟他说过关于有用没用的话题之后，提起高考就总有那么点儿微妙，没有以前说起成绩的时候那种理直气壮的感觉了。

他在寇忧的腿上拍了拍，以示安慰。

寇忧看了看他，勾了勾嘴角："干吗啊？"

"还有一年呢。"霍然说。

"我没想这个呢。"寇忧啧了一声。

饭店九点多人就没多少了，他们换了地方，找了个烧烤摊又吃了一顿。

不过因为之前又是菜又是饮料还吃了蛋糕，战斗力都下降了不少，烧烤点了一堆居然没吃完。

拎着几大袋烧烤回学校的时候，寇忧觉得自己总还是有哪儿不够舒坦。

快到宿舍门口，几个人把烧烤装进购物袋进行了伪装，路欢和伍晓晨收到消息，偷偷跑出来拿。

看着江磊把烧烤给路欢，俩人又到旁边小声有说有笑的时候，寇忧才突然品出来了自己哪儿不够舒坦。

霍然的生日，他俩都没有独处的机会。

独处也就是聊天儿，傻笑，没什么别的可干，也不知道要干什么，但就是想跟霍然单独待着，在某些特殊的时间里。

他叹了口气。

或者还不止这些。

魏超仁和江磊，最近都在努力地追求女生，时不时就来找他出主意，该怎么办，该怎么说。

每次他都耐着性子一点点指点，虽然不知道对错，但总比他俩强。

要不是徐知凡还没开始努力就被人果断拒绝，他身边就有三个正沉浸在愉快的似恋未恋暧昧期的人，一个两个的提起个名字都笑得要开花，他还得给出主意。

上哪儿说理去！

郁闷。

他没有什么想说不想说的，他只有根本不敢说的。

害怕被拒绝，更害怕被宽容对待。

我不能接受你的喜欢，但我还是会把你当朋友。

这比直接拒绝更屈辱，奇耻大辱。

不能忍。

霍然的生日过后，他们暂时就没有什么寻欢作乐的机会了，五一可盼，但之前有一个期中考，期中考的成绩直接影响他们这个五一假期的质量。

所以为了高质量的假期，几个人差不多提前了四天，从周四就开始复习。

相比之下，徐知凡就轻松得多，他平时就没有吊儿郎当到他们这种程度，所以不需要突击。

寇忱也很轻松，上课睡觉，下课厕所，食堂完了小卖部，一直到期中考开始的时候都过得轻松惬意，甚至比平时都更甚。

平时他心情好了还能突击一下，以及格为目标，争取多及格几科，但这回他是真的什么心情都没有。

每天都觉得脑子是满的，再也装不进去一个字。

只有霍然看出了他轻松之下的不安。

"你不是说你爸对你期中考试成绩不在意，只盯期末吗？"霍然问，"是不是这回他说什么了啊？"

"也没说，"寇忱皱着眉，"就问了什么时候考，他以前从来不问，我有阵儿以为他不知道还有期中考呢。"

"那你看看书呗，不懂的可以问徐知凡，他讲题讲得还行。"霍然说。

"不。"寇忱说。

霍然看着他："这么倔强吗？"

"刮目相看了吧！"寇忱冲他一瞪眼。

霍然叹了口气没说话。

寇忱说不上来自己为什么，但凡看几眼书，他多少也能混点儿分，或者考试的时候随便瞄几眼别人的，也不至于拿个四五十分的，考完试几份卷子里六字打头的就两份。

站学校门口等寇潇来接他的时候，霍然站在旁边陪着他。

"我手都是凉的。"寇忱说。

霍然没说话，拉过他的手抓了抓，又在他手背手心上搓着："要不……要不我去你家吧。"

"干吗？"寇忱看着他，"我爸要是动真格的，咱俩加一块儿也打不过他，起码得再加个川哥。"

"……谁敢跟你爸动手啊！"霍然有些无语，"我是想着，如果我跟着过去，他就算想骂你打你，也不太好意思动手吧，我觉得他对我态度还挺好的。"

"就这成绩，"寇忱拍了拍书包，"我姐都能打死我了，别说他了。"

"寇忱，"霍然捏了捏他的手，"你是不是……有什么心事啊？"

寇忱瞄了他一眼。

霍然又很快地转开了头："我就随便问问，不是说你就有。"

"以后有机会再跟你说。"寇忱脱口而出。

"嗯？"霍然转回头，似乎有些吃惊，过了一会儿才点了点头，"好。"

"我要是一直都不说呢？"寇忱挑了挑眉毛。

"把你卖山里去。"霍然也挑了挑眉毛。

寇忱笑了起来，跟霍然什么也不干，就这么随便聊几句，也能让他暂时忘掉很多烦躁的东西。

不过这些烦躁的东西，很快就随着寇潇的到来而重新归来。

"然然上车吗？"寇潇问，"姐送你。"

"我自己回就行，今天我得先绕我妈单位去拿东西。"霍然笑笑。

"行吧，"寇潇说，"考得怎么样啊？"

"……也就及格吧。"霍然说。

"寇忱呢？"寇潇又问。

"你可以直接问我。"寇忱说。

"我不敢。"寇潇还是看着霍然。

"跟……之前差不多吧，也有……及格了的。"霍然说。

"好，知道了，"寇潇点点头，"那我们先走了，然然你骑车注意安全。"

"好的。"霍然看了寇忱一眼。

寇忱在副驾靠着车窗，冲他眨了眨右眼，勾着嘴角笑了笑。

今天寇潇会专门问成绩，把寇忱心里最后一点侥幸也给灭掉了。

"爸是不是在家？"他问。

"嗯，"寇潇皱着眉，"我以前就说过，他是还没到最后那条线，不是真的随便你怎么学怎么混都行的。"

寇忱啧了一声，手撑着下巴，一下下地咬着自己的手指头。

"一会儿你别跟他杠，"寇潇说，"我跟妈会给你挡着，你只管认错就行，他说什么就是什么，听见没？"

"嗯。"寇忱点点头。

"说什么你都别跟他吵，起码不要今天吵，"寇潇转头看着他，"听见没？"

"嗯，"寇忱指了指前面，"看路。"

回到家，寇忱一进门，就感觉到了气氛的紧张。

连帅帅都没有扑上来迎接他，只是站在墙边拼命地摇尾巴。

"饿了没，"老爸坐在沙发上，"你妈今天买了一堆点心，你尝尝吗？"

"好。"寇忱换了鞋，到桌子旁边看了看，自己拿了一块小蛋糕吃了，又拿了一块冲帅帅晃了晃，"帅，来。"

帅帅跑过来，张开了嘴。

寇忱把蛋糕往它嘴里扔的时候，老爸问了一句："这次期中考的成绩怎么样啊？有没有进步一些？"

蛋糕扔到了帅帅的鼻子上，掉到了地上。

六

期中考试的后果

25

帅帅低头在地上愉快地吃着蛋糕,从寇忧脚边一直把蛋糕舔到了老爸脚边才算是吃完了。

"你洗地呢?"老爸在帅帅脑袋上拍了一巴掌。

"擦擦。"寇潇冲寇忧使了个眼色。

寇忧赶紧去厨房抽了几张清洁纸巾,蹲地上把帅帅舔的口水印子给擦掉了,顺着一路擦到了老爸脚边。

老爸的脚让了让,他又把老爸脚踩的地方擦了擦。

"行了,"老爸叹了口气,"去洗洗手。"

寇忧蹲着没动,只是把纸巾团了团,冲垃圾桶那边晃了晃。

帅帅立马哈哧着跑过去,一脚踩在了开关上,把垃圾桶的盖子打开了,寇忧把纸巾扔了进去。

帅帅跑回他面前,冲他摇着尾巴讨表扬,他摸了摸帅帅的头:"真乖,厉害死了。"

帅帅跳到另一张沙发上躺在了寇潇腿上,寇忧还是蹲在老爸腿边没动。

这种暴风雨来临之前的低气压他已经挺长时间没有感受过了,老爸的确是像他自己说的那样,儿子大了,不愿意总打骂了。

但大概是一直以来他的努力并没有在寇忧身上看到什么成效,架还是打,虽然也收到过警察的感谢信,但毕竟新增的处分也还是因为打架。

成绩一如既往地没有起色,以前在普通高中还不明显,这会儿在附中这样的重点高中里，所谓的学渣都没有几个能差成这样的，寇忱的成绩就显得很扎眼了。

寇忱没敢看老爸，这扎眼扎得估计都能把老爸眼睛扎成窟窿了。

"卷子发了没？"老爸问，"我看看吧。"

"一个期中考的卷子有什么好看的，"老妈拿了一个小蛋糕慢慢吃着，"那成绩也不作数啊，高考又不看期中考成绩。"

"期中考都及不了格！"老爸突然一声暴喝，"高考拿什么去考！"

寇忱的手轻轻抖了一下。

老爸这声吼有些突如其来，一点儿防备都没有，惊得他心里一阵狂跳，胸腔都跟要炸裂了一样。

他没事儿就吼一声的毛病理论上应该就是从老爸这儿学来的吧。

……那老爸念书挺好的这一点怎么没学着呢？

"哎哟。"老妈也被吓了一跳，蛋糕掉在了桌上，她顿时也喊了起来，"寇老二你干什么啊！突然这么吼一声，你想吓死谁啊！"

"我也没吼你啊。"寇老二马上放缓了声音。

"爸，"寇潇在旁边搂着帅帅，"有话好好说，这么吼没用，说话你就说话，别老吼他，再吼叛逆了。"

"叛逆了？"老爸看着寇忱，"他从会说话那天开始就在叛逆，叛到现在也没叛完呢！不把我叛入土了估计不能停！"

"说什么呢……"寇潇皱着眉。

老爸打断了她的话，手伸到了寇忱面前："卷子呢？我看看。"

寇忱又定了两秒，这才慢慢站了起来，走到门边拿了自己书包，在里头翻了翻，把卷子拿了出来。

因为分数实在没法看，他塞进书包里也带着不爽，都团皱巴了。

老爸拿过卷子的时候眉头一下拧紧了："你那书包里都有点儿什么？几张卷子都能团成这样？"

"就几本书。"寇忱说。

老爸看了他一眼，没再说话，低头把几张卷子打开了，一张一张地在腿上抹平，再一张一张地叠好。

一个一个精彩的分数挨个出现在老爸眼前。

寇忧感觉自己呼吸都有点儿忽快忽慢的，但老爸一直没有什么反应。

一直到把最后一张英语卷子铺平叠放好之后，他才看出来，老爸的手在发抖。

"英语还及格了，"老爸捏着卷子，大概是在控制手的抖动，"这个倒挺意外的，语文也及格了，语文要不是袁老师的话，应该也及不了格吧？"

寇忧没说话。

他的确是冲着老袁才听听语文课的，但要这么一想，这成绩实在挺对不住老袁了，亏得老袁今天还对他笑眯眯的。

"你上学期的期末考，"老爸看着他，"成绩没这么差吧？"

"嗯。"寇忧应了一声。

"那还是对期中考不重视了，"寇潇马上说，"我以前也是，期中考成绩都不如期末考，就是不太当回事儿……"

"他这个成绩跟你那个成绩能放在一块儿做类比吗？"老爸打断了寇潇的话，"你跟你妈也不用护着他，好像我跟他就是仇人，要怎么着他似的！"

老妈叹气："那你……"

"我要真不在意他！我能气成这样吗？"老爸腾地一下站了起来，指着寇忧，"我要真不想管他，我至于一晚上一晚上睡不着吗？"

寇忧往旁边错了一步，避开了老爸快戳到他脸上的手指。

"我也就是对你还抱有希望，"老爸又往他面前走了一步，瞪着他，声音也沉了下去，"我觉得我儿子不是个笨蛋，不是个傻子，不至于这么差劲！"

寇忧皱了皱眉。

"你有什么想说的就说，"老爸看到了他这个表情，"你平时话不少，今天是不是你姐让你闭嘴别跟我杠？没事儿，我一句你十句，照常来，不用憋着。"

"你就活在你觉得里。"寇忧看着他。

"寇忧！"寇潇拍了一下茶几。

"你说什么?"老爸跟他对视着。

"你就活在你认为和你觉得里,"寇忱说,"你觉得我不应该这样,你认为我不会那样,如果我这样那样了,就差劲了。"

老爸眼睛里快喷出火来了,但声音还在努力控制:"行,咱们就来按你认为你觉得来说说,你不差劲,你觉得你哪儿好了?打架,逃学,处分背了一个又一个,一条街的孩子比你大的比你小的见了你就绕着走!你混世魔王吗你!你现在也就是个学生,你再差也就这些东西了,你以后走上社会了呢?你有什么?你不差劲的在哪里?你成绩很好吗?"

"成绩跟这些是两码事。"寇忱说。

"学生不拿成绩说话你拿什么说话?特长吗?你有吗?"老爸声音略微有些提高,"你以后工作了也跟人这么说吗?两码事?"

"我跟你说不清。"寇忱皱着眉。

老爸说得不是没道理,但他就是觉得哪儿拧着劲,无论怎么觉得老爸的话无可辩驳,都还是拧着劲。

"你跟谁说得清?"老爸说。

"我下半学期会调整好状态,我……"寇忱说到一半停下了,过了一会儿才又开口,"我也不是对这样的成绩一点儿不在乎的。"

老爸看着他。

他这样的话不是没说过,以前也说过,初中的时候,但也就是说说,所以现在说出来,也没什么意思了。

寇忱不再开口。

而且老爸气息有些重,能感觉得出来是在控制情绪,他也不想再把矛盾激化了,毕竟这次的考试成绩的确不行,他自己都有点儿不爽。

老爸也没说话,喘了一会儿之后,寇潇拿着遥控器冲他俩晃了晃:"爸,让让,我要换个台。"

老爸瞪了她一眼,走开坐回了沙发上。

寇忱还站在原地没有动。

"这些都不讨论了,讨论也没什么意义,不过你能有点儿感触还是好的,"老爸说,"我觉得你现在就是太惰了,做什么事都提不起劲头,做什么事都不愿意下功夫,长这么大我打你骂你,其实也没真的起到什么作用,我打也打累了,骂也骂烦了。"

寇忱偏了偏头,看着他。

"我之前一直让你三叔打听学校的事儿,"老爸说,"以前他就说高中可以过去念,我觉得你年纪小,不太放心,你别觉得我说面子话,我对你跟你姐,一样的在意,她是大学了我才考虑可以让她出去,你也是一样,我也想着是不是大学的时候再考虑……"

寇忱有些蒙,看着老爸,一时之间有些听不明白他在说什么了。

"现在看来,你不仅一点儿进步都没有,还倒退了,"老爸说,"我真怕晚了来不及了……"

寇忱慢慢转过头,又看着寇潇。

寇潇冲他摆摆手,示意他不要说话。

寇忱这一瞬间突然听懂了老爸说的是什么,也突然明白了寇潇为什么会让他不要跟老爸吵。

说什么你都别跟他吵。

因为寇潇知道老爸要说这件事儿了,而他一定是会吵的。

他现在就已经感觉血在往脑子里滔滔着了。

"我不去。"他用最简短的句子打断了老爸的话。

"……什么?"老爸问。

"我不去,"寇忱说,"不出国,不转学,就在这里,哪儿都不去。"

"也不是马上就要你出去,"老妈站了起来,走过来搂着他往旁边拉,"你让你爸说他的,你也不用急着表态……"

"我,"寇忱跟老妈犟着没动,看着老爸,"哪儿都不去。"

我哪儿都不去。

我哪儿都不能去。

我哪儿都不愿意去。

一步都不行。

寇忱感觉到因为血离开了工作岗位，他的手脚开始冰凉，不光手脚，腿、胳膊、身体，都是凉的，像是站在冰河里，就脑袋是滚烫的。

他得谢谢老爸。

没有老爸这番话，他不知道要多久才能体会到这样的恐慌。

他不怕陌生的城市，陌生的学校，陌生的人，陌生的语言，他不怕一切陌生，放在半年前，实在扔出去了也就扔出去了，争口气他说不定还能咬牙挺着不回来呢。

但现在不行。

不行。

他依旧不怕那些陌生。

但他怕……没有霍然。

老爸说出"出国"两个字的时候，他的第一反应把自己都惊着了。

不能出国。

出国就没有霍然了。

"你到底在犟什么？"老爸气得再次站了起来，手也抖得厉害，"你到底在想什么？你是非得每件事都跟我对着干，还是有什么别的不愿意出去的理由？"

"所以你别凶他嘛，"寇潇走过来，经过寇忱身边的时候推了他一下，然后过去抱住了老爸，"你别说他了，让你现在出去，你去不去啊，朋友都见不着了啊。"

"又不是不回来了，老朋友一样可以聊，现在通信这么发达，交通也方便，他要想回来聚个会都可以！"老爸说，"那边还能交新朋友……算了，他也没几个朋友……"

"这话说的，"寇潇啧啧两声，"人现在可不一样啊，朋友一帮，你别说你没看着啊！成天出去玩呢，别瞎说我弟没朋友啊！"

老爸皱着眉没有说话，过了一会儿眼神突然变得锐利起来，盯着寇忱好半天："你是不是谈恋爱了？"

寇忧不想有任何表情。

他想冷酷一些，冷漠一些，看上去镇定一些。

但他知道自己左边眉毛挑了一下。

这是左眉毛的自我放纵。

要批评。

"是不是！"老爸提高了声音。

"谈就谈呗，"老妈拍了拍桌子，"这个年纪不恋爱干什么啊，光读书也没什么意思……"

"他也没读书啊！"老爸吼。

"没谈，"寇忧说，"不过我有喜欢的人。"

这句话一说出来，全家都安静了。

连帅帅都不哈哧了。

寇忧对他们这样的反应并不意外，毕竟他长这么大，从来没有说过喜欢谁。

自己说完都安静了。

"谁？"老爸问。

"我不会告诉你，也不会告诉任何人，"寇忧说。

"为什么啊？"老妈愣了，"这是个什么人啊？"

"……你不就喜欢个人吗？还不告诉这，不告诉那的！谁稀罕你告诉呢？"老爸气得不轻，右手抓着左手想让手不抖，但是没成功，俩手握一块儿抖着，"你别是爱上个通缉犯就行，要不你敢爱，我就敢打110！"

"那这事儿你真管不着我。"寇忧闷着声音说。

老爸一扬手，甩开了寇潇，抄着一张椅子就往他身上抡了过来。

26

寇忧说出这句话的时候就知道自己把事情往更麻烦的方向狠推了一把。

但他实在是没忍住，寇潇让他闭嘴什么也别说，他实在是做不到。

这也是让老爸很不满的一点，很多事情上老爸都觉得他太冲动，太由着性子不管不顾了。

而偏偏这一次，他没忍住的是这么一句话。

你管不着。

管与管不着。

一直是他跟老爸斗争的根源。

其实大多数时间里，他跟老爸是没有大冲突的，时不时言语上有点儿你来我往，也不会有什么太严重的后果。

可一旦有什么大动静，差不多都是因为这一点。

老爸是说一就不能二，寇忧是你东我必须西。

椅子是红木的。

老爸一直挺嫌弃，说房间不够大，放红木显不出气派来，但是老妈觉得红木踏实稳重，他也就同意了。

椅子抡过来的时候，寇忧还在想，为什么老爸对老妈就能迁就……男人何苦为难男人？

椅子挺沉的，砸在寇忧身上的时候能听到闷响。

不过正是因为沉，老爸抡椅子的时候也没能自如发挥出惯性，这一下砸得不算太重，就是椅子落地的时候，寇忧看到木地板被砸出了一个坑。

"你干什么！"老妈喊了一声，"刚说了打了也没用！还打！"

"是没用！那怎么能有用？"老爸看着寇忧，"我也不指望有什么有用的，我打这一下就是为了提醒这小子，他的行为让我非常生气！"

"伤着没有？"寇潇过来在他身上摸了摸。

"没。"寇忧感觉自己嗓子有点儿哑，开口的时候嗓子眼儿感觉被缝上了似的。

"今天就到这里，"老爸说，"我跟你已经没什么可说的了，我不想再跟你讨论愿意不愿意这个话题了，你反正也没有愿意的时候，所以今天我就通知你，我会让你三叔开始联系学校，你去就去，不去就给老子滚！"

"我不是你想象的那样！"寇忧往前走了一步，"我也不想……"

"滚！"老爸提高了声音。

寇忧盯着老爸没再说话。

几秒钟之后，他转身往门口走过去。

"干吗去！"寇潇喊了一嗓子。

滚。

他肯定不会去，不去的话就滚。

霍然从电梯口把自己的快递拖进了家里，手机在茶几上响了一声，他没顾得上看，先拿刀把快递箱子给打开了。

"又买什么了啊？"老妈凑过来看了看。

"避震架，还有链条什么的。"霍然打开箱子，扒拉着里头的东西看了看。

"你那车不是之前换过避震架吗？"老爸说。

"给寇忧的车买的，"霍然说，"老杨给他弄了一辆闪电，我琢磨帮他弄弄，他想跟我去骑车。"

"带徒弟了啊这是。"老爸笑笑。

"他爱凑热闹，就带着他玩吧。"霍然把箱子拖进了屋里，想想自己去年一想到要带寇忧出去就烦得要命，这才多久……

手机上的消息是寇忧发过来的，就一张吐着舌头的帅帅的照片，也没说话。

霍然估计他那个成绩回家肯定得挨一顿骂，但是看这样子心情也还行，应该是没挨打。

——你爸收拾你没啊？

寇忧很快又回了一张表情图。

一只晃脑袋晃到模糊的柴。

——你是不是被绑架了啊，你要是被绑架了就眨眨眼。

——二哈wink.jpg

霍然笑了起来，发了条语音过去："你是不是挺闲的啊？"

寇忧很快就把电话打了过来："是啊。"

"没吃饭吗？"霍然问。

"没呢，我家没那么早，"寇忱说，"你吃了吗？"

"我妈在做了，红烧大肘子，"霍然很夸张地吸溜了一下嘴，"啊，我爱大肘子。"

"全是肥肉，多腻啊。"寇忱说。

"还行啊，别吃多，我一般就吃两块，不多不少刚刚好，"霍然说完停了一下，还是感觉寇忱情绪有些低落，他小声又问了一遍，"你爸真没收拾你吗？"

"看你指的是哪种程度的收拾了。"寇忱笑笑。

"打啊骂啊，不都这样么，你刚看群里了没，江磊被他妈打出家门了。"霍然说。

"江磊他家里也这么暴力吗？"寇忱问。

"一般都这样吧，多少都得骂几句。"霍然说。

"你家呢？"寇忱又问。

"没，"霍然往客厅里看了一眼，"我爸妈不怎么管我学习，也有历史遗留问题的原因吧。"

"羡慕。"寇忱说。

"有什么好羡慕的，"霍然叹了口气，"有时候我还希望我爸打我一顿呢。"

"去我家呗，我爸用实力充分满足你的要求。"寇忱说。

"那你来我家呗，"霍然笑着说，说完又突然有些心虚，犹豫了一下又补了一句，"他们都想来我家，享受一下没人管的生活。"

寇忱那边沉默了一会儿，在霍然开始紧张，搜索自己是不是哪句话露了马脚的时候，他才又开口："然然。"

"嗯？"霍然赶紧应了一声。

"我突然，"寇忱小声说，"很想你啊。"

霍然觉得头有点儿发晕，客厅里电视的声音一下就变得很远，他晃了晃，身体往前倾了一下，手赶紧撑住地，从蹲着改成了跪着。

这姿势相当虔诚了，仿佛在聆听神仙唱歌。

"真的好——想你——"寇忱突然就唱了起来，"我在夜——里呼唤黎——明……"

霍然微微有些晃动的身体定格了，远去的那些声音也瞬间回到了耳边，心跳也跟着平复了。

"追月的彩云哟——也知道我的心……"寇忱继续唱，"默默地为我送温馨……"

非常深情，霍然都能脑补出他深情的表情来了。

"……闭嘴啊。"霍然说。

"就不。"寇忱说。

"那你唱，不唱完不许停！"霍然说。

"……真的好想你，"寇忱很快地起头开始第二段，"好想你……好想你……后面我不记得词儿了……你等一下啊，我查一下歌词……"

"然然！"老妈在客厅里喊了一声，"吃饭喽——"

"哦！"霍然应了一声，还是跪在地上没动，等着寇忱找了歌词继续唱。

"你妈是不是叫你吃饭呢？"寇忱问。

"嗯，你唱，"霍然说，"你唱完了我再去吃。"

寇忱笑了起来："你去吃饭吧。"

"不不不不，你唱。"霍然说。

"你大爷，你故意的吧！"寇忱恶狠狠地说。

"唱！"霍然压着声音非常凶狠地说。

"真的好想你我在夜里呼唤着黎明天上的星星哟也了解我的心我心中只有你……"寇忱飞快地不带喘气儿地又唱了一遍，"就一个词儿不一样啊……行了你去吃饭吧。"

霍然笑得不行，好一会儿才站起来："那我挂了啊。"

"挂吧，"寇忱说完又迅速加了一句，"哎你晚上没事儿吧？"

"没啊，怎么？"霍然问。

"我要是无聊了给你打电话啊。"寇忱说。

"嗯，"霍然应着，不知道为什么，就觉得很舒服，顺嘴又接着说，"你过来找我玩都行啊。"

说完这话他停下了脚步，感觉自己有些太明显。

……但似乎又还挺正常，他以前跟徐知凡他们也这么说，对寇忱没什么想法的时候，也一样说了。

但寇忱接着的回答，让他有些挂不住，尴尬得很。

"打电话就行了。"寇忱说。

"行。"霍然应着，然后很快地挂掉了电话。

这叫什么事儿，爱来不来！打电话我还不一定有空接呢！

"请问住几天？"前台服务员问。

"一个月。"寇忱说。

"一个月吗？"前台服务员抬起头看着他。

"不，"寇忱皱着眉想了想，"两天吧。"

"好的，两天是吗？"前台服务员表情有些迷茫。

"三天吧。"寇忱又说。

"这样吧先生，"前台服务员说，"我先给您开两天的，如果需要延长，您再过来办理一下就可以了。"

"好的，"寇忱清了清嗓子，"不好意思啊。"

"没事儿。"前台服务员笑笑。

最危险的地方，就是最安全的地方。

寇忱进了房间之后走到窗口看了看，对面就是酒店的办公楼，寇潇办公室就在三楼。

多么完美的离家出走。

还能监视敌方动态。

寇忱躺到床上，拿出手机，查了一下自己卡上的钱，够了。

他可以先在这里住几天，具体的事儿慢慢再想。

他不是特别清楚自己下一步的计划。

但他知道两点。

绝对不能出国，出国就没有霍然了。

老爸说的不出去就滚，肯定是气话，他也知道，但他还知道，就算是气话，老爸给的也不是两种选择，你去就去，这当然是说去，不去就给老子滚，这意思同样是你得去。

寇忱觉得自己对老爸，并没有积攒出多少的愤怒，如果没有霍然，他可能也就是吵一架挨顿打，这事儿就收场了。

但这一次他真的很害怕。

他不想走。

他必须让老爸明白他无论如何也不会走。

他甚至还期待着，能把他和老爸之间所有的那些不尽兴都打破，敲碎，他想要做一个大的，让老爸能听见他的声音。

不仅仅是出去与否，还有很多别的。

他从来没有像今天这样急切地，焦虑地，想要让老爸听到他的声音。

但走出家门的时候，他带着不满和反抗。

随着时间一分一秒地过去，他却又慢慢变得有些颓丧。

还有惶惑。

他不知道自己应该做什么，应该怎么做。

他发现自己以往处理事情的所有手段和方式，在今天都没有一点用处，面对这些事，他全是迷茫。

他不知道应该怎么跟老爸表达自己的想法。

就连现在越来越想霍然，他都不知道自己应该找霍然，还是不应该找。

霍然一个周末都有些不爽。

寇忱说的晚上要是无聊了就给他打电话，但一直都没打。

第二天也没打。

霍然突然有些没面子。

一直以来，他之所以能跟寇忱成天混在一块儿，就是因为寇忱没事儿就往他跟前儿凑，赶也赶不走。

他一点一点地看到了寇忱外表之下的另一些东西，一点一点被寇忱吸引。

现在好了。

寇忱突然酷了起来，让他非常不适应。

而且真的有些没面子。

尤其是在他说出了来找我玩结果寇忱拒绝说只需要打电话却最终连电话都没打之后。

他看了一眼朋友圈。

寇忱朋友圈还是上周的内容。

而周日下午返校的时候，霍然才发现，这应该不是需要考虑面子不面子的问题。

寇忱没有回学校。

"他没跟你说吗？"徐知凡问。

"没啊，他两天都没联系我。"霍然一边说一边给寇忱发消息。

之前许川和魏超仁都给寇忱发了消息，寇忱一个也没回。

"他不会是被他爸打了吧？"江磊说，"做香肠了……"

"你闭嘴！"霍然瞪了他一眼。

消息发了出去，等了好半天，寇忱也没有回复。

对话框里只有他那一句话静静地待着。

寇忱一直没有回消息。

霍然又拨了寇忱的电话，那边一直响到自动挂断，也没有人接听。

"出什么事儿了啊？"霍然看着徐知凡。

"你有寇潇或者老杨的电话吗？"徐知凡问。

"有，"霍然说，"我爸那儿有，上回我们去徒步的时候，我爸留了一块儿去的所有人的号码。我问问我爸……"

"那你就应该有，"徐知凡在他肩膀上拍了一下，"电话肯定是寇忱给你了，你才给你爸的啊。"

"啊！是！"霍然猛地反应过来，低头开始哗哗地翻着他和寇忱的聊天记录。

"直接搜记录……我来吧。"徐知凡拿走了他的手机。

霍然看着他，突然觉得自己似乎有些急得发晕。

他看了看旁边七人组的几个人，大家只是有些奇怪，并没有谁急成他这样的，毕竟只是没按时回学校，可能是有事没看到消息或者没听到电话响，过一会儿再联系也可以……

"现在打吗？"徐知凡找到了记录，把手机递到了他眼前。

"一会儿吧，"霍然咬了咬嘴唇，"我先存一下号码，万一他只是没拿手机，这么打过去问，是不是有点儿傻？"

"是啊。"许川笑着说。

但吃完晚饭之后，几个人回到宿舍，许川就有些等不了了，他看着霍然："给他姐打个电话吧，他手机不离身的。"

"好。"霍然就等这句话了。

他迅速摸出了手机，拨通了寇潇的电话。

"喂？"那边寇潇很快接了。

"姐姐，"霍然清了清嗓子，"我是霍然。"

"啊，然然，"寇潇马上压低了声音，"寇忱是不是跟你在一块儿呢？"

霍然愣住了："什么？"

"他没跟你在一起吗？"寇潇声音没控制住地扬了起来。

"没啊，我在学校呢，他周末都没联系过我。"霍然迅速往旁边看了一圈，几个人应该是猜出了对话的内容，都愣住了，许川拿出了手机，又拨了寇忱的电话。

"关机了。"许川晃了晃手机。

"他怎么了？"霍然有些慌了。

"从家里跑出去了，"寇潇声音里全是焦急，"跟我爸吵架了，我给他发消息他也没有回，我以为他跑你那儿去了……"

"什么时候跑的？"霍然马上问。

"就拿卷子回来那天，饭都没吃就跑了！"寇潇说，"那他有没有跟你们那几个同学在一起啊？"

"没，"霍然说，"我们几个都在学校了。"

"行吧，"寇潇说，"我知道了，然然啊，如果他跟你联系，你跟他说，我已经把他爸收拾好了，让他回来跟他爸好好聊，行吗？"

"嗯，好，"霍然拧着眉，"他……为什么啊？就是因为这次期中考吗？"

"不是，"寇潇叹气，"出国的事，打死不肯……"

挂了电话之后，一屋子几个人都愣着没说话。

霍然突然觉得自己太迟钝了。

那天寇忱给他打电话的时候，就有点儿不对劲，情绪很低落的感觉，自己明明已经感觉到了，但是寇忱个神经病一唱歌，他的思路就一下被带偏了，完全忽略掉了前面的那些细小感觉。

这一瞬间他对自己非常恼火。

寇忱是个冲动的人，但只是为了出不出国这件事，他似乎不至于就非要离家出走，以前被寇老二做香肠的日子里他都没说过要跑，怎么这次就要跑了呢？

到底是怎么了？

愣了很长时间之后。

他低头拿出手机又给寇忱发了条消息。

——开机了给我回消息，我很担心。

发完之后他又愣了一会儿，手指动了动又发了一条。

——我拿一个小秘密跟你交换。

27

背有点儿疼，还有胳膊。

寇忱躺在床上睡得迷迷糊糊的都能感觉得到疼。

他挺怕疼的，所以也就挺怕老爸，做香肠什么的想想都疼，不过现在身上这个疼比做香肠要好些，不是太疼，估计换个人的话就不会喊疼了。

比如霍然。

脱臼的时候挺疼的，喊两嗓子被这人记了大半年，啧。

红木椅子自身的重量还是很足的，老爸没用力，但扛不住那是张真的红木椅子，不是贴皮的，也不是灌铅塞砖的……

"啊……"他翻了个声，皱着眉小声喊了一声。

屋里挺亮的，应该是快天亮了，他没拉窗帘，晨曦已经荡了一屋子，带着清早特有的清凉透亮的空气。

寇忱拉了拉被子，伸手摸过手机。

他应该在这里已经猫到第三个早上了，今天应该星期三。

不，星期二。

还是星期三？

到底星期几？

他摸了一下手机，屏幕没有像平时那样亮起来。

"关机了啊？"寇忱皱着眉按了开机键。

黑着的屏幕提示他，老子没电了你看不出来啊按个屁？

"哎。"寇忱把手机扔回枕头旁边，他很久没连续两三天醒了睡睡了醒的了，人都有些发蒙了。

手机在他跑出来的那天就快没电了，他晚上都没敢给霍然打电话，怕说不上几句就得断。

收到霍然要拿小秘密跟他交换的时候，他还没想好要怎么回复，这个小秘密又会是什么，手机就关机了。

他很艰难地从床上坐了起来，被椅子砸过的地方在疼，睡时间长了拧着劲的地方也在疼。

而且还很饿。

进了酒店这个房间之后他一共就吃了两顿，房间里三碗泡面他吃掉了两碗。

他在床边坐着缓了缓，然后拿过扔在地上的书包。

拉开了才想起来他没有数据线。

包里只有一个充电宝，数据线被魏超仁借走了。

没事儿你借根数据线干吗呢？

小卖部就有数据线卖你不会自己去买吗？

寇忱垂头丧气地站了起来，垂头丧气地往浴室走过去，经过镜子的时候他转头看了一眼，被自己帅到了。

没想到在这么颓的状态下，自己还能保持如此的英俊。

他走进浴室洗漱，打算去前台借根数据线充电，要不他连房费都续不上了。

弯腰洗脸的时候他感觉后背的肌肉像是被一点点强行撕开了似的，疼出了一片呻吟。

这感觉有点儿不对啊，他也不是没被打过，跟人打架时不时也会挨几下，还没有哪次疼得这么"别致"的。

他拧着眉把上衣给脱了，转过身在镜子里看了看自己的后背。

光滑坚实，肌肉线条完美。

想象中满背青紫发黑红肿什么的全都没有，只有被椅子砸中的位置有那么一点点发暗。

怎么看也不像是能疼出这样效果的。

……骨头断了？

骨折了？

肋骨……这儿是肋骨吧，正面是肋骨，那肋骨的背面是肋骨吗，还是后肋骨……

等等！肋骨骨折了？

对于寇忱来说，你打我没事儿，我虽然怕疼但我也能忍得了，可要是骨头断了，就一点儿都沉不住气了。

他这个念头刚起，就感觉自己站都站不住了，撑着洗脸池靠到了墙上。

刚一靠实了，他又马上站直了，万一压到断了的骨头怎么办……

他飞快地穿上了衣服，拿着手机和充电宝出了房间，直奔前台。

"小姐姐，数据线借我用半小时，我一会儿就还你。"寇忱趴在前台晃了晃手机，"我手机没电了。"

前台服务员看了看他，从旁边拔下了数据线递给了他："给。"

"谢谢。"寇忱拿过线，插上了充电宝，然后走出了酒店大门。

他记得酒店后面的小街上有个小的社区医院。

走了没多远就看到了，他记忆力还不错。

"我可能骨折了。"他走进去跟一个护士模样的姑娘说。

"骨折？"姑娘看了看他，赶紧过来扶了他一下，"什么位置？"

"肋骨的背面。"寇忱说。

"后背吗？"姑娘问。

"是。"寇忱点头。

姑娘把他扶进一个诊室："先让医生看看，真骨折了还是得去大医院拍片子，我们这里没有设备。"

"先帮我看看吧。"寇忱说。

一个老大夫过来，问了姑娘之后在他背上轻轻按了按："是哪个位置？"

"这儿。"寇忱反手指了指左后背。

"胳膊动的时候后背这里疼吗？"老大夫说。

"不太疼。"寇忱想了想。

"没骨折，"老大夫掀起他的衣服，又在他后背按了按，"没骨折。"

"不是，您好好看看，骨折了，疼啊。"寇忱趴到桌上。

"什么时候伤的？"老大夫问。

"前天？大前天？"寇忱有些迷糊。

"没骨折，"老大夫很干脆，"你这是撞到磕到了吧？如果真骨折了，你这会儿就动不了了，实在不放心的话，你去拍个片子。"

"那怎么我感觉很疼啊？"寇忱突然有些委屈。

"这肯定疼啊，撞伤了能不疼吗？"老大夫说，"特别是撞伤之后一两天，你这两天也没怎么活动吧，我看你背上都是衣服印子，是不是一直躺着呢？"

"啊。"寇忱有些不好意思地把衣服拉了下去。

"活动活动能好些，回去热敷一下，"老大夫说，"过两天就好了，小伙子体质好，好得快。"

"热敷怎么敷啊？"寇忱问。

"热毛巾捂一捂，暖手宝捂一捂，都行。"老大夫笑着说。

"谢谢，"寇忱看了看手机，可以开机了，"您等会儿啊，我开了机才能给钱。"

"不用给钱，都没看病呢，"老大夫说，"给什么钱啊。"

"……哦，"寇忱愣了愣，"谢谢。"

他往外走的时候，老大夫还在他身后交代了几句，但他没听清。

手机从显示桌面的那一秒开始，就像是被寇潇的振动美容仪魂穿了，开始疯狂连续不断地振动，画面卡死之后还在振。

寇忱这一瞬间就像是突然从梦里被惊醒。

这两三天他一直都有些迷迷糊糊，醒着的时间没有多少，睡着了也全是梦，但梦到了什么连一个镜头的记忆都没有，今天走出酒店大门的时候他都感觉自己是刚从哪个地下室爬出来的。

而一直到这会儿，他才算是突然回过神来。

他离家出走了，因为跟老爸吵架，老爸打了他让他滚，老爸让他滚是因为他死也不肯出国并且出言不逊，死也不肯出国是因为……霍然。

他在路边找了个台阶坐下，拿着因为死机而似乎准备振动到天荒地老的手机，盯着地面出神。

这会儿他才想起来，这几天，他其实想过很多东西。

只是全都不记得了。

可明明都不记得了，坐在这里却又一点点地全都知道。

手机终于振到了自动关机。

他低头冲手机哈了哈气，小时候奶奶告诉他，哈一口仙气儿，就好了。

还挺管用的，仙气儿把手机给叫醒了。

未接来电三百多个，老爸老妈寇潇老杨，七人组，每一个人都给他打过很多电话，还有微信，微信没有回复就发短信。

他甚至还看到了提示里许川给他发了QQ邮件。

这一瞬间他有些想哭。

霍然的提示很多，一串一串的消息。

——你怎么了？

——你不听小秘密吗？

——寇忱你到底跑哪儿去了！

——寇忱忱？

——手机充电啊！！！

——忱忱……

——扭扭来啦！快躲到哥哥这里来！

——还没开机啊？

——开机啊你手断了吗！

……

——寇忱你大爷！

——不就出个国吗，你不出就不出，你跟你家里闹，你跟我们这些朋友玩他妈什么失踪啊！

——滚吧！

——以后也别让我有事跟你说了，我他妈说不着！

——说个屁！

——吃屁去吧你！

……

——给你看帅帅。

——我去你家了，本来不想用亲情打动你，但是什么友情同学情舔海情都打动不了你啊，你妈妈哭了，寇潇一口气骂了你二十分钟。

——你爸一言不发，我觉得他很担心你。

……

——早啊寇忱忱。

——去你的吧还没开机。

——我他妈再给你发消息我跟你姓！狗东西！

……

——老袁知道你的事了，找我们了解情况呢——寇忱。

……

——寇忱你完了，你有本事再也别出现！你只要敢出来，让我看到你我直接一刀劈死你个傻子！

——做成香肠！

——喂给帅帅！剩下的都卖掉！

——钱我们六个人分！

——……

——开机了吗？

——。

——？

——123

——请听年代歌神江磊为你演唱一首老歌。

接着是一条语音。

寇忧先是听到了霍然很低的声音："唱吧，别跑调。"

接着江磊的声音吼了出来，手机喇叭都震得毛刺了："归来吧！归来哟！浪迹天涯滴忧忧……"

寇忧低头揉了揉眼睛，正想再点开听听霍然的声音时，手机振了一下，霍然又发了一条消息过来。

——test

——喂，忧忧在不在呀？

寇忧的眼泪就在这一瞬间猛地涌了出来，完全没有预兆，鼻子甚至都没有来得及酸上两秒，眼眶也没来得及发发热。

眼眶里的泪水一秒钟之后就滴到了手腕上。

温度还挺高。

寇忧能感觉到是温热的。

"有消息没？"徐知凡在旁边问。

"没，"霍然叹了口气，转着手机，"寇老二今天中午又到学校来了，不知道老袁有没有什么办法。"

"还是说不报警是吧？"徐知凡问。

"嗯，"霍然点头，"昨天寇满跟我说，她爸的意思就是不能查不能报警，得让他自己回来，如果是被谁找到了，怕寇忧会觉得没面子。"

徐知凡没说话，过了一会儿才小声说："这不是挺了解寇忧的吗，为什么有正事说三句就吵？"

"代沟吧，"霍然趴到桌上，"我困死了。"

"你别他不回来你再病倒了啊，"徐知凡说，"其实你不用担心，寇忱又不傻，战斗力也强，不会出什么事，也就是犟着。"

"我也不是担心他会出事，"霍然闭着眼睛，"我就想知道怎么回事……而且他不理我……又不是我让他出国……他凭什么不理我？靠。"

第三节下课的时候，霍然拿着手机慢慢地往小卖部走，打算去买根雪糕吃。

手机振了一下。

他不紧不慢地拿起来看了一眼。

然后停下了脚步。

站在原地盯着手机上的消息看了能有五秒钟，心脏才突然像是被捆在跳楼机上蹦了下来。

这几天他手机响得挺多的，寇潇和老杨都会时不时跟他联系一下。

一开始，只要有消息，他就兴奋，但连续失望两三天之后，他就没什么期待了。

而现在猛地看到了寇忱的名字时，他差点儿有些反应不过来。

——一个人来，先不要告诉别人。

下面还有一个定位。

霍然往四周看了看，也不知道自己是应该跟人说一声还是不说，关键是旁边也没有一个认识的人。

最后他转身往鬼楼那边跑了过去。

——半小时到。

没有时间叫车，也没时间等路过的出租车，霍然决定直接翻墙狂奔到一条街距离的一个小区门口，那里有等客的出租车。

翻墙的时候旁边有人，他看都没看一眼，这里清静，偶尔会有高三的人来看书。

"霍……"那人开了口。

霍然用余光看到坐那儿拿了本书在看的人是林无隅的时候，人已经翻上了墙头，也来不及打招呼了，他直接跳了出去。

林无隅在墙那边又说了一声："嚯！"

运气还可以，霍然一路狂奔，还没跑到一半路的时候，一辆空载的出租车从对面开了过来。

"车——出租车——"他一边大喊着一边蹦着跑过马路，在车头前拦住了车，然后拉开车门扑进副驾，把手机往司机眼前一杵，"去这儿师傅！要快！半小时！"

"用不了半小时，"司机说，"没多远，二十分钟就到了。"

"好！谢谢！"霍然吼着回答，声音有些控制不住。

司机看了他一眼，他很不好意思地转开了头，拉过安全带扣上了。

寇忱给的定位是一个酒店，霍然总觉得这酒店名听着有点儿耳熟，一直到看到酒店的楼了，他才猛地回过神，这是寇潇工作的那个酒店！

厉害了！

寇忱居然就躲在寇潇她们酒店？

这是一种什么神经病一般的思路啊！

是不是还偷摸用了他姐的打折卡？

是不是还能用员工卡吃饭啊……

想到这儿的时候，霍然忍不住笑了起来，冲着车窗玻璃一通嘿嘿嘿地乐。

"马上到了。"司机提醒他。

"好。"霍然伸手就去开车门。

"等我停车！"司机赶紧喊了一声。

"哦。"霍然定住了动作。

"给钱。"司机又提醒。

"哦哦哦。"霍然赶紧举起手机扫了码。

车刚一停稳他就打开车门跳了出去，往酒店大门冲过去。

大门口没有人，霍然有些迷茫地停下，一边往四周看，一边拿出手机准备给寇忱打电话。

"嘿。"后面传来了一声很低的声音。

霍然马上听出来了，这是寇忱的声音。

三天都没有听到的寇忱的声音。

他猛地转过身，看到寇忱从酒店的侧门走了出来，嘴角带着微笑，慢慢往他这边晃了过来。

"你大爷，"霍然发出了由衷的感叹，"你这是疯了吧！"

"小秘密呢？"寇忱一直走到他紧跟前儿了才停下，凑到他鼻尖前问了一句。

霍然感觉自己整个人都有些蒙了，声音也有些发飘，他恍惚回答："什么？"

"你说的，用一个小秘密跟我交换，"寇忱说，"小秘密呢？"

小秘密？

小秘密！

霍然猛地一下瞪圆了眼睛。

七

跟你交换小秘密

28

霍然敢发誓，他给寇忱发消息说用一个小秘密跟他交换的时候，绝对是认真的，无论当时他是因为着急还是郁闷还是真的觉得憋累了，他打上这行字的时候，是想好了只要寇忱出现，他就说出来。

但后来寇忱老不出现，他急来急去，已经把这事儿给忘了。

他甚至只知道自己很着急，很生气，很郁闷，但已经不记得自己到底是为什么会着急生气郁闷了。

也忘了自己为什么会在看寇忱消息时心跳失速，忘了自己为什么会就这么一路狂奔到这里来，忘了在看到寇忱的瞬间狂喜得几乎要号叫。

一直到寇忱说出这三个字的时候，他才猛地一下全想了起来。

我拿一个小秘密跟你交换。

霍然张了张嘴，没说出话来。

说不出来，特别是在这样的一个突如其来的场合里。

他的左边是车水马龙的大街，右边是酒店大门，客人进进出出，门童就在两米之外。

而面前的寇忱，离他最多就五厘米。

这样的状态他连正常的话都快说不出来了。

"哎，"寇忱抬眼往他身后看了一眼，突然一把抓着他的胳膊，拉着他闪到了旁边的柱子后，"寇潇。"

"看到你了?"霍然赶紧问。

"没,"寇忱很小心地往那边又看了一眼,"她肯定走侧门员工通道的,不会往这边过来,没事儿。"

"……你怎么想的啊?"霍然有些无语。

"走,"寇忱看着寇潇进了侧门之后冲他偏了偏头,"先去我房间,这儿太危险了,不是说话的地儿。"

"哦。"霍然应了一声。

这动静,弄得跟什么组织接头似的,让他莫名其妙地跟着就有些紧张,往酒店大门里走的时候老想猫腰。

寇忱倒是走得很潇洒,一边走还一边哼着歌,看上去心情不错的样子。

"我头上有犄角!我身后有尾巴!"他把手放到屁股后头摆了摆,"谁也不知道,我有多少秘密……"

"闭嘴。"霍然被他唱得有点儿没面子。

"我是一个小然然,我有许多小秘密,"寇忱完全不理会他,唱着歌过去按了电梯,转身往墙边一靠,抱着胳膊看着他,"我有许多的秘密,就不告诉你,就不告诉你,就不告诉你……"

"我怕你不敢听。"霍然拧着眉也看着他。

寇忱的歌声停了两秒,盯着他。

说就说!

有什么了不起?

总比憋死强!

霍然用力一瞪眼:"我……"

电梯门叮地响了一声打开了,里面走出来了几个客人。

霍然赶紧把后面的话给咬了回去,惊得汗差点儿都下来了。

"就不告诉你,就不告诉你……"寇忱唱着歌进了电梯,手按着门,"进来啊。"

霍然踽踽地踩着地板走了进去。

"就不告诉你,就不告诉你……"寇忱按了楼层,正要关门的时候,一个大叔跑了过来，他赶紧又挡了一下门，叹了口气。

大叔进来之后，寇忱终于没再唱了，但还在哼哼着就不告诉你的调，靠着轿厢，看着霍然，眼睛一直是弯的。

寇忱心情很好。

霍然觉得他似乎心情好到根本无所谓他说不说小秘密了。

但寇忱的脸色不是很好，明显是睡眠不足，而且人似乎也瘦了，能看得出下巴尖了，但眼下的开心也不是装的。

是因为见着我了吗？傻子，笑成这样。

霍然跟他一边一个靠着，隔着中间的大叔，相互盯着。

寇忱一直都哼着歌笑着，嘴角往上，眼角往下，特别像小时候画的笑脸小人儿，霍然盯了一会儿，没忍住也笑了起来。

大叔突然尴尬起来，摸了摸自己的脸，又回头看了一眼后面的镜子，电梯门打开的时候，飞快地走了出去。

"叔！"寇忱喊了他一声，"这是八楼，你刚不是按的十楼吗？"

"哦，还没到啊？"大叔赶紧又走了回来，表情更尴尬了。

霍然跟在寇忱后头走出电梯，门关上了，没了大叔这个障碍物，他倒是突然笑不出来了。

寇忱拿出房卡，刷开了一个房间的门，做了个请的手势。

霍然走了进去，四周看了看："你这几天都住在这儿？"

"嗯，"寇忱进浴室洗了个脸出来，指了指床，"就是睡觉，哪儿都没去。"

"那边，"霍然看了看窗外，"是不是办公室？"

"对，寇潇就在那儿上班。"寇忱看着那边的楼笑了笑。

"……心情不错？"霍然问。

"怎么可能？"寇忱喷了一声，收回了视线，"我是从你说半小时到的时候才开始高兴的。"

霍然看着他。

寇忱又转头看着外面："我在这儿住了几天，站窗边一共两次，你说我心情好不好。"

237

"我不是那个意思。"霍然有些心疼。

寇忱侧脸看着瘦得更明显了。

但还是很帅,阳光斜扫过来,细细的光挂在他的睫毛尖上,随着他每次眨眼划出一小片闪亮。

"你说半小时过来,"寇忱说,"我马上就跑下去了,就在大堂那儿站着,你二十分钟就到了,还好我提前下去了。"

霍然感觉脚底下地板都有些松软了,像是盛夏里被晒软了的柏油马路,人也有些恍惚。

"不过我不是为了小秘密啊,我主要还是想见你,"寇忱喷了一声,"你说不说都行,你的小秘密也不值钱,最多也就是哪个小姑娘给你写了个信什么的,要不就是帮谁守住了一个小秘密……"

寇忱在说什么,霍然都没听清,他只是看着寇忱。

在阳光和微风里心情很好一直说个不停的寇忱。

"我崇拜你。"霍然说。

"要说这样的小秘密,我就多了,我小时候……"寇忱说到一半停了下来,脸冲着窗外,过了几秒才转过了头,看着他,"你说什么?"

"我的小秘密啊。"

寇忱突然凑过来,手撑在了玻璃上。

寇忱停顿了一秒之后,他低声说:"然然……"

"然你大爷!"霍然一拳砸在了寇忱脸上,"你有病啊?"

寇忱被他一拳砸得退后了两步,捂着脸震惊地瞪着他:"我去?"

"来啊!"霍然也瞪着他。

寇忱在震惊当中没有顾得上回复这个邀请,只是把捂在脸上的手拿到眼前看了看,然后爆发出了一声破了音的怒吼:"来你祖奶奶啊!你把我牙打掉了!"

"放你的螺旋喷气飞机屁!"霍然一边骂一边心里一惊地迅速往他手心里看了一眼。

有个屁的牙齿!

真打掉了牙寇忱这种脱个臼就能喊成骨折的怕疼鬼早就嘎嘣一下当场去世了！

……不过寇忱对着他冲过来的时候，他看到了寇忱的嘴角有血。

打的明明是脸。

怎么会打到嘴角了……

堂堂校篮队长，打架居然这么没准头吗？

"你给老子说清楚！"寇忱一拳带着风，跳起来砸在了他肩膀上。

霍然这才发现寇忱打架真的很有一套。

不光有力量，而且还很有经验和技巧。

这从上往下的一拳，不光让他想要抬起来格挡一下的胳膊因为酸痛根本动不了了，而且往下的冲力，让他后退的时候直接摔坐到了地上。

不过霍然并没有给寇忱更多的机会。

在寇忱过来准备拎他的时候，他伸脚往寇忱脚踝那儿挡了一下。

寇忱直接被绊倒，嗵一下跪在了他身边的地毯上。

"平身。"霍然开口的时候觉得自己可能是要被寇忱打死了。

"你是不是吃毒药了？"寇忱吼，抓着他衣领把他提起来了一尺，再往地毯上一摔，"你什么毛病啊！"

霍然脑袋被磕得有点儿晕。

他还年轻，他不想现在就被打死。

他狠狠地一抬腿，膝盖撞在了寇忱右后背上。

"啊——"寇忱疼得吼了一嗓子，从地上蹦了起来，反手捂着自己后背一通猛搓，"啊！我这儿有伤！"

霍然愣住了。

"你死了！"寇忱过来对着他屁股哐哐就是两脚，"霍然你今天吃了耗子药了吧！"

霍然屁股被踢得有点儿疼，刚想起来继续揍人，寇忱已经一跨腿，骑到了他肚子上，一只手掐住了他的脖子："再动一下我掐死你！"

霍然看着他，没有动。

"你干什么啊！"寇忱吼他。

"你干什么啊！"霍然回过了神，也吼了一声。

寇忱没了声音，喘着粗气，手还掐着他脖子没松劲。

刚才也没觉得有什么声音，这会儿霍然却觉得四周突然安静了。

只有他俩粗重的喘气声，跟刚扛完八袋水泥似的。

霍然慢慢地平静下来了。

冲到脑子里浑身沸腾的血液也慢慢归为常温，他的指尖开始发凉。

顺着手臂一点点地，往上蔓延。

你在干什么？

霍然你疯了吗？

你干了什么？

"霍然。"寇忱叫了他一声。

"嗯。"霍然垂着眼皮，没敢看他。

之前的勇气已经全部消散，他说出秘密的勇气，他揍寇忱的勇气，全都在喘息之间消失了。

"我听见了。"寇忱说。

"听见什么了？"霍然闷着声音。

"是真的吗？"寇忱问。

霍然没有回答，心跳在这一瞬间又开始有了强烈的无法忽视的存在感，跟身体里住着个太鼓达人似的。

"我也有一个小秘密，"寇忱说，"你要不要听啊？"

霍然还是没有出声，他感觉自己快要被寇忱掐死了，寇忱的手一直在收紧，特别是在说完这句之后，猛地一收，仿佛他要说不听，下一秒脖子就得断了。

"我要死了。"霍然艰难地说。

"嗯？"寇忱愣了愣，两秒钟之后才猛地松开了他的脖子，有些尴尬地甩了甩手，但又很快地指了指他，"别打了啊。"

"不打了。"霍然咳了两声。

"听吗?"寇忧问。

"嗯。"霍然应了一声。

"我也崇拜你啊,"寇忧说,"我有一个跟你一样的小秘密啊,然然。"

霍然愣了一下。

感觉内心毫无波动。

"寇先生!"门外突然响起一个男声。

接着门就被拍响了。

寇忧愣住了,偏过头。

"服务员!"霍然反应过来,推了他一把,"起来!"

"干吗!"寇忧没动,一条胳膊撑着地,冲门那边吼了一声。

"请您开一下门!"外面的人说,"客人投诉您房间里的人斗殴,为了您和其他客人的安全,请您开一下门。"

"哎!"寇忧很无语地起身往门口走过去,"来了!"

霍然赶紧也坐了起来,本来想坐到旁边的椅子上去,但又觉得还是坐地上妥当。

既然是因为打架被投诉,那就让场面看起来像打架吧。

29

寇忧走到门边刚想要伸手开门的时候,又突然犹豫了,万一……他往门上的猫眼那儿凑了过去。

"看屁啊,真是你姐,你躲得过吗?"霍然在后面说,"人都叫你寇先生了。"

"也是。"寇忧说。

说完还是凑到猫眼上看了一眼。

外面站着一个女服务员、一个男服务员和一个酒店保安,三个人脸冲着门正在微笑。

寇忱打开了门。

"寇先生您好。"女服务员对他点了点头。

"我不怎么太好。"寇忱没好气儿地说。

"不好意思打扰您了,"保安一边说一边往屋里看了看,"您这里需要……帮忙吗?"

寇忱回头看了一眼,霍然一脸冷漠地坐在地上看着这边。

"没事儿,"寇忱抹了抹嘴角,"我跟我同学吵起来了。"

"好的,"女服务员说,"那需要帮您拿些药品过来吗?消毒什么的,您……"

她指了指寇忱的嘴角。

"不用了,小伤,"寇忱说完就把门关上了,隔着门说了声,"谢谢。"

转过身的时候看到霍然正从地上起来,他赶紧跑过去,拉了霍然一把。

"服务员都不认识你吗?"霍然问。

"不认识,"寇忱说,"我姐跟前厅接触不多,我之前也不怎么来他们酒店玩……"

"难怪敢躲在这儿。"霍然靠着旁边的桌子,低头扯了扯衣服,发现自己T恤下摆被撕了个口子。

"嗯。"寇忱应了声就没再说话。

霍然的手机在兜里响了一声。

他俩同时顿了顿,霍然正犹豫着是先拿出来看一眼,还是潇洒地把手机扔到一边去,手机又响了一声。

接着又响了一声。

"以后手机调振动行吗?"寇忱啧了一声,后退一步坐到了床边。

霍然笑了起来,拿出了手机,消息是徐知凡发过来的。

已经发了好几条了,前面的他都没听见。

——?

——跑哪儿去了?

——你旷课啊?

——是不是寇忱联系你了？

——能不能学点好的，给我回个消息你大爷！

——我没给你打电话是给你面子啊，怕打扰了你俩抱头痛哭。

——回电话你大爷的！

——你爸可没说你跑了不许报警，我放了学就报警，你自己看着办！

霍然冲着手机乐了一会儿，想回消息的时候又不知道该怎么回了。

"谁啊？"寇忱问。

"徐知凡，"霍然说，"我下课的时候直接过来了，没跟他们说。"

"问你了啊？"寇忱看着他。

"嗯，"霍然点点头，"怎么说？"

"就说我跟你联系了就行，没事儿，让他们别跟我家里说，"寇忱说到家里的时候皱了皱眉，"这事儿还没解决呢。"

霍然应了一声，飞快地给徐知凡回了一条消息。

——他联系我了，我见着他了，别跟他家里说。

——我就知道！他没什么事吧？

——没事，住在酒店呢。

——能告诉其他人吗？

"能跟磊磊川哥他们说吗？"霍然问寇忱。

"说吧，都自己人，再不说就太不够意思了。"寇忱说。

两分钟之后，霍然手机一连串的消息声响起。

寇忱放在床头的手机也一直在振。

"群里炸锅了啊，"霍然看了一眼，就这么四五个人说话，愣是刷出了抢红包的效果，哗啦啦的，"你要不要露个脸？"

寇忱摸过手机，往群里发了个笑脸表情。

——不好意思了各位，我跟家里事解决了就回学校，请你们吃喝玩乐。

紧接着一帮人又是一通刷，各种表情纷飞。

"你就为出国的事儿吗？"霍然放下手机，叹了口气。

"不然呢？"寇忱说。

"不是，"霍然走到他面前，"就出个国吵成这样……"

说到一半霍然猛地反应过来，停下了。

"说啊，"寇忱胳膊往后撑着，仰起头看着他，"说，继续说，不就出个国嘛，出就出了，有什么了不起的。"

霍然笑了笑没说话。

"真疼，"寇忱摸了摸嘴，"你打人怎么一点儿数都没有，下手这么重，牙都……"

"牙没掉，"霍然瞪他，"你就喊得起劲，不知道的以为你脑袋让我打掉了呢！"

"那也出血了啊，哪有打自己人打得见血的啊！"寇忱啧了一声，"一点儿数都没有。"

"我有数，我就是要打那么重。"霍然说。

"……行，"寇忱看着他，点了点头，"行。"

霍然有些不好意思，下手的确是不太有数，毕竟也不像寇忱总打架，分寸掌握得炉火纯青，他捏着寇忱的嘴唇往外拽了拽："我看看。"

"哎！"寇忱皱着眉抽了口气。

霍然赶紧松了手。

不过伤口还是看清了，挺大个口子。

"还疼吗？"霍然问。

"本来不怎么太疼了，"寇忱说，"你这拽的，你再使点劲儿估计还能滋点儿血出来呢。"

沉默了几秒钟之后，他俩一块儿乐出了声。

"去吃点儿东西吧，"寇忱笑够了之后摸了摸肚子，又侧过身在霍然肚子上摸了一把，"饿了没？"

"你这几天是不是没好好吃饭？"霍然问，"你瘦得我都能看出来了。"

"吃了两碗方便面，"寇忱叹气，"我没胃口，也不觉得饿。"

"走吧，"霍然坐了起来，"去吃点儿东西，我请客。"

"先吃碗面垫一垫，我饿得不行了，"寇忱立马坐了起来，跑进浴室洗了洗脸，"然后再去看看吃什么。"

"吃完一碗面再去吃一顿饭？"霍然跟在他身后震惊地问。

"嗯，我饿死了，"寇忱弯腰趴在洗脸池上哗哗地往脸上泼水，"要不吃完面我们去吃自助吧。"

"随便你，你想吃什么就吃什么，"霍然摸了摸他的背，"我看着你吃。"

寇忱这几天应该是憋坏了，这会儿洗脸洗得跟哪吒闹海一样稀里哗啦的，还顺手开始洗头。

"不是，"霍然站在他身后靠着墙，"你不是饿了吗？"

"洗头又不耽误事，"寇忱唰唰地洗着，"你要等寇潇洗头那就不一样了，晚饭得改成宵夜。"

说完他嘿嘿嘿一通乐。

"快洗！"霍然往他屁股上拍了一巴掌。

啪！

脆响。

还挺有手感的。

于是他又扬手啪地甩了一巴掌。

寇忱停下了洗手的动作，回过头从一脸泡沫里看着他："我还手了啊？"

霍然笑着走出了浴室。

寇忱洗完了头出来，也没吹干，就用毛巾胡乱擦了一通，就拉着霍然出了门。

在楼下前台又续了两天的房。

"你打算怎么弄啊？"霍然问，"就一直这么不回去了？"

"先撑一星期，"寇忱说起这件事的时候情绪还是挺低落，声音也闷了，"时间短了我爸感受不明显，我就是想让他知道，我真的不愿意出国，而且我想跟他好好说话，我不撑时间长点儿，他会觉得我闹着玩。"

"他去学校找老袁了，"霍然说，"我觉得老袁说的话他应该能听进去，老袁说话也比较有说服力。"

"我得请老袁吃个饭了。"寇忱说。

"你还有钱啊？"霍然问，"你姐他们这个酒店住着也不便宜了。"

"还有点儿，"寇忱打开手机看了看，"我爸这个月本来前两天就该给我打钱的，他没打，可能怕钱多了我跑得太远。"

"我有。"霍然说。

"你的留着吧，"寇忱搂住他肩膀，挂在他身上晃着往前走，"我打算下学期吃你的用你的。"

霍然笑了笑。

寇忱这种不好好走路的姿势，差不多从他们认识开始就是这样了，霍然觉得自己早已经习惯，但这会儿寇忱还是一样的姿势，他却有种说不出来的舒坦。

霍然没说话，低头往前走。

寇忱也没再出声，还是整个人都挂他身上慢慢走着，还愉快地小声哼着歌。

也听不出是个什么调。

可能没调吧，就胡乱哼哼。

有时候他自己高兴了也愿意哼点儿原创歌曲。

走了没多远，寇忱往前一指："那儿有个拉面……"

进了拉面馆，闻到香味的时候，霍然感觉自己也饿了，他看着价目表："我要个大碗的。"

"两个大碗的。"寇忱说。

拿了面坐下之后，霍然叹了口气："一会儿还吃得下自助？"

"吃不下再说，你吃不下就看着我吃，"寇忱满不在乎地说，"我现在心情好得不行，我能从现在吃到明天早上。"

霍然看着他，平时就觉得寇忱很好看，这会儿看着尤其帅，哪怕是隔着两碗拉面的热气，也还是能清晰地看到。

啊！

这是多么……

还没想好要感叹什么，霍然的手机响了。

这回不是消息提示，是有电话打进来。

"谁啊？"寇忱问。

霍然拿出手机看了一眼："徐知凡？他这会儿打我电话干吗？"

"先接。"寇忱说。

"喂，知……"霍然接起电话，话没说全，就被徐知凡打断了。

"你还跟寇忱在一块儿吗？"他劈头就问。

"我俩吃面呢，"霍然说，"怎么了？"

"他爸刚来学校，在老袁办公室晕倒了，"徐知凡说，"然后……"

"什么？"霍然惊得一下坐直了，瞪着寇忱，"你爸在老袁办公室晕倒了！"

"谁？"寇忱一脸震惊，"我爸？"

"但是但是但是！"徐知凡一连串地说，"又醒了！"

"然后又醒了！"霍然赶紧拍了拍寇忱的手。

"谁？"寇忱脸上的震惊都没有休息的时间了，"我爸？"

"现在好像去医院了……"徐知凡说。

"然后又去医院了！"霍然实在没法一起一落地给寇忱传达了，直接把手机往寇忱手里一塞。

寇忱赶紧拿起手机："知凡！"

"哎。"徐知凡在那边应着，"你别着急别着急啊，你爸没大事儿……"

"怎么回事啊？"寇忱拧着眉，"你确定是我爸晕了吗？寇老二让老袁说晕了？不是老袁让寇老二气晕了？"

徐知凡被他问愣了："老袁心理素质多强大啊……不是，我不知道啊，就这个事儿，还是超仁看你爸来学校了就去老袁那儿偷听才看到的……"

"去哪个医院了？"寇忱问。

"不清楚，他自己去的。"徐知凡说，"寇忱啊，你……"

"我知道他去哪个医院，"寇忱站了起来，"我马上过去。"

八

寇家父子的危机

30

寇忧站起来之后，盯着眼前碗里一口没动的面停了两秒。

在霍然跟着他站起来之后，又毅然决然地坐了下去。

"你……"霍然有些茫然。

"服务员！"寇忧喊了一声，然后挑了一筷子面吹了吹就开始埋头吃。

"什么事？"收银台后头的老板应了一声。

"拿俩打包盒！"寇忧稀里哗啦吃完一口面又喊了一嗓子。

"打包？"霍然看着他。

"不然怎么办？"寇忧说，"还没吃呢。"

服务员拿了两个大号的打包盒过来，放在了桌上又走开了。

"都这会儿了，"霍然非常不理解，"两碗面才多少钱啊？"

"我饿啊哥哥，"寇忧一脸痛苦地把面倒进打包盒里，又捧着碗喝了两口没倒完的汤，"我快饿疯了……"

霍然心里一阵软。

一个未满十八岁的少年，几天里就吃了两碗方便面，生生把下巴都给饿尖了，现在一边是老爸晕倒去了医院，一边是刚端上来的热气腾腾的牛肉拉面。

还好晕倒的老爸是自己去的医院，说明情况不是特别紧急，要不饱孝都没法两全了。

"我的面就不打包了，我也不是特别饿，"霍然说，"咱俩都端个面我怕出租车都不让我们上去。"

"你一会儿吃两口我的，"寇忱捧着打包盒，一溜小跑跑出了店门，冲着慢慢开过来的一辆轿车吼了一声，"停车！"

"这不是出租……"霍然吓了一跳，赶紧跑过去。

但是这车却听话地停下了，还把车窗给放下来了。

"去哪儿啊？"司机问。

"人民医院。"寇忱说。

"上来吧。"司机点头。

寇忱捧着面边吃边看了霍然一眼。

"哦！"霍然赶紧过去把车门拉开，上了车以后又接过寇忱手里的面。

寇忱上了车："大哥，抄近道，着急。"

"放心，按最近最快给你飙过去。"司机点点头，把车开了出去。

"你怎么知道这车拉客啊？"霍然有些好奇地小声问。

"直觉。"寇忱拿回面，继续埋头吃，"这面也太烫了吧。"

"直觉你个飞鸟屁呢。"霍然说。

寇忱对着面条笑了起来，差点儿呛着："这大哥的车开这么慢，又什么装饰都没有，安全带都扯松了，一看就是拉客的车啊。"

"没错。"司机笑着点头。

"你吃两口吗？"寇忱挑了一筷子面问霍然。

"不是，"霍然看着他，"你喂我啊？"

"来，啊——"寇忱说。

"滚！"霍然骂了一句。

司机在前头一下乐出了声："后座那个兜里，有一套方便筷子和勺什么的，我中午吃快餐拿多了一份，你用那个吧。"

"不用了，谢谢啊，"霍然有点儿不好意思，"我也不饿。"

"那不管你了。"寇忱不再说话，低头认真吃面。

霍然靠着车门看着他吃。

这面刚做出来，挺烫的，加上现在天儿也不冷，面凉得慢，寇忱忙忙乎乎地这么吃着，脑门儿和鼻尖上全是汗珠子。

可怜的少年。

霍然叹了口气，又有些担心寇叔叔那边。

到底是怎么回事？寇叔叔挺有块儿的，寇忱也说了，他俩打不过，起码得再加个川哥，这身体素质，怎么还能晕倒了？

不过也难说，毕竟他也没想到寇忱就这么几天能把自己饿瘦一圈，当然，肯定也有郁闷的原因，所以寇叔叔几天没有儿子的消息还得憋着不能找，真晕了也能理解。

一半是气的，一半是憋的。

司机大哥很熟悉路，很快就把他们送到了人民医院门口。

寇忱已经在车上把一碗面吃完了，下车的时候一扫饥饿阴霾，往医院里走的时候气宇轩昂的，就是脸上还看得出焦急。

毕竟是自己亲爹，平时也没有什么大矛盾，这会儿离家出走几天，把亲爹急晕了，怎么说应该都是挺过意不去的。

霍然跟他身后出着主意："突然晕倒来的话，应该在急诊吧。"

"不知道，我觉得应该……"寇忱在大门口停下了。

"你一会儿见了你爸先别跟他吵，"霍然撞在了寇忱身上，"怎么了？"

"我怎么觉得，"寇忱转回身，"寇老二给我下了个套呢？"

"什么？"霍然愣了，"下套？"

"他那么疼寇潇，之前寇潇和老杨出车祸，他都没晕，还能找老杨打架，"寇忱说，"我就跑出来几天，他能晕了？"

"你不是说老袁给他说死……说晕的吗？"霍然说。

"老袁是那样的人吗？"寇忱说。

"……也是，"霍然拧起了眉，刚才他俩都着急也没顾得上细想，这会儿寇忱一说，他突然就觉得挺有道理的了，拧了半天眉，他一抬眼，"你姐还出过车祸啊？严重吗？"

"不严重，但是也住院了。"寇忱看了他一眼，"你作文是不是没及格？"

"嗯？"霍然愣了愣。

"就你这东一句西一句的，跑题跑得判卷老师骑个马都追不上吧？"寇忧说。

"我写作文的时候……"霍然一边说着一边往医院大厅里扫了一眼，突然就惊了，"那边！"

"怎……"寇忧赶紧要回头。

霍然飞快地把他的脸给扳了回来："别回头别回头……跟我对齐……"

"对齐？"寇忧没听懂。

"挡住我！"霍然压着嗓子喊。

寇忧赶紧跟他对齐："怎么了？看到我爸了？"

"我好像……"霍然从他耳朵尖儿上偷看着，"你今天看到寇潇的时候她穿的是什么？是不是一条花的连衣裙？"

"是，"寇忧说，"我爸说像我奶家的床单。"

"那就是她了，"霍然点了点头，"是有点儿像……还有个红色的带链条的小包包是吧。"

"嗯。"寇忧皱了皱眉，"她也来了？那我爸是真晕了吗？"

"没有，"霍然又看了两眼，"你爸在她旁边，我看不清，但是……我觉得……"

霍然盯着研究了几秒，也皱起了眉："我怎么觉得真让你说对了，这是个圈套。"

寇忧咬了咬嘴唇："看到我了没？"

"应该还没有，"霍然说，"你姐侧面对着我们，你爸……你爸他躲在那个柱子后头……这是什么操作？"

"这就对了，"寇忧咬咬牙，"这就是他的风格！"

寇潇的手机响了，她拿接起电话："老杨啊？"

"你爸什么情况啊？"老杨问，"我现在过去，是人民医院吗？"

"不用，"寇潇看了一眼红光满面神采奕奕就等着捕捉儿子的老爸，"你过来干吗，帮我爸抓寇忧吗？"

"……你俩这是在医院给寇忧下套啊？"老杨愣了，"不好吧？寇忧那么犟，他要是个鸟，基本是抓来就撞死在笼子里的那种。"

"你给我闭嘴！什么我俩！"寇潇提高声音，"关我什么事！我是来接我爸回去的，人不肯走啊，要抓儿子，抓住了就打断腿。"

"打不断，"老爸靠着柱子，"我就是让他知道，他有本事就别回来。"

"你少来了！"寇潇指着老爸，"他今天要是来了，就只证明一件事，他着急了，他担心你！没别的原因了！"

"那他要是没来呢？"老爸问，"那就不担心我是吧？"

"那就是霍然他们那几个孩子跟他真没联系！"寇潇说，"你说你一把年纪了，这是干什么？袁老师给你的建议你要不要试试？"

"这个袁老师是个好老师，"老爸贴紧柱子，慢慢往边缘移动过去，"就是这招对我太不仁道了，我……"

来来往往的医生病人走过的时候都得往老爸身上扫几眼，寇潇感觉自己人生都快灰暗了："其实你就是不敢，对吧？"

"那个是不是！"老爸的眼睛突然瞪大了，冲着大门那个方向拼命努嘴，"你快看一眼！是不是！马上要走了！"

寇潇拧着眉，转头看了一眼，顿时挑了挑眉毛。

不光看到了她亲爱的宝贝弟弟，还有她亲爱的宝贝弟弟的宝贝同学小可爱。

"完了，"霍然停下了脚步，"你姐看到我们了。"

"我爸呢？"寇忱赶紧问。

"不知道，你爸在柱子后头，我离这么远也看不清啊。"霍然小声说，"你姐应该不会告诉他吧？"

"不好说，我姐所有的事儿都看心情好不好。"寇忱一咬牙转过了身，看到了寇潇，他赶紧冲寇潇摆手，示意她不要告诉老爸。

手刚摆了一下，就看到老爸从柱子后面冲了出来。

"跑啊！"寇潇喊。

"往哪儿跑！"老爸吼了一声。

"啊！"寇忱和霍然同时也吼了一声。

老爸冲过来的速度相当快，这绝对不是刚晕倒过的人！这就是装晕！这人连老袁都骗过了！

"跑跑跑跑跑跑！"寇忱转身就往街上冲，"抓着就死定了！"

"我拦他！"霍然喊。

"他打死你！"寇忱抓住他胳膊，"跑！"

霍然只得转身跟着寇忱往街上跑了过去。

不知道为什么，明明他什么错也没有，他只是陪着寇忱来医院看望晕倒的寇爸爸，为什么有可能会被一起暴打？还得跟着一起逃命？

他是无辜的！

他脑子里闪过一万八千多段亡命鸳鸯逃跑的画面……

霍然你醒醒！

逃命呢你认真点儿！

霍然赶紧收回思绪。

"站着！"寇老二在后头追得很紧，"寇忱你再跑一百米我就打死你！"

寇忱一言不发在前头狂奔。

"寇叔叔！"霍然边跑边喊，"有话好好说啊！你俩有什么坐下来好好说不行吗！非得这么追着打啊！"

"那你让他坐下来啊！"寇老二在后头喊，"他不跑！我能追吗！"

"是你要打他啊！"霍然喊。

"我不打了！"寇老二喊。

"我不信！"寇忱喊，"霍然你别跟他说！"

"寇忱！"寇老二喊，"你给老子停下来！让我追上你！你就给老子飞！"

霍然突然很想笑，他算是知道了寇忱那句话是从哪儿来的了，老寇家祖传下来的……

"抓小偷！"寇老二突然换了词儿，"抓小偷啊！"

霍然震惊得差点儿一个趔趄摔倒。

"王八蛋！"寇忱骂了一句。

"前面路口等我！"霍然说。

"什么？"寇忱回过头。

"前面路口等我！"霍然瞪着他。

"你……"寇忱马上明白了他的意思。

"让你上前面路口等我！"霍然吼。

"知道了。"寇忱咬咬嘴唇，转回头继续跑。

霍然转身迎着寇老二扑了过去，张开胳膊拦在了他面前。

寇老二收不住势头，身体努力后倾，最后还是撞在了霍然身上。

"你这孩子！"寇老二吼了一声，绕过他还想往前追。

"叔！叔！"霍然扑过去搂住了寇老二，要不是实在不熟，他都想连腿一块儿上了，"叔你别追了，我今天肯定不会让你追上寇忱的！"

"行了行了，"寇老二叹了口气，"松开吧，看不出来，劲儿还挺大。"

霍然松开了胳膊，但还是挡在寇老二前面。

寇老二摆了摆手，往旁边靠在了树上："别拦了，停下来了再想追，不容易了。"

"叔，"霍然回头看了看，寇忱已经跑过了路口，"你要这样，你跟寇忱不可能好好说话，他也不可能回来。"

"他这几天是不是一直跟你在一块儿呢？"寇老二问。

"没，"霍然说，"今天我才联系上他，下午……才刚见的面。"

"那他之前都在哪儿啊？"寇老二拿出手机看了看，"这都这么多天了，我还断了他经济……他是不是睡桥洞了？"

"……不至于，"霍然笑了，"你自己儿子什么样你自己不知道吗，他可能混成那样吗？"

"那倒是，"寇老二突然得意了起来，"我跟你说，寇忱这小子，没别的本事，就是能混，他一个人出去，我基本不担心他碰上事儿，他处理事情比他姐强多了，小子跟闺女就是不同……"

"叔，"霍然想了想，"要不今天就算了吧，你回去，他那头我跟他说，你跟我们老袁怎么聊的，到时让老袁联系他吧，他先回了学校，就好说了。"

寇老二没说话，盯着他。

说实话，寇忱虽然跟他爹总不对付，但这父子俩一个模子出来的，寇忱身上那种黑老大的气势一看就是继承来的，而且寇老二这种文艺屠夫比寇忱那种表面老大内心二哈的状态要吓人得多。

霍然感觉有些心慌。

但还是坚持发表自己的想法："他几天没好好吃饭，这么多天，就两碗方便面，不知道你刚注意了没，我都看出来他瘦了很多，刚我们准备吃面，他一听说你晕倒送医院了，饭都顾不上吃了，转头就跑医院来了。"

"那他见了我跑什么？"寇老二说。

"我见了你也想跑啊，"霍然说，"你也找找自己原因吧，别一有矛盾就觉得错全是孩子的，你们就这种父母不会错的思路不对，你是不是人？"

"你说什么？"寇老二吃惊。

"是人就会犯错啊，这种道理你没儿子的时候就该懂啊，你这一路长到四十多岁错犯少了吗？"霍然说，"怎么到了寇忱这儿，你就是人生导师说一不二了呢对不对？"

寇老二盯着他，半天才说了一句："你们老袁告诉我，你们什么都敢说，你还真是敢说啊。"

霍然清了清嗓子，没敢再说下去。

"换个别的小孩儿我直接抽你了知道吗？"寇老二说。

"实不相瞒，我爸没打过我，"霍然说，"一个手指头都没有，你要敢打我，我爸肯定找你。"

寇老二一下乐了，笑了半天。

最后指了指他："你小子可以，寇忱有你这样的朋友，我真的没想到。"

霍然没说话。

"我跟袁老师谈过几次了，他的建议我会考虑，"寇老二说，"你跟寇忱说，明天早上十点，我在你们老袁办公室等他，不见不散。"

"好，我告诉他。"霍然点头。

"那行，"寇老二叹了口气，"我给你拿点儿钱，你一会儿带寇忱吃顿好

258

的，别吃面了，面条有什么好吃的。"

"我有钱我有有有有有，"霍然赶紧往后退，"钱你明天给寇忱吧，他还记着呢，你这月没给他钱。"

"他就这些记得清！"寇老二冷酷地哼了一声。

一辆路虎开了过来，车窗放下来，寇潇在里面喊了一声："走了！这儿不让停车！"

"那我先走了！"寇老二拍拍霍然的肩，"你俩去吃饭，先去吃饭！"

"嗯。"霍然点头。

寇老二往车那边走过去："你自己车呢？"

"老杨晚上过来帮我开回去。"寇潇说完又冲霍然挥挥手，"小然然，不好意思了啊，别怪你寇叔，他就这脾气。"

"没事儿！"霍然说。

车开走之后，他松了口气，又愣了几秒钟，才赶紧转身往寇忱跑的方向追过去。

跑到路口的时候，旁边传来了寇忱的声音："宝贝儿！"

霍然停了下来，非常不情愿地转过头："你叫谁呢？"

"叫你呢，然宝贝儿！"寇忱靠在拐角墙边冲他笑着，"过来！"

"你最好注意点儿你的用词，"霍然走过，"忱公主。"

寇忱嘎嘎地乐了起来，张开双臂用力抱住了他。

"干什么？"霍然提醒他。

"不干吗。"寇忱说。

"哦。"霍然没动，手在他背上轻轻拍了拍，"怎么了啊？吓着了？"

"不是，"寇忱说，"就是特别……高兴。"

31

去吃饭的路上，霍然一直在乐，想起寇老二的"给老子飞"他就忍不住。

"我爸是不是打你了？"寇忱看着他。

"没，"霍然笑着说，"怎么可能啊，你爸估计就打你吧。"

"骂你了没？"寇忱又问。

"也没有，"霍然说，"其实好多矛盾都是对人不对事的，你没发现吗？换个人怎么说都好说。"

"那你受什么刺激了？你乐一路了。"寇忱摸了摸脸，"是因为找到了过分英俊的我所以乐疯了吗？"

"……是。"霍然笑得更厉害了。

"那就能理解了，"寇忱一点儿没谦虚，"不吃自助了，这儿离得太远了，咱们附近找个店吃饭吧。"

"你饿瘦了你说了算。"霍然点头，"对了，刚你爸跟我说，让告诉你，明天十点他在老袁办公室等你。"

"干吗，决斗啊？"寇忱说。

"大概是老袁有什么办法吧，"霍然说，"我觉得这也是个台阶，你也快没钱了，他明天还要给你这月的钱。"

"冲钱也得去啊。"寇忱叹气。

霍然拍拍他后背以示安慰，想想还是没忍住，边笑边问寇忱："你爸刚喊什么你听到了没？"

"喊什么了？"寇忱皱皱眉，"我爸冲我嚷嚷的多了，我一般都当没听见。"

"给老子飞——"霍然很愉快地学着寇老二的语气，"飞——"

寇忱一下笑了起来："你笑点是不是有点儿低啊？"

"就是很好笑，特别是一想到这句是老寇家传家宝，就更好笑了。"霍然笑得嘎嘎的。

吃饭的时候徐知凡发了消息过来问情况。

"怎么没在群里问？"寇忱说。

"怕万一有什么情况不好在群里回答呗，"霍然说，"徐知凡还是很谨慎的。"

"告诉他没事儿，"寇忱想了一下，"晚上我回宿舍吧。"

"不住酒店了啊？"霍然问。

"明天不是要决斗吗？"寇忱拧着眉，"我心里不踏实。"

"怕打不过他吗？"霍然看着他。

"就怕这么一通折腾，最后还是什么也没改变，"寇忱说，"如果这次过了，还是以前的老样子，我肯定再也不会有什么想法了。"

"不过我给你个建议啊，"霍然说，"你别只想着对你爸的要求，你爸对你的要求，你也得想想，他为什么要你出国，因为你这成绩和你平时吊儿郎当的样子，对不对？"

"我那天就想跟他说来着，我初中的时候成绩也不是太差，中等吧？或者……中等偏下，也可能……下？"寇忱越说越没底了。

"你是想好好学习天天向上吗？"霍然说，"那你告诉他啊。"

"不是啊，"寇忱赶紧解释，"我可没打算表这个态，我自己什么样我自己清楚，定目标可以，不能定得太高，达不到的目标不可能有动力。"

霍然托着腮看着他，喷了一声。

"正经点儿，"寇忱说，"我认真的。"

"我知道，先定个小目标，"霍然把自己的杯子推到他的杯子旁边，轻轻叮了一下，再拿起来喝了口茶，"明天就这么说。"

寇忱也喝了口茶，一样地托着腮看着他。

"干吗？"霍然继续托着腮。

"看看。"寇忱说。

"好看吧。"霍然抬了抬下巴。

"帅爆了！"寇忱说完一扬眉毛。

霍然笑着没说话。

吃完饭他俩先打了个车去酒店退房拿东西。

寇忱的东西很少，毕竟离家出走是突发事件，他就拿了个放着不及格卷子的书包，换洗衣服都是住在酒店之后才出去买的。

"你姐要知道你就住在这儿，"霍然说，"估计得打死你。"

"不能告诉她，"寇忧说，"她肯定认为这是对她智商的侮辱，会气死的。"

"东西拿齐了吗？"霍然看了看手机，"现在回去时间还可以，还能跟他们几个聊会儿。"

回学校的路上，霍然一直低头在群里跟七人组几个人聊着。

"说什么呢？"寇忧靠到他身上，看着他手机屏幕。

"他们在食堂等着了，给你接风。"霍然说。

"哎，"寇忧笑了，"又不是什么光荣的事儿，还接个屁风，就直说想找个借口吃消夜不就得了。"

"他们在食堂等着了，"霍然说，"等你一块儿吃消夜。"

"这就顺耳多了。"寇忧挤了挤他。

徐知凡的眼睛大概是太上老君帮着炼过，霍然和寇忧一走进食堂，都还没开口说话，他已经笑得意味深长了。

以霍然跟他这些年的交情，这样的笑容表示自己基本不需要再去想怎么跟他起头说这个事儿了。

许川指着寇忧："你以后别再说什么大家有事儿都说，别瞒着自己扛这种话了！"

"我错了。"寇忧马上认错。

"你错哪儿了啊！"魏超仁说，"当初说知凡的时候是怎么说的？搁你自己身上了，这么大的事儿居然一声不吭，我们给你发多少消息，打多少电话啊！你还当我们是兄弟吗！"

"姨姨！"寇忧冲食堂阿姨喊，"烧烤，一样二十串！"

"哟，好几天没见着寇忧了，"阿姨说，"行啊，给你们烤上，坐那儿等着吧！"

"你别打岔，"江磊说，"这顿知凡和川哥请的，你别拿这个打岔。"

"行行行，"寇忧坐到了桌子旁边，"你们骂死我吧。"

"骂你是肯定得骂的，"许川说，"但不是现在，现在……先拿点儿饮料吧。"

"我去。"胡逸站了起来。

江磊跟他一块儿过去,从冰柜里拿了一堆饮料过来。

几个人围坐在桌边,一起打开了饮料,然后抓着饮料,一块儿盯着寇忱。

"干吗?"寇忱一下警觉起来,"谁敢泼我我保证动手。"

"谁泼你啊,"许川啧了一声,"说吧!"

"说什么?"寇忱问。

"这几天怎么回事,在哪儿过的,这事儿怎么处理了,"江磊掰着手指头,"需要我们帮着使点儿什么劲儿……这些都是我们这几天商量过的重点。"

寇忱没说话,捏着饮料瓶子,好一会儿才冲大家抱了抱拳:"我算是知道什么叫哥们儿了,谢谢大家。"

"寇叔叔明天十点,约了寇忱在老袁办公室见面,"霍然说,"我听他的意思,老袁是给了他建议的,他还没接受,还在考虑。"

"会是个什么建议啊?"江磊问,"要不要先从老袁那儿打听一下?"

"估计老袁不会说,"霍然说,"毕竟寇叔叔还没同意,不过我觉得老袁的建议肯定不会坑寇忱。"

"我打断一下,"许川问,"现在寇叔叔什么态度?今天下午这晕倒到底怎么回事啊?老袁可是真挺急的,说是晕倒了。"

"装的,"寇忱喝了口饮料,"试探一下我跟你们有没有联系,如果有联系,顺便就能把我骗出来了。"

"厉害了,"魏超仁说,"还都让他给计划进去了,你果然去了。"

"追着我要打呢,"寇忱啧了一声,"还好霍然拦着了,要不这会儿我还不定在哪儿呢。"

几个人又一块儿转过头看着霍然,眼神里全是震惊。

"可以啊霍然,"许川说,"他爸那么……那么……你都敢拦?"

"不然怎么办,他都喊抓小偷了。"霍然说。

几个人愣了愣,一下全笑趴了。

"你爸其实应该能听劝,"徐知凡边笑边看着寇忱,"我觉得你跟他挺像的。"

这顿消夜，是霍然这几天来吃得最愉快的一顿饭了，虽然他非常想跟寇忱单独待着，但一帮人这么坐着边吃边聊，也让他觉得很踏实。

回到宿舍的时候，他也没好意思专门跟寇忱说晚安，大家一块儿稀里哗啦地喊完之后就各自进了宿舍。

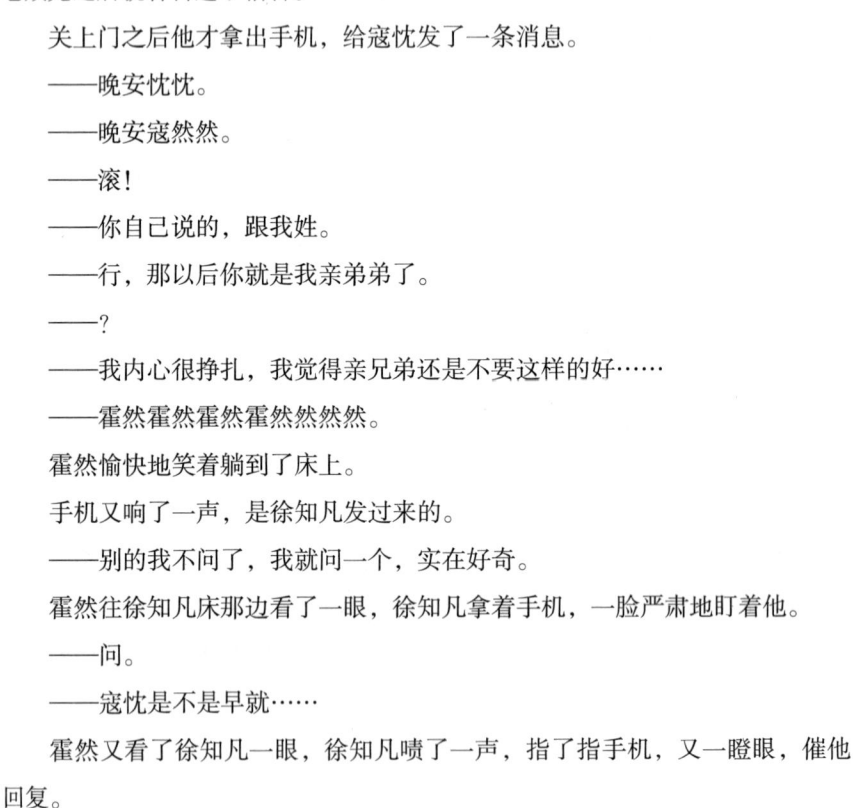

关上门之后他才拿出手机，给寇忱发了一条消息。

——晚安忱忱。

——晚安寇然然。

——滚！

——你自己说的，跟我姓。

——行，那以后你就是我亲弟弟了。

——？

——我内心很挣扎，我觉得亲兄弟还是不要这样的好……

——霍然霍然霍然霍然然然然。

霍然愉快地笑着躺到了床上。

手机又响了一声，是徐知凡发过来的。

——别的我不问了，我就问一个，实在好奇。

霍然往徐知凡床那边看了一眼，徐知凡拿着手机，一脸严肃地盯着他。

——问。

——寇忱是不是早就……

霍然又看了徐知凡一眼，徐知凡喷了一声，指了指手机，又一瞪眼，催他回复。

——他说是。

"靠。"徐知凡笑着小声说了一句，翻身仰躺下了。

早上十点，老袁来了教室。

寇忱一看到老袁，就站了起来，往教室外面走的时候，七人组都给他竖拇指加油打气。

他一脸镇定地跟着老袁下了楼。

"我爸到了？"寇忱问。

"到了，"老袁小声说，"你爸昨天是不是装的？"

"……您可算猜出来了啊？"寇忱说。

"那你爸爸演技还不错，"老袁说，"昨天倒我桌子上的时候还把我一个杯子碰地上摔碎了。"

"你怎么发现他装的？"寇忱问。

"他今天赔了我一个新杯子，"老袁说，"我就想啊，他晕过去的时候，旁边的老师就把碎杯子收拾走了，他怎么知道杯子摔了？"

"百密一疏，"寇忱啧了一声，"还是没练到家。"

寇忱走进办公室的时候，老爸正端坐在老袁办公桌前，欣赏着那个杯子。

看到他进来，老爸往椅背上一靠，抱着胳膊："来了啊。"

老袁指了指老爸的胳膊："先放下。"

老爸犹豫了一下，把胳膊放下了，手没地方放，搁在了桌上。

"你拿个椅子过来，坐你爸爸旁边。"老袁又拍了拍寇忱。

寇忱过去拖了张椅子，放到老爸旁边，犹豫了一下又往自己这边拖过来了一些，刚要坐的时候，老袁过来把椅子又往老爸那边踢过去了十几厘米。

寇忱叹了口气，坐下了。

"袁老师，"老爸胳膊放在桌上，很规矩地举起了手，"我有个请求。"

寇忱迅速地偏开了头，咬住嘴唇怕自己笑出声。

"什么请求？"老袁端了杯水放到了桌上，又递了瓶可乐给寇忱。

"能让霍然同学过来吗？"老爸说。

"你想干吗啊？"寇忱猛地转过头，瞪着老爸。

"关你屁事？"老爸说，"你冲那边慢慢笑你的，你管我呢？"

"我们俩的事儿，你叫霍然干什么？他又不是你儿子。"寇忱说。

"袁老师，你看到没？"老爸说，"我跟这小子现在这情况说不上三句就要打起来，昨天我跟霍然聊了几句，那小子说得挺明白，我感觉他知道寇忱在想什么，叫他来帮着说几句。"

老袁看着寇忱。

寇忱拧着眉,好半天才又看着老爸:"你别冲他吼。"

"不会。"老爸说。

霍然出现在办公室门口的时候跟做贼一样,先探出了半个脑袋,往办公室里瞄。

跟寇忱眼光对上之后,他瞪着眼睛用口型问:怎么回事?

"进来吧,没事儿,"寇忱说,"我爸要求我这边儿请个发言人。"

"啊?"霍然愣了。

"来,霍然你进来,"老袁回过头冲他招招手,笑着说,"你来帮你好哥们儿缓和一下气氛吧。"

霍然有些紧张,进办公室的时候踮着脚走了好几步才想起来自己是个发言人,不是被发现了什么被叫来严刑拷打的。

于是改成了昂首挺胸,走出了校篮队长的气势。

32

说实话,霍然不经常来老师办公室,他既不是学渣,也不是学霸,老师要找哪头的人,都找不着他这种中不溜的。

今天难得被叫到办公室一次,这事儿偏偏还是个挺正式的事儿,还事关他亲爱的忱公主……总之在寇忱旁边坐下的时候,他挺紧张的。

拿过老袁桌上的一个杯子就喝了口茶。

"你跟你们袁老师倒是不见外。"寇老二笑着说。

"啊。"霍然愣了愣,把杯子放了回去。

"今天呢,我们几个就是随便聊聊,确切地说,是你们父子俩沟通一下,我不说太多,"老袁又拿了瓶可乐递给了霍然,然后坐了下来,带着笑,"不用剑拔弩张,非得辩个谁对谁错,主要还是解决一下矛盾。"

几个人一块儿点头,都没出声。

"现在的矛盾就是家里觉得寇忱吊儿郎当,学习成绩不好还不愿意好好努力,所以想送到国外换个环境,逼着他改变一下,"老袁不紧不慢地说,"但是寇忱不愿意,对吧。"

"对!"寇老二点头,"不思进取,一无所长,混日子。"

寇忱看了他一眼,没有出声。

"看来寇忱不光是因为这件事,"老袁笑笑,"那这样,你先告诉我,你爸对你的评价你接受吗?"

寇忱想了想:"接受。"

老袁看着他:"那……"

"我不接受。"霍然在旁边说了一句。

三个人一块儿转过头看着他。

"您能接受吗?"霍然问老袁,指着寇忱,"他一点儿优点都没有吗?"

"我当然不接受,"老袁笑着看了看寇老二,又转回头,"霍然你说吧。"

"别一到这种时候就好像这孩子没救了似的,寇老……"霍然及时咬住了自己的舌头,在自己大腿上拧了一下,差点儿把自己疼得蹦起来。

"寇老二怎么了,说吧。"寇老二靠在椅子里看着他。

"在家行二啊?"老袁问。

"是的。"寇老二笑笑。

"寇叔昨天刚说了,寇忱一个人出去,他从来不担心寇忱碰上事儿,寇忱处理事情比他姐强多了,"霍然说,"这话你说了吧?"

"说了。"寇老二点头。

"一无所长?"霍然看着他,"这话收回吗?"

"嘿,"寇老二坐直了,"很嚣张啊?"

寇忱立马偏过了身体,脸冲着他。

寇老二又靠了回去,冲寇忱挥了挥手:"行行行,知道你要护着你哥们儿。"

"一开始吧,我真挺烦寇忱的,"霍然说,"一天天的,也不知道嘚瑟什么。"

寇老二突然乐了,一边拍着寇忱的肩膀一边笑:"你啊?"

"你说话注意点儿分寸啊。"寇忱瞪着霍然,从牙缝里挤出一句来。

"就觉得这人就是个刺儿头,根本不想接近,"霍然没理他,只管往下说,"就从何花那次的事,我就觉得他不是看上去那样了,虽然他一直说他没有助人为乐,就是看不顺眼想打个架,后来那事儿你们也都知道啊,就那个高大姐,警察表扬信都写到学校了,怎么到了寇叔那儿又失忆了呢?还有一个事儿我不能说……反正寇忱就是个心软爱帮人的人,你要说他成绩不好吊儿郎当我没意见,但你要把他这个人都否了,那肯定不行。"

寇老二看着寇忱,没有说话。

寇忱看上去有些尴尬,大概是从来没有被这样正式地表扬过,还当着老师和他爹。

"寇忱的确是不能粗暴划分到'不好'的学生里的,"老袁说,"其实我本身是很反对无论是家长还是老师,给孩子划个三六九等,每个孩子的情况不同,相互是不能比较的,尤其是拿缺点跟优点比,很不公平啊,还打击自信心。"

"这道理您说了,我也懂,"寇老二说,"但学习这事儿还是很重要的,成绩不行,以后不好办。"

"所以这个,"老袁看着寇忱,"你有什么想法吗?"

寇忱清了清嗓子,拧着眉又沉默了半天:"我初中的时候,成绩差吗?"

"一般差。"寇老二说,"中下吧。"

"哦。"寇忱应了一声。

几个人都看着他,过了一会儿他才又清了清嗓子:"我现在就是倒数,不过我也不是多喜欢排在倒数,如果……如果……我肯定努力一下,期末考争取都及格。"

"都及格?"寇老二一挑眉毛,明显非常不满。

"老二啊,"老袁示意他不要说话,"这个我后面说,你让他说完。"

"那你说完,"寇老二叹气,"如果什么?"

"你不逼我出国。"寇忱说。

寇老二笑了起来。

这个笑跟之前的笑完全不同，寇忱的身体幅度很小地往霍然这边偏了偏，估计是条件反射想躲开。

别说寇忱，霍然都跟着有些想哆嗦。

"袁老师，你看到没？"寇老二说，"这就是他的态度，学习是为我吗？努力是为我吗？他还跟我谈个条件？条件满意了才去努力？努力一把，就定个及格？"

"那算了。"寇忱劲儿也上来了，往椅子上一靠，垂下眼皮看着自己的脚尖，看样子是不打算再开口。

"来，老二，"老袁笑着说，"我们来整理一下这个事儿，看是不是合理。"
"这不可能合理！"寇老二说。
"首先，学习是为谁？你觉得不是为你，是为他自己，"老袁说，"对吧？"
"废话啊，"寇老二说完又赶紧冲老袁抱了抱拳，"不好意思袁老师，这话不是冲您，说顺嘴了。"
"没事儿，"老袁笑笑，"那他既然是为自己学，定个什么样的目标，当然他自己最清楚，他如果为你学，你才能帮他定目标。"

寇老二拧着眉，想了半天："您接着说。"
"他没听懂。"寇忱在旁边补了一句。
"不至于！"寇老二瞪着他，"这都听不懂的那是你！"

"我们再来说这个条件，"老袁笑着说，"这个条件我觉得不是问题，你要他出去是他不努力学习，如果他努力学习了，他当然可以要求不出去，而且你送他出国的理由也不成立了。"

"对。"寇忱说。
寇老二拧着眉扫了他一眼："叫好儿呢？"
寇忱扬起脸，没说话。
"我信不过他，"寇老二说，"这小子长这么大就没努力过，就说得好听……"
"及格也不怎么好听，"霍然忍不住插了一句，"要真为了说得好听，谁说及格啊，起码得说个冲进班里前十吧。"

"对。"寇忱说。

"你会不会说点儿别的？"寇老二说。

"不会。"寇忱闷着声音。

"老二，你为什么信不过寇忱？"老袁问，"有什么例子能举一下吗？"

寇老二愣了愣，拧着眉迅速进入了搜索状态。

"看来没有。"老袁没给他多长时间搜索，得出了结论。

"袁老师您不要急，我想想。"寇老二说。

"没有能脱口而出的，就是没有，"老袁说，"十几岁的孩子，你也不可能要求他从小到大每一件事都言必行行必果，你自己都做不到。"

"他总跟人打架。"寇老二一拍大腿。

"我很久没打架了。"寇忱说。

"因为你要把他做成香肠，"霍然说，"他一直记着呢，不敢打。"

"那他也没少跟人动手！"寇老二叹气。

"你问过我为什么吗？"寇忱一下坐直了，"我又不是神经病，没事儿天天跟人干仗，还得担心变成香肠！"

"我没问过你吗？没问过吗？"寇老二对这个指控表示不服了。

"你怎么问的？"寇忱说，"拿个棍儿，追着我，一边打一边问，你他妈为什么又打架！为他妈什么又打架！我怎么回答啊？我不跑我站那儿说完我都被打死了，我还说个屁呢？"

"你要说我就先不打你了啊！"寇老二瞪着他。

"我不敢赌，"寇忱说，"我怕，我根本不敢停下来。"

霍然喝了口可乐，一下下捏着瓶子："寇叔，他特别怕你。"

霍然说到这儿的时候突然很心疼寇忱，差点儿想伸手在他脑袋上摸一摸，还好寇老二眼神冷酷，他猛然清醒。

但还是挣扎着奋力补充了一句："我也特别怕你。"

"你怕我干吗？你多好一个孩子，又听话又懂事，"寇老二说，"寇忱是从小就不听话，不服管……"

"我们纠正一下说法，"老袁说，"听话和服管，用在孩子身上不合适，他也是有想法的，家长习惯性要求绝对服从，这本身就是个矛盾，没人能做得到，只要你有这个要求，你就会觉得他永远都不听话。"

"但是袁老师，"寇老二说，"我经的事儿比他多，我见的人也比他多，很多事我知道他那么做是不行的，我肯定就得管着。"

"那没错，"老袁说，"但有两点，第一，原则性的大事情，你肯定得管。第二，你管的时候得告诉他为什么，这样不行的原因是什么，原因肯定不是一句'我经的事儿比你多，听我的不会错'，这种理由不行。"

寇老二陷入了沉思。

沉思了一会儿又问了一句："那别的事呢？就由着他了？就那些非原则的。"

"一般的事，摔俩跟头自然就知道对错了，又不是傻子，"老袁说，"只要家长能正确理解什么叫大事。"

"这我倒是能理解。"寇老二点头。

寇忱转脸瞄了他一眼。

"看我干吗？"寇老二说，"不信？"

"……信，"寇忱点头，"信。"

霍然托着腮，很小声地在寇忱耳边问："真信啊？"

"这个可以信，"寇忱也小声说，"他就是管得太多，信不过我。"

"那你告诉他啊。"霍然继续小声说。

"不想说。"寇忱一脸不屑。

"我听见了！"寇老二说。

霍然吓了一跳，迅速靠回了椅子里。

"那你们就相互信任一次，毕竟寇忱你也知道你爸爸是很在意你的，是吧？"老袁说。

寇忱看了老爸一眼："嗯，这我知道。"

寇老二没说话，往他肩膀上拍了两下。

"那就这样，这次期末考，"老袁说，"寇忱努力争取全科及格。"

"嗯。"寇忱点头。

"我给的那个建议……"老袁又看着寇老二,"你觉得行吗?"

"什么建议?"寇忧问。

"只要他肯努力,"寇老二一指寇忧,"我就行!有什么不行的,谁没上过学呢?我上学那会儿,成绩一直很好……"

"不是,"寇忧吓了一跳,"老袁,你不是让我爸来陪读吧?"

"啊?"霍然愣了。

"那我可不干啊!"寇忧一下蹦了起来,"我爸天天杵教室里,我还怎么混啊,你别坑我!"

"坐下!"寇老二瞪他,"谁说陪读了?还你怎么混,我要真上你们班里坐着,我才是没法混了!"

"别急,"老袁笑了起来,"是这样的,你要想进步,想要提高成绩,并不是个简单的事儿,为了让你爸爸回忆起来学习这个事并不容易,我是建议他跟你同步学习,别科老师也愿意配合,你爸爸用视频听课,期末跟你做同样的卷子,看看成绩怎么样。"

"我靠!"寇忧愣了,转头看着寇老二。

"跟谁你靠呢?"寇老二说。

"你答应了?"寇忧问。

"答应了,怎么,"寇老二喝了口茶,"我成绩可比你好得多。"

"听你吹了十几年了。"寇忧表示不屑。

"没吹。"寇老二很肯定地回答。

"有赌注吗?"霍然想到了重点,一下就急了,"刚可说好了只要寇忧努力学,就不逼他出国啊,不能反悔。"

"这孩子好,"寇老二跟寇忧说,"你这朋友没白交。"

"那废话,"寇忧看了霍然一眼,"我从一开始……"

霍然看到寇忧眼神有些不对,略有些复杂,一看就是再说下去不定能说出什么惊天动地的事儿来的,他赶紧打断了寇忧的话:"我知道。"

"就是个体验,让已经忘了学习有多难的爸爸回忆一下当年,体验一下现在孩子学习的辛苦。"老袁说,"如果想看成是比赛,也可以,赌个饭什么的。"

"你输了你下厨,"寇忧马上说,"你做饭。"

"你先点个主菜。"寇老二说。

"鸭子!我小时候你做过的那个什么什么柠檬鸭还是苹果鸭的!"寇忧给老袁和霍然介绍,"那可是一绝,非常好吃,就是再也不给做了,到时你们去我家吃。"

"那你输了呢?"寇老二问。

"我来做。"寇忧说。

寇老二喷了一声:"你这是逼我输啊,你做的菜能吃?"

"不敢比吧。"寇忧一扬眉毛,似乎对于这样的比赛非常兴奋。

"那就这么赌,"寇老二也一脸兴奋,眉毛一挑,"小子,你输定了。"

33

"那今天的谈话就是这样,"老袁说,"你们父子之间肯定也不可能因为这么一次聊天就从此再也没有冲突,但是以后有冲突,希望你们能像今天这样坐下来聊聊。"

"谢谢老袁。"寇忧说。

"你们先回教室吧,"老袁拍拍他,又拍了拍霍然胳膊,"霍然今天的作用还挺大的,辛苦你了。"

"这周末到我家来玩,"寇老二在他背上也拍了一下,"叔以前没跟你细聊过,你还挺有意思的。"

霍然笑了笑。

"走吧。"寇忧拿起半瓶可乐,仰着脖子边往外走边灌。

"给我留点儿。"寇老二说。

"……什么?"寇忧回过头,手里的瓶子已经空了。

"你小子故意的吧?"寇老二火了。

"我我我我这儿……"霍然赶紧拿了自己那半瓶,往寇老二面前递到一半又犹豫了,"我喝过的……"

"我给你再拿一瓶，"老袁笑着说，"之前看你总喝茶，以为你不爱喝小孩儿的这些饮料呢。"

"是不爱喝，就是看着了有时候想喝一口。"寇老二有些不好意思，冲寇忧和霍然挥了挥手，"走吧你俩，上课耽误了。"

"已经耽误了，"寇忧把瓶子扔进垃圾桶，看着他，"你不走？"

"我再跟袁老师聊会儿。"寇老二说。

"聊什么？"寇忧很警觉。

"不聊你，"寇老二不耐烦地又挥手，"走走走走，大人的事儿还得都跟你汇报啊？"

"不聊我你上这儿来聊谁？"寇忧还是很警觉。

霍然觉得他脑袋顶上要有耳朵这会儿肯定都立起来了。

"聊聊如何做好一个叛逆期孩子的家长。"老袁笑着说，"有我在呢，你不用紧张，上课去吧。"

寇忧一步三回头地又看了好几眼才跟霍然一块儿离开了办公室。

寇老二指着办公室门的方向："袁老师你看这小子。"

老袁笑着给自己倒了杯茶："你骗他晕倒，他怀疑你还有什么阴谋也是正常……不过今天效果还可以，你看，这孩子其实很好交流。"

"他平时跟我也能聊，就是不能探讨问题，凡是有个是非对错，他一定跟我站对面，"寇老二叹气，"这叛逆都叛逆多少年了，什么时候能叛完？"

"什么时候你不跟他拧着劲了，就叛完了。"老袁说。

"那且了，"寇老二哼了一声，"我不跟他拧，他也得跟我拧。"

"你先试试，"老袁说，"按他的想法来，你会看到改变的。"

"我也叛逆过，我小时候……"寇老二准备忆往昔。

但是老袁打断了他："你小时候没有参考性，你的成长环境，性格，家庭，都不一样，你拿你自己比较有什么意义。"

"这么说也有道理。"寇老二点了点头。

"很多家长有一个问题，就是按着自己来要求孩子，我怎么怎么样，你怎么么怎么样，"老袁说，"是不是？"

"好像是。"寇老二喷了一声,"你这么一总结,这家长就听着挺烦人的。"

"我以前有个学生,学霸级的,校篮队长,后来是市文科状元,跟省状元就差2分,"老袁喝了口茶,"这么好的孩子,家里还是不满意,永远都有达不到的那条线,你知道他跟我说过一句什么吗?"

"什么?"寇老二很有兴趣地问。

"他觉得父母总在指点江山,你看我打下来的这片江山多么棒,你得按着我这套来打,你这这不对那那不对,"老袁说,"他跟我说,我能不能打下江山来先不说,但我看他们这江山打得也不怎么样。"

寇老二愣了愣,接着就笑了起来:"这小孩儿有性格。"

"还有些父母,自己的人生不够成功,却又高姿态地要求孩子在自己画下的规矩里获得成功,这个就更没说服力了,孩子不服也是正常的,"老袁说,"就算你是成功的,你的孩子也未必想要变成第二个你,让孩子成为成功的自己才最重要。"

寇老二沉默了很长时间,最后对老袁一抱拳:"老师就是老师。"

"这些你慢慢想,改善跟孩子的关系是需要时间的,慢慢来,"老袁笑笑,"你现在的首要问题是学习。"

"……对。"寇老二靠在椅背上叹了口气,"我这答应得有点儿冲动了。"

"知道寇忱为什么只定了个及格的目标了吧?"老袁说,"他比你理智。"

"他理智个屁,碰上事儿最多想两次办法,解决不了就动手!"寇老二拍了拍桌子。

"那也比你强,他解决不了才动手,"老袁说,"你直接就用动手解决,这个方法还算是你教给他的,再用了十几年时间培训。"

寇老二没说话,靠在椅子里,好半天才像是回过神一样看着老袁:"您不是说给我拿瓶可乐吗?"

走出办公楼,霍然很自然地就往对面教学楼走过去。

"回教室?"寇忱在他后面小声问了一句。

"不然呢?"霍然回头,"这节数学课吧?"

"快下课了，坐不了两分钟就该去食堂了。"寇忱说。

霍然犹豫了一下："去食堂？"

"去操场吧，"寇忱小声说，"现在操场没有人……"

"上课。"霍然吓得扭头就往教学楼那边冲。

"哎哎哎哎，"寇忱拉住了他胳膊，边乐边往操场那边拽，"逗你呢，去操场聊会儿，我现在脑子有点儿乱。"

"靠墙走。"霍然转回了身。

他俩贴着办公楼的墙根儿往操场走，走了没几步，右边有一团纸砸在了他们脚边的地上。

"我去。"寇忱一转头就乐了，"江磊还挺有准头啊。"

霍然转过头往对面二楼看过去，江磊愤怒的脸在窗户左下角卡着，还伸了胳膊出来，冲他俩竖了竖中指。

他俩笑得差点儿压不住声音，弯腰嗖嗖地往前跑了。

七人组几个人很快得到了消息，在群里对他们进行了声讨。

——你俩真他妈气人！

——他俩是不是出来了？

——去操场了！我要打小报告！这俩不上课！

——我砸他们了！

——没砸中吧？

——移动目标总还是有难度的！

——你俩滚回来！！！！

寇忱笑得不行，在群里回了一句。

——一会儿大家别去食堂了，出去吃饭。

——愤怒的我们可不是盖饭和拉面能打发的！

——我什么时候请过你们吃这些了？放学正门等你们。

操场上也不是没有人，有几个高三的戴着耳机在跑道上一圈圈走着，不知道是在背书还是放松。

这会儿学校对高三的管理比较宽松，不严格要求必须待在教室里，不想听老师讲课了，可以自己出去溜达。

霍然和寇忱加入了操场转圈的队伍。

慢慢走了一圈之后，寇忱感觉自己才算是一点点平静下来了。

"刚我真有点儿说不上来，不知道是激动还是兴奋，"寇忱说，"不是因为我爸做菜的事啊。"

"你爸还不一定做不做呢，"霍然说，"我看他相当有自信，你别输了啊。"

"他上学那会儿成绩好像的确是不错，"寇忱叹了口气，"就我爸我叔他们几个，连带他们的孩子，就我一个学习费劲的。"

"但是你最可爱。"霍然说。

寇忱笑着搂住他的肩："我们小然然嘴真甜。"

霍然啧了一声。

"真的，别不信，"寇忱说，"巧克力味儿的。"

霍然愣了好几秒才反应过来，压着声音从牙缝里挤出一个字："滚！"

寇忱嘿嘿乐了一会儿，伸了个懒腰："哎，你说我爸能听进去老袁那些话吗？"

"能吧，"霍然想了想，"我觉得你爸挺想跟你处好关系的。"

"我也想啊，"寇忱说，"我以前在爷爷奶奶那边上学的时候，经常会想我爸，特别羡慕寇潇。"

"小可怜儿。"霍然在他背上搓了搓。

"我爸是不是找老袁好几回了呢？"寇忱问。

"嗯，"霍然点点头，"我知道的就有两回。"

"这还差不多，"寇忱打了个响指，很满意地笑了笑，"我本来有点儿拿不准，不知道我真跑了他到底会不会着急。"

"肯定着急啊，这不废话吗？"霍然说，"你俩又不是仇人。"

"不过我现在也是被架起来了，"寇忱说，"由老袁一手促成的此次里程碑式的信任合作，期末考我怎么都得全科及格了，就算不及格，也得拼一把……"

"你要真拼了，不会不及格。"霍然说。

"是吗？"寇忱说，"我上了高中以后就一直没怎么听过课。"

"没事儿，"霍然说，"我帮你，虽然我……也就那么回事，但总比你强点儿吧，而且还有徐学霸，他也能帮忙。"

"行，"寇忱皱着眉，"我还真想看看，我到底是不是智商有问题。"

"这个不用看，"霍然叹了口气，"真没问题。"

"真的？"寇忱看他。

"请你不要侮辱我的眼光。"霍然说。

寇忱看着他，两秒钟后愉快地笑了起来，越笑越停不下来。

"我收回我刚才的话吧，"霍然说，"你可能真的智商有问题。"

寇忱说笑着往看台那边看了一眼，顿时愣了一下，"我去！"

"嗯？"霍然赶紧也看了过去。

昨天他翻墙出去找寇忱的时候，林无隅就坐在看台最边儿上的位置看书，今天又在同样的位置坐着。

"他是不是不上课啊？天天坐这儿。"霍然说。

"天天？"寇忱的眉毛一下挑得老高，"你怎么知道啊？你天天上这儿来看他啊？"

"我去？"霍然震惊地看着他，"你再喊大点儿声吧，你怕他听不见是吧？"

"早啊！"寇忱一转脸就冲林无隅那边喊了一声。

林无隅抬起头，看到是他俩的时候笑了笑："不早了吧。"

"复习呢？"寇忱往看台走了过去。

"寇忱？"霍然不知道他要干什么，赶紧伸手想拉住他。

但寇忱走得挺快的，他手伸过去只捞到了寇忱的衣服，顺手一抓，抓住了寇忱的裤腰。寇忱今天穿的是条运动裤，裤腰直接被拉开了，他赶紧又松了手。

裤腰立马弹了回去，打在寇忱后腰上，啪一声响。

寇忱没回头，反手在背上搓了搓，走到了林无隅身边，然后坐下了。

疯了！

霍然只得跟着走了过去。

"没复习，"林无隅说，"哪儿有那么多可复习的。"

很嚣张啊!

霍然看了他一眼。

"那你这看的是小说吗?"寇忱有些好奇地指了指林无隅手上的书。

"这个啊……"林无隅清了清嗓子,犹豫了一下,把书合上,竖起来冲他俩晃了晃。

"手相?"霍然震惊了。

"大哥,还一个多月高考了,"寇忱同样震惊,"你坐这儿一本正经地学看手相?"

"没,"林无隅笑了笑,"一个……朋友的书,我拿来看看到底有什么好看的。"

"好看吗?"霍然忍不住问。

"还行,"林无隅说,"高考落榜了我可以去支个摊儿了。"

"哎?要不……"霍然捞了捞袖子。

"帮我看看吧。"寇忱一巴掌把他的手拍到了一边,把自己的手伸到了林无隅面前。

"你俩,"林无隅把书上别着的一支笔取了下来,用笔把寇忱的手推开了,"散步去吧,别吵我。"

"你也没复习啊。"寇忱站了起来。

"走吧,"林无隅说,"走吧,我复习手相呢。"

穿过跑道的时候,下课铃打响了。

"直接去校门口吧。"霍然说。

"嗯,"寇忱回头往操场那边看了一眼,"你有没有发现,林无隅看个手相书还拿支笔,要做笔记吗?"

"不知道,"霍然说,"我总体来说是个学渣,理解不了学神的世界。"

"渣渣然,"寇忱笑着,俩人一块儿晃着往前走,"还夸下海口要帮我努力学习呢。"

"我至少能及格啊渣渣忱。"霍然说。

"对了,"寇忱收了收胳膊,"这周末去我家玩啊。"

"嗯？"霍然愣了愣，突然感觉一阵兴奋。

他感到非常无地自容。

"我爸都亲自邀请了，"寇忧一连串地说，"你不去不好吧，他挺喜欢你的，你给他点面子啊，主要是吧……"

"去啊，我去，"霍然说，"干吗找这么多理由？"

"我怕你不去。"寇忧笑了笑。

"怎么会呢？"霍然拍拍他的手。

番外篇

八点零一分，霍然压在枕头下面的手机开始振动。

他闭着眼睛，伸手到枕头下把手机掏出来扔到了地上。

手机在地上开始继续振动。

霍然又抽出枕头扔到了地上，也不知道有没有把手机盖上，总之是没声音了。

他翻了个身，还没来得及把被子扯到脑袋底下枕着，地上的手机就又开始振了。

坚持到手机第三次振动，霍然坐了起来。

电话接通的时候寇忱感觉自己仿佛要上前线，握紧了手里的枪……手机。

那边没有声音，只能听到霍然的呼吸。

挺重的呼吸，一听就是正在发火，开口就骂人的那种。

"我在你们学校门口，"寇忱迅速开口，抢在霍然开骂之前把话说完了，"一会儿去吃你最喜欢的那家生煎。"

霍然没说话，挂掉了电话。

寇忱松了口气，坐在车里开始玩手机。

车是寇老二买的，没经过他同意，寇老二直接提了车开到学校门口他才知道。

平时就停在学校旁边的停车场，周末他会开出来找霍然，顺便捎上要进城的同学，使用率还挺高。

群里还没有人说话，大好的周末，居然全在睡觉。

寇忧分享了一首《一寸光阴一寸金》到群里。

五分钟之后徐知凡出现了。

——今天就开个会统一一下意见，把你踢出群。

寇忧很愉快地又发语音唱了一句："妈妈上班了！爸爸起晚了！我今天一定迟到了——"

——我就服了你了，这都哪个幼儿园学的啊？

——寇帅帅幼儿园

徐知凡没了下文，估计又睡了。

寇忧正想着再找点儿什么乐子，霍然从校门那边晃了出来。

"这儿！"寇忧放下车窗一扬手。

霍然快步走了过来，对着他车前轮就踢了一脚："说了八点！"

"你看看我几点给你打的电话！"寇忧把手机递到他眼前晃着，"我掐着秒打的！八点零零分！"

霍然扒拉开他的手，一脸不爽："生煎？"

"生煎！"寇忧把手机放回兜里，"上车。"

霍然上了车，往副驾上一坐，直接调平椅背躺了下去："困死我了。"

"我还挺感动的，"寇忧发动了车子，"接电话的时候火冒三丈，结果二十分钟不到人就出来了。"

"我这是为了生煎。"霍然说。

"吃完了直接去游泳馆吗？"寇忧问，"需要消消食吗？"

"你就泡泡水而已，消什么食。"霍然闭着眼睛。

"然然，"寇忧非常严肃地提醒他，"我是去学游泳。"

"知道了，你要学游泳，"霍然叹了口气，"你学个屁啊，还跟人打听儿童池让不让大人下。"

"不让，带了孩子的才让下去。"寇忧说。

霍然忍不住笑了起来，闭着眼睛笑了半天："你今天能在成人池漂起来就算成功了。"

"那不行啊,"寇忱皱着眉,"我就这两天时间,必须得能游!要不我游泳课怎么上?"

"不是,"霍然睁开了眼睛看着他,"游泳课不就是学游泳吗?你为什么非得能游了才去上游泳课?"

寇忱看了他一眼,转回头目视前方,没说话。

霍然过了一会儿才拉长声音:"知——道——了——"

"知道什么了?"寇忱问。

"下星期就要上游泳课了,又帅又酷的寇忱同学,女生心目中的男神,"霍然边乐边说,"连水都不敢下实在是太败形象了。"

"我敢下水,"寇忱说,"你别造谣啊。"

"连一米的距离都游不到,实在是太败形象了,"霍然又重新说了一遍,"不符合你的拉风的气质。"

"所以,"寇忱说,"这个周末你必须让我能从这头游到那头。"

"凭什么啊,我也就刚学会。"霍然说。

"凭我们学校游泳课是必修!"寇忱提高了声音,"这什么鬼破学校,游泳居然是必修课!"

寇忱虽然是学渣出身,上了大学以后也是学渣习性时不时就会暴露,但更多的时间里,他还是很认真的。

就这一个游泳课,他上学期听说了以后就忧心忡忡,但又一直苦于偶像包袱太重,怎么也下不了决心先去学,下周就要开始上课了,他才挑了距离市区最遥远的一个游泳馆,据说人少。

"我少吃点儿吧,"寇忱咬了一口生煎,"万一下水抽筋了呢。"

"……抽筋跟吃多吃少没有什么关系吧,"霍然吃得很香,"吃多了应该是肠子转圈圈,绞起来。"

寇忱捏着一个生煎看着他。

"吃吧没事儿,"霍然乐了,"我们忱忱什么身体,吃几个生煎还不能游泳了吗!"

谨慎起见，寇忱还是坚持只吃了小半饱。

这个游泳馆人少不是没原因的，设施老旧，更衣室看上去仿佛上个世纪的澡堂子，不过肉眼观察还算干净。
而且他们今天运气还不错，正好赶上了头天换水，水很清。
"怎么样？"寇忱换好泳裤，拍了拍自己的屁股。
"屁股吗？"霍然看了他一眼，"挺翘的。"
"我说身材！"寇忱瞪眼。
"挺好的，"霍然给他竖了个大拇指，"一看就能游二十米。"
"池子多长？二十五米吧？"寇忱还是瞪着眼。
"挺好的，"霍然又竖了一次大拇指，"一看就能游二十五米。"
"可以。"寇忱点点头，信心满满地转身往游泳池那边走过去了。

池子里没什么年轻人，只有三个大叔正在埋头苦游，一人占了一条泳道。
"还成，"霍然站到池边，"就在最边上这条学吧。"
"嗯。"寇忱点点头。
霍然从池边下去了，站在水里看着他："来吧。"
"水深吗？"寇忱问。
"不深。"霍然说。
"有多深？"寇忱又问。
"你看不见啊？"霍然有些无语，"我站这儿呢，水都不够我胸口高！"
"你脚踩着底儿了吗？"寇忱坚持追问。
霍然在水里踩了踩脚。
寇忱站着没动，似乎是在给自己鼓劲儿。

"你顺着楼梯下来，"霍然说，"别直接跳。"
"嗯。"寇忱转身正要往下水的楼梯那儿走，门那边又走进来几个人。
霍然看了一眼，是几个姨姨。
刚想提醒寇忱快点儿下来占道，寇忱突然一抬腿，非常潇洒地直接蹦进了泳池里。

溅起的水花砸了霍然一头一脸。

等他把脸上的水抹了正想骂人的时候，发现寇忱沉底儿了，并且因为脚底下打滑，好几下都没站起来。

他吓了一跳，赶紧揪着寇忱的头发，把他拽出了水面。

"哎！"寇忱上来就跟搂救命稻草似的勒着他脖子一通咳，"我要淹死了。"

"不是让你从楼梯下来吗？"霍然拍了拍他后背，"你跳什么啊？"

寇忱缓过来之后回头往几个姨姨的方向看了一眼，转回头的时候满脸郁闷，压低声音说："我以为进来了几个女孩儿……"

霍然实在没忍住，爆发出了狂笑，差点儿把自己笑进水里。

寇忱靠着池边，斜眼儿瞅着他，好一会儿才说："差不多得了啊，公开嘲笑我是要考虑后果的。"

"你真是没救了。"霍然笑着在他脑袋上扒拉了一下。

"现在你救我，"寇忱说，"还是姨姨更好，不会嘲笑我。"

"嗯，"霍然点点头，"那就从漂起来开始吧。"

姨姨不会嘲笑英俊的青年，这是一个误会。

还没到半小时，几个姨姨不光笑了，还一块儿围过来笑了。

"姨，别笑了行吗？"寇忱非常无奈，"你们笑得我都不会动了。"

"你这姿势不对，"一个姨姨说，"你太紧张了，身体不够放松，肯定会沉的。"

"对，你就吸一口气，"另一个姨姨给他示范了一下，轻松地躺在了水面上，"看，你放松，身体自然就漂起来了。"

"我怕呛水。"寇忱很诚实地回答。

"让你朋友托着你后脑勺就行，"姨姨说，"你别老让他托你屁股，那样浮不起来。"

"……他托的是我的腰。"寇忱说。

"托后脑勺！"姨姨说。

"试试？"霍然忍着笑问寇忱。

"试试就试试。"寇忱一咬牙，用力吸了一口气。

霍然托住了他后脑勺。

"对，倒，倒，慢慢倒下去！"几个姨姨在旁边指点着，"放松！"

寇忱感觉自己四周全是人，万众瞩目之下他不得不努力放松自己，慢慢地躺到了水里。

"腿轻轻抬起来。"一个姨姨在水里拍了拍他小腿。

为了不让一圈姨姨失望，寇忱几乎是拼上了自己所有的勇气，憋着气把腿往上一抬。

"对了——"几个姨姨同时大喊起来。

寇忱感觉自己似乎是浮了起来，但又不敢确定，憋着气也说不了话，只能用眼神询问霍然。

"浮起来了，"霍然笑着说，"你现在是漂着的了。"

"真的？"寇忱顿时就一挑眉毛，"也不……难嘛……"

气儿一泄，他立马就沉了下去，后半句话是在水里说出来的。

霍然赶紧往上托起他的脑袋。

"你手怎么还往下沉了！"寇忱惊恐地站了起来，抠着耳朵。

"你脑袋往下用力呢，我没托住。"霍然说。

"没事儿，"一个姨姨在寇忱肩上拍了两下，"已经可以了，放松！放松！"

"谢谢。"寇忱龇着牙笑了笑。

看到了成果之后，几个姨姨终于满意地开始游泳。

寇忱撑着池边长长地舒出了一口气："太热情了。"

霍然一直在乐："主要是你太招人喜欢了。"

"是吗？"寇忱瞬间转过头，一脸得意地挑了挑嘴角，"你终于正视了我比你有魅力的事实。"

"是，太有魅力了，"霍然点头，"特别是一嘚瑟就沉底儿的魅力……"

"再来！"寇忱一甩头。

"嗯,"霍然抹了抹被他甩了一脸的水,"你先别急着说话,憋一会儿。"
"知道了。"寇忱喷了一声。

　　这次有了经验,寇忱躺到水面时比之前轻松了不少,霍然没怎么费劲地用三根手指托着他后脑勺,感觉他已经能漂着了。
　　"很好,"霍然低头看着他,"试着呼吸。"
　　寇忱吐出了憋着的气,身体立马开始下沉,他赶紧又吸了一口气,身体又漂了起来。
　　一呼气,又沉了下去,又赶紧接着吸气。
　　霍然看着寇忱有点翘起来的嘴角,小声警告他:"别笑啊!一笑肯定呛!"
　　"嗯。"寇忱一听呛水,上扬的嘴角立刻收了回去。

　　又漂了一会儿之后,他开始慢慢找到了技巧。
　　"霍然。"他叫了霍然一声。
　　"嗯。"霍然应着。
　　"我能说话了。"他飞快地说了一句。
　　"是。"霍然笑了起来。
　　"厉害吗?"他继续飞快地说。
　　"厉害。"霍然点头。
　　"快表扬我!"他看着霍然。
　　"哇寇忱忱真是太聪明了。"霍然说。
　　寇忱很满意地从水里竖出大拇指,冲他晃了晃。

图书在版编目（CIP）数据

轻狂.2/巫哲著.--天津：百花文艺出版社，2020.8（2021.3重印）

　ISBN 978-7-5306-7927-2

Ⅰ.①轻… Ⅱ.①巫… Ⅲ.①长篇小说—中国—当代 Ⅳ.①I247.5

中国版本图书馆CIP数据核字(2020)第132923号

轻狂 2

QING KUANG 2

巫哲　著

责任编辑：魏　青	特约编辑：悦　悦
封面设计：46设计	版式设计：刘珍珍
封面绘图：CaringWong	封面题字：仓仓仓鼠

赠品绘图：酒绛子　来　钱
出版发行：百花文艺出版社
地　址：天津市和平区西康路 35 号　邮编：300051
电话传真：+86-22-23332651（发行部）
　　　　　+86-22-23332656（总编室）
　　　　　+86-22-23332478（邮购部）
主　页：http://www.baihuawenyi.com
印　刷：万卷书坊印刷（天津）有限公司
开　本：710mm×1000mm 1/16
字　数：292千字
印　张：18.5
版　次：2020年 8 月第 1 版
印　次：2021年 3 月第 6 次印刷
定　价：45.00元

如有印装质量问题，请与万卷书坊印刷（天津）有限公司联系调换
地　址：天津市宝坻区马家店工业园区盛举道 3 号 1 车间
电　话：（022）59219816
邮　编：301801
版权所有　侵权必究